成都市文联 2023 年签约作家作品
四川省作家协会 2022 年重点作品扶持项目

城市春晖

CHENGSHI CHUNHUI

陈 新 ◎著

山西出版传媒集团 北岳文艺出版社·太原
四川文艺出版社·成都

图书在版编目(CIP)数据

城市春晖 / 陈新著 . —太原：北岳文艺出版社；成都：四川文艺出版社，2024.2
ISBN 978-7-5378-6806-8

Ⅰ.①城… Ⅱ.①陈… Ⅲ.①报告文学－中国－当代 Ⅳ.① I25

中国国家版本馆 CIP 数据核字（2023）第 226663 号

城市春晖

陈新 / 著

选题策划
郭文礼
刘文飞

责任编辑
刘文飞
李向丽
路 嵩

封面摄影
张志强

封面设计
仙境设计

印装监制
郭 勇

宣传运营
刘思华

出版发行：山西出版传媒集团·北岳文艺出版社
地址：山西省太原市并州南路 57 号　邮编：030012
电话：0351-5628696（发行部）　0351-5628688（总编室）
传真：0351-5628680
经销商：新华书店
印刷装订：山西人民印刷有限责任公司
开本：787mm×1092mm　1/16
字数：290 千字
印张：23.25
版次：2024 年 2 月第 1 版
印次：2024 年 2 月山西第 1 次印刷
书号：ISBN 978-7-5378-6806-8
定价：68.00 元

本书版权为本社独家所有，未经本社同意不得转载、摘编或复制

/ 序

春风送暖

这是春天的故事。

2018年2月,习近平总书记到四川视察时,在成都天府新区强调:"要突出公园城市特点,把生态价值考虑进去,努力打造新的增长极,建设内陆开放经济高地。"

成都很幸运地成为公园城市的"首提地"。

春潮涌动,暖意融融。

2020年1月,习近平总书记主持召开中央财经委员会第六次会议,对推动成渝地区双城经济圈建设作出重大战略部署,明确要求支持成都建设践行新发展理念的公园城市示范区。

2020年10月16日,中央政治局会议讨论通过《成渝地区双城经济圈建设规划纲要》,支持成都未来形成"一山连两翼"城市发展格局。公园城市成为成都城市发展的价值核心。

生态城市、花园城市在成都,有着悠久的文化传承。

"九天开出一成都,万户千门入画图。"

"晓看红湿处,花重锦官城。"

……

时光流转,生态千载,今日风华不减。

在我国已然实现全面小康之后，人民幸福指数的体现便在生活质量的提升上，公园城市的生活环境便是更进一步的追求。

习近平总书记"绿水青山就是金山银山"理念，既强调了人所赖以生存的自然条件的根本性，也概括了人所追求的物质条件的必要性。只有在保障生存环境的根本性的基础之上，才能实现物质条件的可持续发展。也就是说，人们对自然生态的保护与全面建成小康社会是统一的、密不可分的、息息相承的。

"绿水青山"是公园城市的基础。"公园城市"，是"绿水青山就是金山银山"理念在城市层面的实践探索，是在"绿水青山"的基础上，赋予了发展的内涵和哲学的思想，蕴含大历史观，充满为民情怀，是对人民幸福生活的更高追求，是对中华传统文化的有力弘扬。

"公园城市"这四个字，是对成都环境保护和人文建设的充分肯定和殷切希望，也是成都城市建设的幸福理想，更是国家赋予成都的历史使命。

玛丽亚是一个美丽的意大利姑娘，她工作生活在威尼斯，一个偶然的机遇结识并爱上了成都小伙谢宇航。闻言成都是世不二出的人间天府，于是抱着试试看的心态决定到成都一探究竟。

结果到成都之后，她发现成都是一座充满美、充满惊喜的城市，这些美与惊喜，或许对别的城市来说，只能是永不停步的追求。这些美与惊喜，对远道而来的游人，或许也是一生难忘的记忆。因为这些美与惊喜，只属于成都。这座城市独特而又神秘，一直书写着令世界着迷的绚丽多彩的故事，美丽程度丝毫不比威尼斯差。

最后，她毫不犹豫地留在了魅力四射的成都，嫁给了成都人，并自觉地成了中国与意大利之间文化交流的民间大使。

美国人乔纳森很小的时候，就听爷爷奶奶讲过他们与来自中国成都的留学生的故事，所以当他高中毕业考进太平洋路德大学之后，特地选择了汉学专业，这样接触中国文化的机会就会多一些。之后又到四川大学做了半年交换生。

到成都后，美景、美食，以及成都人的热情、包容、善良深深地打动了他，于是大学毕业后他留在了成都。不仅从此再没离开过成都，一待就是二十多年，而且也自觉地成了向世界宣传成都的民间代言人。

每座城市都有公园。

城市有公园本很寻常，但城市中的公园特色殊异，便会如明珠灼灼，令人心生向往。

成都市的公园，广阔而不粗疏，缜密而不琐碎，像一幅幅中国画。

成都市的公园，又不单纯是一幅幅画，而是有故事的灵动的图景。

太阳追求光明垂耀，成都追求创新创造。

美国著名城市景观设计师斯科特·施雷德很小的时候，因为看过《三国演义》的故事并被狂热地吸引，从而对三国文化源头的成都十分向往。得知成都将打造世界级的公园城市，便千里迢迢奔成都而来，希望将自己的才能奉献给成都公园城市建设，让成都变得更美丽，让成都成为世界最美城市。

西班牙著名城市建筑设计师莫拉雷斯，一次偶然的机会到成都旅游，结果深深地爱上了成都，并认定自己与成都的缘分是冥冥之中注定的。不仅如此，他还放下自己在西班牙的事业与家庭，毅然决然地到成都生活，并为成都的公园城市建设发光发热。

在岁月里行走，江川万千，风光无限，然而每个人的心灵都始终走不出情牵之地。

对中国工程院院士、清华大学环境学院前院长贺克斌来说，虽然脑海中装着各种环保数据，且足尽天涯，但是他心中有一座城市的位置，却是其它城市无法取代的，这座城市便是成都。

贺克斌是成都人，根在成都。关于成都的好，他比别人感受更深，成都是他的生命之歌。

贺克斌教学之外，还承担着国家大气重污染成因与治理攻关项目，从事京津冀及周边"2+26"城市污染源识别与管控研究，是中国最难啃的"硬骨头"区域环境治理中的重要专家成员。他也为成都公园城市的建设奉献着自己的智慧，成为成都市大气复合污染研究和防控院士工作站专家。

匡晓明不是成都人，但结缘成都几年来，也深深地爱上了这座美丽的历史名城。他是上海同济城市规划设计研究院常务副院长、著名城市规划专家。

来过成都的外地人，无不对成都流连耽湎、无所归心。

依依归去，又莫不对成都魂牵梦萦、心心念念。

匡晓明就是这样的一个热爱成都的外地人。

匡晓明喜欢成都，身为成都天府新区总规划师，他脑海中的成都，不仅仅是眼下欣欣向荣的成都，还有历史上名扬四海的成都，更有未来无与伦比的成都。

"如果非要在中国选择一个地方定居的话，这个地方就是成都……"这是华尔街的风云人物，美国证券界最成功的实践家之一、与巴菲特和索罗斯齐名、被誉为最富远见的国际投资家的罗杰斯对成都的高度评价。

公园城市建设虽然继承了成都千百年来森林城市、花园城市的传统，但却更上一层楼，赋予了"人城境业"和谐统一的理念，既充满智慧，又兼具文化与生态的高度融合。

在成都街头行走，能看到公园和城市的布局真正融为一体。山水是城市的生态之美，乡愁是城市的人文之美，成都有丰富的文化底蕴、名人古迹、历史街区建筑，因此成都这座公园城市，不仅是一座很大的自然公园，也是一个很著名的人文公园。

如今，"公园城市"俨然成为成都的代名词。

成都，既赏心又悦目，既美丽又舒适，既安逸又幸福，还是财富增长的利器。

《城市春晖》回溯传统，立足当下，放眼国际。通过乔纳森、玛丽亚、莫拉雷斯、斯科特·施雷德、乔丹、罗杰斯、高睿等外国友人和薛立君、钟波、唐广天、郭亮等海归人才的视角，同时，又通过贺克斌、匡晓明、李晓江、吴志强、王凯等公园城市建设的参与者、规划者、建设者的视角，讲述成都践行新发展理念建设公园城市示范区以来，所发生的巨大变化，所取得的巨大成就，以及所发生的轰轰烈烈、令人振奋的故事。

经济与人居美景齐飞，环境共幸福心境一色。一花一世界，一美一锦城。

今日之成都，公园生态是4500年悠远历史的传统，也是无限美好未来的起点。

岁月如水流走，时光从不近情，但一代又一代人对成都生态环境的呵护与热爱，已经成为令人向往且备受推崇的经典美学传统。

公园城市理念的提出，更使这一美学传统得到了极致的升华。

太阳给天地阳光，创新给城市活力。

近几年，成都从中国西部城市一跃成为中国国家中心城市，从建设践行新发展理念的公园城市示范区到建设成渝地区双城经济圈，历史机遇前所未有，城市能级不断提升。

在全球著名城市评级机构全球化与世界级城市研究小组公布的《世

界城市名册》2022年排行榜中，成都位列全球城市第71名。更高端的要素资源，更大的城市影响力，令这座城市具有了更强的全球城市竞争力。

践行新发展理念的公园城市示范区建设，使成都进入新时代，给成都带来新机遇，创造新财富。

成都，是逐梦之地，也是圆梦之地。

成都，以惠民及引领性为目标，正为世界城市治理提供中国解决方案，向未来城市可持续发展提供完美的中国范例。

虽然，世界级、示范性公园城市的建设不是一蹴而就的，也不是一劳永逸的。不得不说，成都，公园城市，如此美好的图景，一定是神州大地，以及人类未来可期的福祉！

可喜的是，成都很幸运地成为"公园城市"的"首提地"之后，这一全新的城市建设理念，很快便如星星之火般，从成都向全国燎原：北京、上海、天津、重庆、广州、深圳、武汉、杭州、合肥、淄博、青岛……一座又一座城市的公园城市建设，正如火如荼地开展起来。

陈新

目　录

第一章　锦城花满

003　真实的传说

012　秀逸的园林

026　深邃的文化风景

031　花重锦官

第二章　迢遥追寻

049　挡不住的诱惑

059　迢遥相追寻

065　通向春天的路

073　至近至远

080　伊人盈盈

第三章　梦想彼岸

- 091　美丽的图景
- 102　城市之光
- 108　宜居乐章
- 115　擘画蓝图

第四章　清芬沉醉

- 125　清芬沉醉的城市
- 137　推开春天的门
- 144　温醇闲逸

第五章　延伸明媚

- 155　蓝天保卫战
- 163　蓝绿底色
- 169　锦上添彩
- 177　胜境里的高地

第六章　此心安处

- 185　身与心的润泽
- 194　此心安处是吾乡
- 202　放飞人生理想

第七章 亮丽图谱

211　无与伦比的天际线

217　众里寻他

223　灿烂的方向

231　和乐美地

第八章 大地熙熙

245　时代桃源

252　胜境福地

258　春在成都

第九章 丽宇芳林

267　妍姿美质

275　仰望的高度

284　千园竞秀

294　芳林翠幕

第十章 城市春晖

309　海天城园

321　国家生态城市

331　湖山气色

341　岭树高楼千里目

351　城市春晖

第一章

锦城花满

风物得天独厚,博厚高明古今
时光流转清浅,烟火仙逸始终

真实的传说

"我与成都结缘很偶然，但似乎又很必然。"

玛丽亚（Maria Francesca Grassi）说这话时，语调深情，充满着对曾经发生故事的浪漫回味，而且一脸幸福。

这是成都 8 月的一天午后，大地被骄阳炙烤，无风而又闷热。

我与她对坐于成都武侯区一家有名的咖啡店里，舒缓的班德瑞山林音乐和空调吹出的凉爽的风，将炎热和喧嚣隔离在外。

我一边啜吮着柠檬味儿饮料，一边听她讲述自己与美丽成都有关的过往故事。咖啡蒸腾的白色雾气，让幸福的她显得更宁静，也散发出馥郁绵延的香味。

玛丽亚很漂亮，五官精致，皮肤白皙，身材苗条，头发乌黑丝滑，长长的睫毛下淡蓝色的眼睛，像宝石一般散发魅力……让我联想到意大利电影明星莫妮卡·贝鲁奇。

"那么，你所说的偶然是什么？必然又是什么？"

玛丽亚的普通话说得还算可以，至少我能听得懂。如果她说话时语调的分寸拿捏得再好一些，那就更完美了。

虽然我们的对话并不是十分顺溜，但她却能听懂我说的话，甚至，她连成都话也都能听懂一些。

玛丽亚是一位举止淑雅的意大利美女。

玛丽亚是在2017年8月下旬的一天，认识了一位到威尼斯旅游的名叫谢宇航的成都帅哥，并爱上了他，最后追随着他来到成都的。

"我第一次踏上成都的土地是在2018年5月1日。"

玛丽亚说，她到达成都时是晚上，所以对成都的真正感受是从第二天早上开始的。

春色浓郁的成都是这么好，早晨清新潮湿的空气里，有一种令人心扉全开的清芬的味道在微风里飘荡，这是栀子花的香味。

这看似不经意的纯洁的绽放，却经历了长久的努力与坚持，温馨、脱俗的芬芳下更蕴含着美丽、坚韧和爱的醇厚。

透明橙金的阳光中，一种鲜嫩而翠绿的气息从大地表层冉冉升腾，那是季春的绿色植被在经历夜雨润泽之后，迎来热烈阳光散发的蓬勃向上的朝气，湿漉漉，甜丝丝，清新而又沁人心脾，仿佛肺腑都随之灿烂起来。

还有川菜美食的味道，也是那么令人沉醉。因为人世间唯有爱与美食不可辜负。这座城市对她来说，有爱，更有美食，这应该是天下最完美的地方了。

成都是一座有着别致花园格局、一直在春天里行进的城市，娴雅，静适，陶陶款款。

成都人又是那么乐观、包容、善良、热情……这是成都留给玛丽亚的第一印象。

"我虽然去过中国的很多城市，但成都是最有魅力的，生活在成都的快乐是五星级的，所以我最爱成都。"

美国人乔纳森（Jonathan）不仅爱成都，还称自己是成都人。

乔纳森与成都结缘的时间比玛丽亚结缘成都的时间，要早二十年。

"中国是一个值得去看看、去了解的国家，而成都更值得你去看一看。"1997年冬，西雅图一个阳光明媚的周末下午，约翰（John）和芭芭拉（Barbara）在自家温暖的别墅里一边喝着咖啡，一边与跟他们对坐的孙子乔纳森说。

乔纳森是美国华盛顿州塔科马市太平洋路德大学的一位大三学生。这所大学，离西雅图不远，是美国的一所优质高校。

约翰与芭芭拉听说太平洋路德大学每年都会与中国的四川大学和中山大学进行学生交换学习，便给了乔纳森这个建议，希望乔纳森成为交换生，去中国学习进修。

出生于夏威夷成长于西雅图的乔纳森，小时候跟着爷爷奶奶生活，与爷爷奶奶感情很深。

约翰与芭芭拉夫妻之所以建议乔纳森去中国看看，去成都看看，是因为他们年轻时曾跟中国人有过交结，建立过感情。

那是第二次世界大战时期，夏威夷大学迎来了一些来自亚洲的留学生，作为夏威夷大学的老师，喜欢做公益的约翰与芭芭拉，曾给这些留学生提供过力所能及的帮助，因此与一些留学生成了朋友。

约翰与芭芭拉发现，在这些留学生中，来自中国的留学生比较重感情。他们偶尔做上一顿大餐，请这些留学生到家里吃饭，平时也力尽所能地关心这些留学生的学习和生活，帮这些留学生融入美国社会，但是在这些留学生中，只有中国人在事后一直对他们念念不忘，感恩戴德。

中国留学生学成回国之后，也与他们保持了很长一段时间的书信联系。不仅如此，彼此还偶尔互寄礼物：他们给中国朋友寄科纳咖啡、花链等特产，中国朋友给他们寄瓷器、丝绸之类中国特产。

通过与这些中国留学生交往,约翰与芭芭拉也在一定程度上了解了中国的文化、礼仪,以及待人接物的方式。

这种情谊一直延续到后来中美两国政治局势发生改变,他们之间的联系才中断了。

那些年里,约翰与芭芭拉一直想到中国看看这些老朋友,同时也看看中国,无奈在时间里不断生长出来的思念,却因中美两国当时没有建交,从而无法见面。

后来,中美关系冰释并建立外交关系时,约翰与芭芭拉的身体又出现了健康问题,不能远涉重洋前往中国,因而得知孙儿所在学校有交换生到中国求学时,便建议乔纳森去做一个交换生。

乔纳森很小的时候就听爷爷奶奶讲过他们与中国留学生的故事,所以爷爷奶奶给他的这个建议,他一点也不感到意外。

因为对中国文化充满好奇,乔纳森高中毕业考进太平洋路德大学之后,特地选择了汉学(Chinese Studies)专业,这样接触中国文化的机会就会多一些。

神秘总能激发兴趣,深邃则能产生魅力。在大学学习的过程中,乔纳森越来越喜欢中国文化,尤其喜欢道教文化,喜欢《道德经》。再加上从小到大受爷爷奶奶所讲他们与中国留学生交往故事的影响,他心里其实已有了当一名交换生到中国学习的打算。

不过有一个问题,乔纳森不是很明白:"爷爷奶奶,为什么成都更值得去看一看?我们学校与中国的两所学校有交换合作,一所是四川大学,一所是中山大学,那么我是选中山大学呢,还是选四川大学呢?"

约翰笑了笑,脸上继而写满思念:"成都是一座有着几千年历史的文化名城,而且与我们打交道的那些中国留学生,有几位来自成都,跟我们感情最好。虽然我们已经失去联系几十年了，但是我依然忘不了曾经与他们之间的友谊。还有，你喜欢吃辣味菜肴，川菜就是以辣见长。四川大学在成都，成都是四川省的省府，所以我和芭芭拉觉得你选择四川大学应该更好一些。"

约翰说话的时候，芭芭拉也随声附和。

乔纳森觉得爷爷奶奶的建议不错，自己确实很喜欢吃辣味菜肴。

乔纳森为什么喜欢吃辣味菜肴呢？

是因为他上学之后，跟着爸爸妈妈去了得克萨斯州生活，而得克萨斯州离墨西哥比较近，饮食习惯也与墨西哥人的饮食习惯相近。墨西哥菜以辣为主，所以得克萨斯州的人也喜欢吃辣味菜肴。

乔纳森第一次吃成都名菜，是在美国的一家中餐馆吃到的由粤菜厨师烹调的麻婆豆腐，虽然没有花椒，只有川味的辣，但就是这种辣，把他深深地吸引住了。因为这种辣是复合的辣，是加了郫县豆瓣的发酵过的辣，而非墨西哥食品那种简单的生辣、燥辣。

一道美食，让人的心灵即使在寒冷的冬天也能温暖如春。

就这样，乔纳森选择交换学习的学校是四川大学，因此，他便来到了成都。

乔纳森吃了成都的美食，游了成都的美景，喝了成都的美酒，赏了成都的风俗，交了成都的友谊……这世间美好的事物是那么环环相扣，就如阳光、春风、温暖、甘霖……

成都给乔纳森的印象，也像一位楚楚若仙、性情慧敏的美丽女子，魅力无穷让他不舍别离，内质冰肌又让他不屑猜度。

转眼，半年交换学习的时间就过去了。1998年6月，乔纳森回到美国太平洋路德大学，继续大四学业。

通常，对中美两国的交换生来说，交换学习的时间一结束，便各回各国，之后即使偶有交结，也不会太多。这份人生中的青春印记，往往便在岁月的流逝中结晶沉淀，或斑驳褪落。

然而，对乔纳森来说，却不是这样的。

自从离开成都，那些日子的乔纳森便如一叶孤帆，心心念念。

何处是归岸？

思念的远方，成都在望。

于是1998年12月，乔纳森从西雅图太平洋路德大学毕业之后，并未留在美国发展，而是在取得毕业证的两周之后的1999年1月，又飞来了中国，回到了成都。

这么迫不及待，只因为一个字：爱！

成都秀色盈盈，自己怎堪过客？

而且，为什么只有半年？

为什么在四川大学交换学习的时间只有半年？

为什么在中国在四川在成都生活的时间只有半年？

丰富的川菜美食、包容的城市氛围、休闲的生活节奏、赏不尽的城市风景……

多好的城市！多么宜居的城市！

乔纳森觉得自己在中国在四川在成都待的时间还太短，对中国的了解，对四川的了解，对成都的了解，对中文的了解都很不够。

也觉得成都的美食没有吃够，成都的美景没有看够，成都的公园没有游够，成都的街道没有逛够，成都的人情没有享够，成都的声音没有听够，成都的文化没有赏够。

成都，城市的面容始终灿烂。

它像春天的阳光，那么令人向往，那么令人陶然。

美国南加州的斯科特·施雷德（Scott Shrader）第一次来成都是2009年。

当时他在上海一家公司从事设计工作。此次来成都，单纯是旅游，因为他对成都很好奇。

斯科特·施雷德对成都的了解时间很早，他认识成都，并非听谁讲述，而是通过书本，这本书是《三国演义》。

之后，他又多遍看过电视连续剧《三国演义》，知道了成都这座城市。不仅如此，在好奇心的驱使下，他还去查阅和学习了与成都相关的一些资料。

因而他来成都，特地去了一些地方，寻找书中和剧中的"成都"。

结果发现眼前的成都，与书中和剧中的成都差别很大。没有岁月剥蚀的荒迹与颓败，全然有着如花开放年年更新却又根脉永固的欣欣向荣。

这是一座既时尚又古色古香的城市。

不过在心中隐隐产生想象与现实错位的淡淡的迷离之时，却又有怦然心动的惊喜满满地充盈斯科特·施雷德的脑海：成都虽然在"三国"之后经历了千年岁月，变得现代化了，却依然保留着《三国演义》中的一些历史记忆，保留着三国时期的历史痕迹。

三国文化是中国历史上不可多得和不容忽视的文化遗产，虽然三国历史不长，但是在这个刀光剑影、群雄割据的时代所涌现出的叱咤风云、行止兀傲、个性鲜明的英雄，却彰显了中华民族传统立世不倒的忠义、智慧，以及勇武精神。

斯科特·施雷德觉得，中国的国际化城市很多，但大多国际化城市都有着相似的面貌。鳞次栉比的高楼大厦、拥挤喧嚣的商业空间确实能与时尚相关联，但这个世界上最长寿的却是传统文化和自然生态。

时尚固然重要，但传统文化、自然生态岂能丢掉？不然工作和生活其间的人们，岂不忙时成了工作在有限空间里的不停运转的机器，闲时成了摆放于只有时尚的城市空间里的商品？

成都却不一样。

在成都的时间里，斯科特·施雷德先后游览了武侯祠、杜甫草堂、都江堰等公园景观，他感到成都吸引人的地方很多，人文、风景、建筑、生态、风情、时尚……这些东西融会在一起，呈现出包容性、多样性、协调性的美丽和炫光四射的魅力。

书里和剧里的成都，斯科特·施雷德从小便向往。拥抱成都，只因缘分早在，毫不生疏。

没有一个朋友的陌生的成都，却让斯科特·施雷德有了一种回家的感觉，这里的人们热情善良，这里的食品美味多样，这里的风景独特诱人……他情不自禁地一下子待了两个星期。

成都，他用无数次的想象换来与之亲近的热烈拥抱。成都，他愿用一年又一年的努力，刻上自己不舍热爱的烙印。

关于成都的好，贺克斌比别人感受更深一些。

虽然工作和生活在北京，但是生为成都人的贺克斌灵魂深处却是喜欢成都的。成都的云卷云舒、花开花落、阴晴圆缺，都牵扯着他的情感。他在成都度过了童年和青少年时光，成都住着他的亲人，成都书写着他的美好回忆……可以说，无论是从历史的，还是文化的，以及生态的角度看，对成都，他都算得上博古知今。

贺克斌是世界级大气污染控制理论与技术的权威专家，曾任清华大学环境学院院长，现为中国工程院院士。

教学之外，贺克斌还承担着国家大气重污染成因与治理攻关项目，从事中国最难啃的"硬骨头"区域——京津冀及周边"2+26"城市污染源识别、管控研究及环境治理。

他不是成都人，结缘成都几年来，也深深地爱上了这座美丽的历史名城。

他是中国城市规划界的高峰，在从事城市规划的20余年职业生涯中，为全国百余座城市朝着美好方向的发展付出过心血、奉献过力量，还曾参与雄安新区和北京城市副中心的规划设计，多次获得国家级与省部级荣誉。

他是匡晓明，上海同济城市规划设计研究院常务副院长。

小视角地讲述几个人物故事不是目的，目的是从侧面展示花园城市的世界魅力。

秀逸的园林

每座城市都有公园。

城市有公园本不值一提。但城市中的公园特色殊异，便会如明珠灼灼，令人心生向往。

望江公园，在四川大学望江校区的东南角，这是乔纳森来成都做交换生后去的第一个成都公园。

在大学校园旁边，竟然有这么一个美丽的公园，乔纳森很惊奇，也很惊喜。

沐浴着上午的冬阳，从望江公园正门进入，前方是一条竹林掩映幽静的通道。

雀鸟啁啾，竹枝摇曳，疏影横斜，明暗婆娑。

优游自得，通道漫行，在历史的河流中穿越。

过了通道，视野开阔处，有苍松翠柏、小桥流水，幽、静之中又添许多雅。

幽、静与雅，别有洞天，将公园之外城市的忙碌喧嚣隔离。

令乔纳森感叹的是，这里栽有多个品种的竹子，俨然竹的生态博物馆。

之前，他通过对中国文化的了解得知，竹虚心劲节、朴实无华、坚韧挺拔、宁折不弯、清雅淡泊，常被中国文人自比。

在四川大学校园旁边种这么多竹子，这是希望莘莘学子以竹为楷模吗？

竹道行完，又有小径若干，择一沿途植花的小道前行，穿过苍松丛林，不远处有一开阔地，视界内也是风景奇胜。

开阔地的边缘，深深的冬天里有高大的银杏树，在寒风中清奇特立，如饱经沧桑的老人，春花秋月，宠辱不惊。

在乔纳森浮想联翩之时，却有阵阵香芬伴着阳光的味道灌进他的鼻腔，如同美女身上散逸的馥郁。

环视周围，他看到了几棵只有中国才有的、逆着冰寒坚定走向春天的蜡梅树，拇指大小的花朵在隆冬的枝头傲放。沁人心脾的气息，正是它们凌霜傲雪散发的孤芳。

而蜡梅簇拥的，是一座碧瓦重檐的楼阁。

这座楼阁陌生却又亲切，傲岸不失温暖。

搜寻记忆，此楼竟然见过。

未到成都之前，乔纳森在查阅与成都相关资料之时发现，成都有一座城市地标建筑，名望江楼。在多少宣传成都的海报中，都有它既丽且崇的身影，他没想到望江楼原来在四川大学的边上，望江楼就在此刻自己的眼前。

这似塔似楼似亭的建筑，为全木穿榫结构，朱柱彩绘，雕梁画栋，碧瓦黄脊，翼角凌空，鎏金宝顶，屹立江边，格外秀丽。

站在望江楼前，乔纳森通过看楼前的中英文铭牌说明得知，这座总高39米的楼阁，特别有意思：楼阁共四层，下面两层四方飞檐，上面两层八角攒尖，寓意四面八方。

在楼阁每层的瓦脊之上，都装饰有人物雕像和鸟兽泥塑。楼阁底层及顶层的天花板上，还绘有凤凰戏牡丹和团龙图案。

通过旋梯登顶远眺，缓缓流动的锦江美景、市井红尘，尽收眼底。

游览望江楼后，他久久不愿离开。

在来四川大学交换的半年时间里，乔纳森还游览了杜甫草堂和武侯祠、都江堰等园林、风景，感叹其古木参天、栽花种草的美丽环境，感叹其规整秀丽、曲径回廊的园林，感叹中国古人的智慧。

成都市的公园，广阔而不粗疏，缜密却不琐碎，像一幅幅中国画。游览公园，便是在画中游。

成都市的公园，又不单纯是一幅画，而是有故事的灵动的图景，是有生命力的动感的图画，是美好正在生长的胜境。

成都真是一座美好的城市。待得越久，感情越深，越觉得当初来四川大学进修中国文化是正确的。

成都大熊猫繁育研究基地，不仅仅是一座从事大熊猫研究的基地，更是一座世界级别的著名公园。

游览成都大熊猫繁育研究基地的初次体验，玛丽亚的记忆十分深刻。

2018年5月2日早晨，在栀子花香馥郁的空气里，吃过早餐之后，当时的中国国际航空公司准飞行员谢宇航对第一次来成都的意大利女友说："亲爱的，你现在吃饱喝足了，我给你当一下导游，带你出去走一走，看看成都吧。"

窗外的阳光透过絮白的云层，照耀着散发出朝气的大地。金色的光芒，蓊郁的植被，还有飘来荡去的芬芳，书写着人间的美好，"烟红露绿晓风香，燕舞莺啼春日长"，确实给人一种走出户外的冲动。

"好呀！亲爱的，那去哪儿玩呢？"

"宝贝，我先不告诉你，先保持一点儿神秘感吧。等到了目的地，我相信你一定会有大大的惊喜。"

"那好吧，虽然我到成都还不到一天，但是美丽的成都已经给我惊喜了。"

"不过，我可以先透露一点儿内容，你见了今天要见的主角，如果想给它拍照的话，那么我可以肯定地说，你手机的彩色功能在它面前会完全失灵。"

"你今天要带我去看高科技产品吗？"

"你可以这样先猜测着。"

"那我太期待了。"

走出家门，下楼，置身于楼与楼之间光影摇曳的林间小道，玛丽亚的心情很好。

见谢宇航没有开车，玛丽亚又好奇地问："你要带我去游玩的地方很近吗？"

"不近呀！"

"我见你没有开车，我还以为很近呢。"

"有专车的。"

"那太好了！不过，享受特权不太好，这毕竟是假期。可是，你不就是一个正在学习飞机驾驶的学员吗？应该不会有啥特权吧？"

"哈哈，亲爱的，你的想象力真丰富，我有没有特权，你一会儿就知道了。"

他们手牵着手，在小鸟对唱清脆婉转的声音中走出小区，来到街上。然后谢宇航招了一下手，一辆出租车随即开了过来。

"上车吧，亲爱的。"

"这就是你说的专车吗？哈哈，有意思，这专车也挺好的。"

玛丽亚觉得男友真幽默,不过幽默的男人似乎都很阳光,她很喜欢这样的男人。

"这当然不是我所说的专车。"

"哦,你所说的专车不是出租车呀?"

这时,出租车司机打断了他俩的英语对话,用成都话问:"请问两位要去哪儿?"

"哦,我们现在去春熙路。"

谢宇航用四川话回答了司机的问题之后,又将自己对司机说的话用英语翻译给了玛丽亚。

玛丽亚听后点点头,很兴奋:"春熙路挺好的,春熙路是成都著名的商业步行街,我知道。"

"是的,春熙路不错。有媒体宣传说:'城市掘金哪里去,春熙路;品味时尚哪里去,春熙路;欣赏美女哪里去,春熙路……哪里都不想去?还是可去春熙路。'但我今天带你去的地方不是春熙路。"

"那是去哪里?"

"暂不透露,一会儿你就知道了。"

一路前往春熙路的过程中,玛丽亚享受着成都街景的视觉盛宴,她真没想到成都这座城市有这么漂亮,街上是这么干净,人们是这么恬适和快乐,优雅且自信。

优雅是心灵的魂,时尚是视觉的花。人因优而雅,美因时而尚。优雅如春阳煦暖,时尚似风景照人。

虽然自己到成都还不到二十四小时,但玛丽亚发现自己心中已经爱上了这座既古老又充满朝气的城市了。

又想到身边坐着自己最爱的人,想到自己可能与此生最爱的人生活在这座美丽的城市,她心中全是暖暖的幸福。

就在玛丽亚浮想联翩的时候，出租车到了目的地。

下车处，玛丽亚看到了一辆车身写着"成都景区直通车"字样、车头绘着萌态十足的熊猫形象的公交车时，不由惊叹："这辆车真是太可爱了！"

"上车吧，这就是专车呀！"

"亲爱的，我明白了，我们这是要去看熊猫？"

"你猜对了！我们要去成都大熊猫繁育研究基地看看。"

"这可真是太有意思了。"

于是谢宇航简单地向玛丽亚介绍了一下成都大熊猫繁育研究基地的情况。

成都大熊猫繁育研究基地，是中国政府实施大熊猫等濒危野生动物迁地保护工程的主要研究基地之一，国家 AAAA 级旅游景区，是我国乃至全球知名的集大熊猫科研繁育、保护、教育、旅游、科普和熊猫文化建设于一体的大熊猫等珍稀濒危野生动物保护研究机构。

到了成都大熊猫繁育研究基地之后，玛丽亚又一次被震撼了：成都大熊猫繁育研究基地门前游人如织，几乎达到人挤人的程度。

这就是为了看一眼熊猫吗？这是世界超级巨星街头现身才可能出现的人头攒动、摩肩接踵的场景啊！

玛丽亚心脏狂跳，赶忙排进长长的队列里。

很快，她的身后便排了很多人。

人们前肚贴后背，热烈而又充满期待。

玛丽亚也一样，甚至感到自己呼吸都不畅了。

当然，这也是因为她想到自己马上就要看到大熊猫时的过度激动，是看到排队的游人太多，担心自己买不到票的紧张，也与头一天晚上下了雨，此刻赤日当空，天气闷热，自己穿着长衣长裤的燥热有关。

要知道在欧洲，在意大利的任何一个景点，曾经当过导游的玛丽亚都没有见过这么多游人和这么拥挤的状况。

见玛丽亚汗流浃背的样子，谢宇航对她说："亲爱的，要不你先出去，在阴凉处休息一会儿。人太多了，天气热，太阳大，怕你中暑，我在这里排着队就好了。"亲爱的人啊，你可真体贴啊！

"那好吧，宝贝，就暂时辛苦你继续排队了。我真的太热了，我去休息一会儿。"

说着，玛丽亚离开了队列。

然而，队列之外人也挺多的呀！因而出列休息没多久，由于心里对能够尽快目睹大熊猫充满了抑制不住的向往，她又重新回到男友身边，继续排起了队。

终于买到票了。

成都大熊猫繁育研究基地景区的大门也呈熊猫造型，看上去既可爱，又艺术。

进入成都大熊猫繁育研究基地之后，一切都疏朗起来，不像门外那样人挤人。

游人见到的第一个景观是天鹅湖，这里温馨与和谐如空气充盈，玛丽亚居然看到野性十足的黑天鹅也在人行道上闲庭信步，与游人不认生疏。

以前，玛丽亚从未见过真的大熊猫，当在成都大熊猫繁育研究基地看到鲜活的大熊猫时，她开心得叫了起来。

这些家伙真可爱，又胖又乖，萌态十足，或睡或吃或嬉戏，处焦点中心而神态自若，真不愧是世界级明星。

此时，玛丽亚终于明白了这么多人来成都大熊猫繁育研究基地一睹"芳颜"的原因。

大熊猫这个大自然濒临灭绝的脆弱而又神奇的精灵,岂会让你一饱眼福满足好奇心?那个可爱,真的能让面对它们的你心都化掉。

这一刻,她也以自己是游人中的一员而自豪。

同时,她也明白了男友早上出家门时对她说的,见到今天要见的主角,如果想给它拍照的话,无论是手机还是相机,彩色拍照功能在它面前都会完全失灵的意思。

成都就像熊猫一样可爱,充满美与惊喜。这些美与惊喜,或许对别的城市来说,只能是永不停步的追求。这些美与惊喜,对远道而来的游人,则是一生挥之不去的记忆。因为这些美与惊喜,只属于成都。成都,这座城市独特而又神秘,甚至用最简单的黑与白,也能讲述出令世界着迷的故事。

成都大熊猫繁育研究基地还有大熊猫博物馆和大熊猫魅力剧场,想了解与大熊猫有关的科普知识,或者观看与大熊猫有关的故事,则可以在这里获取营养。

在大熊猫繁育研究基地,玛丽亚听到了一首词意爱意流淌、旋律十分优美的歌:

竹子开花啰喂
咪咪躺在妈妈的怀里数星星
星星呀星星多美丽
明天的早餐在哪里
咪咪呀咪咪请你相信
我们没有忘记你
高高的月儿天上挂
明天的早餐在我心底

请让我来帮助你
就像帮助我自己
请让我去关心你
就像关心我们自己
这世界会变得更美丽

这首歌曲名叫《熊猫咪咪》。

玛丽亚非常感动,这首歌既是爱的呼唤,也是中国曾经对大熊猫保护的庄严承诺。

在这里,她了解到了成都大熊猫繁育研究基地的大致情况。

成都大熊猫繁育研究基地是在成都动物园饲养、救治、繁育大熊猫的基础上建立起来的。20世纪80年代,邛崃山系冷箭竹开花枯死,一部分大熊猫因缺食饥饿而被救护集中到成都动物园,《熊猫咪咪》这首当年极为流行的歌曲,便是在这种情况下产生的。

1987年,为了加强对病饿大熊猫的救治管理,将大熊猫的教育展示功能与救护研究功能分离,强化大熊猫科学研究,提高大熊猫繁育水平,成都市人民政府决定建立成都大熊猫繁育研究基地,并与成都动物园实行"一套班子,两块牌子"的管理方法。

1990年,成都大熊猫繁育研究基地与成都动物园分成了两个独立的实体单位。

1992年,大熊猫博物馆对游客开放。

1997年,成都大熊猫繁育研究基地在国家计委、成都市计委、成都大熊猫繁育研究基金会共同资助1500多万元的基础上,建立了国内第一家开展中国特有濒危动物保护研究的开放实验室。

2000年,基地在全国野生动物保护系统率先开展公众保护教育工作，成立科普教育部。

2001年，开放实验室被四川省科技厅命名为"濒危动物繁殖与保护遗传四川省重点实验室"。同年，成都大熊猫繁育研究基地与四川大学合作开展研究与实验。

2003年，成都大熊猫繁育研究基地被四川省委、省政府授予"四川省人才开发先进单位"，并获批国家人事部授予的全国"博士后科研工作站"。

2006年，成都大熊猫繁育研究基地被国家旅游局正式授予"国家AAAA级景区"。

2007年，成都大熊猫繁育研究基地开放实验室被国家科技部正式批准成为"四川省濒危野生动物保护生物学重点实验室"。与此同时，在成都大熊猫繁育研究基地和四川大学分别建立了现代化的大熊猫博物馆、动物标本馆和濒危动物基因资源库。

2011年，由成都大熊猫繁育研究基地和全球科思基金会联合创办的"大熊猫保护生物学国际研究中心"挂牌成立。

……

成都大熊猫繁育研究基地当然不仅只有大熊猫，还有小熊猫、蓝孔雀，以及在天鹅湖里嬉戏或者在游客道上优哉游哉散步的黑天鹅。

成都人与自然的关系是如此和谐，玛丽亚十分感慨。

成都大熊猫繁育研究基地给大熊猫提供了力挽狂澜的种族佑护，并以城市标记和文化符号及爱心关怀的形态，散落在成都的大街小巷。这，正是成都人与自然和谐统一的真实写照。

公园存在的实质，是人类智慧与自然环境巧妙的结合，并完美地传达着生活的幸福。

城市公园通常是人类的休闲场所与乐园。但成都大熊猫繁育研究基地却并非单纯地展览熊猫供人们猎奇，而是研究、保护，以及向大众科普。这里不仅是人类的休闲场所和释放爱心、感受人与自然和谐共生共生、激发热爱大自然情怀的场所，也是动物们的乐园与天堂。

从历史上看，一部人类文明史就是人与自然关系的发展史。

人类最佳的生存环境应该是怎样的？是人类社会飞速发展，自然生态仍然被精心呵护，呵护得近乎完好如初，各种珍稀物种也能够得以生存，并繁衍生息。

重峦叠嶂如卫士般呵护着成都平原的一马平川，纵横河谷似怀抱般孕育了巴蜀大地的灿烂文明。水旱从人、沃野千里的四川盆地既养育了勤劳勇敢生生不息的四川人，也为各种珍禽异兽提供了繁衍的生态栖息地。一片土地是否是风水宝地，全然在于其自然生态系统是否保持平衡，因为没有谁会赋予寸草不生的死亡之地戈壁沙漠以"钟灵毓秀"的词汇。因而，大熊猫的进化有力地见证了生态保护的自觉性和自然性。

2016年4月，世界自然保护联盟宣布，大熊猫变为"易危动物"，不再属于世界濒危动物。这是中国人的努力，而成都在其中所做的贡献，举足轻重。

成都，是使大熊猫从濒临灭绝状态一步步走出物种危崖的科学重地。玛丽亚心里泛起别样的温暖。

成都在美国人斯科特·施雷德心中有着重要地位的原因，也与熊猫有关。

斯科特·施雷德觉得，虽然熊猫并非只生活在成都，但成都在对外宣传方面，与熊猫契合得最为紧密；成都在熊猫遗传与繁育方面的研究更成体系；熊猫与成都这座城市之间的关联故事无处不在，国际游客为看熊猫落地成都的人次无以计数……因而，成都的城市气质中遍布熊猫元素，理所当然。

在成都大熊猫繁育研究基地，斯科特·施雷德还遇到了一位老乡、来自美国纽约的动物行为研究员，他便是大熊猫国际"护工"詹姆斯·阿亚拉。

詹姆斯·阿亚拉从小便对野生动物有着浓厚的兴趣。在攻读保护生物学硕士学位期间，他便开始研究野生动物行为，并梦想成为一位野生动物保护者。2012年，他来到了成都，成为成都大熊猫繁育研究基地的一名大熊猫保护研究工作者。

在西方人心中，大熊猫不仅是一种动物，还是友谊的天使、萌宠的代表。

1869年，法国传教士戴维在四川宝兴县发现大熊猫，当他将大熊猫皮张带回欧洲时，没想到在西方世界引起了轰动，掀起的热潮一浪高过一浪，且经久不息。此后，西方世界就兴起了到中国的"寻宝热"——他们所要寻的宝就是大熊猫。

在这些寻宝人中，也有美国总统罗斯福的儿子小罗斯福的身影。为了寻找到大熊猫，他曾数次来到中国，且经常生活在四川的原始森林之中。

遗憾的是，他一直没有抓到一只活体大熊猫。

后来好不容易发现了一只大熊猫，他本想用枪将之打伤，然后再为其治疗，以便带回美国圈养。谁知事与愿违——他不慎将之打死了。

因为自己的鲁莽，小罗斯福后悔终生，直到临终之时，仍在懊悔。

1972年，时任美国总统尼克松历史性访问中国，熊猫"玲玲"和"欣欣"作为中国赠送的礼物，扮演了历史上熊猫外交的首任大使，出现在华盛顿史蒂芬国家动物园,打开了中美关系的新篇章。

在美国,熊猫是稀世珍宝的象征,成千上万人追寻着它的身影,以能见其芳容为傲。

不止美国,熊猫在西方文化中也无所不在,世界野生动物基金会还选定熊猫作为该会的标志,代表全球所有濒临绝种的动物。

大熊猫的存在,见证了近代中国与世界最早的文化交流。

自从19世纪西方世界第一次了解到大熊猫开始,大熊猫的足迹已经遍及全球20多个国家,这让全世界对它们产生了无尽的想象和无限的憧憬。

成都人将大熊猫视为城市的一部分、生活的一部分、自豪的一部分,就是因为大熊猫不仅是珍稀动物,而且是很有灵气的动物。很多外国友人不远万里来到成都,来到四川,最重要的目的就是看看大熊猫,感受成都有大熊猫的生态气息、自然气息,体验有大熊猫的成都重视环保的生态之美。

成都,正在打造中国大熊猫国家公园主题公园,这也将是这座充满绿色的城市最重要的亮色之一。

大熊猫国际"护工"詹姆斯·阿亚拉说:"四川是一片研究生物多样性的热土,成都是这片热土的中心。"这也是他来到成都"照顾"大熊猫的原因。

詹姆斯·阿亚拉这位美国老乡,让斯科特·施雷德感到很自豪,也很感动。

第一次到成都,在参观了成都大熊猫繁育研究基地之后,谢宇航带着玛丽亚游玩的第二站是锦里一条街。在锦里,玛丽亚不仅感受到了成都悠久的历史文化,忠、义、勇的精神传承,也品尝了很多地道的成都美食。

　　那之后,谢宇航又带着玛丽亚游览了武侯祠、杜甫草堂等名胜,每一处都让她惊艳,因为这些公园与意大利的公园相比,不仅风格不同,也极有特点。

深邃的文化风景

成都是一座你越了解越深爱的城市。

成都的魅力是不断发现的,短短的时间根本无法尽晓。

喜欢摄影的乔纳森从美国太平洋路德大学毕业,再次回到成都生活之后,便经常重游成都的一些景点,而每次重游,他都会有新的收获。

初游成都的一些公园,乔纳森看到的仅仅是令人流连可视的悦目风景,是一些技艺精湛的人物动物花卉雕像、榫卯相连巧夺天工的亭台楼阁、清新馥郁莺歌燕舞的绿树红花,一处一处造型别致嫩荷擎绿的碧水池塘,一片一片镌刻在石头上或者木板上不能尽解其意却又令人肃然生敬的汉字。

而随着他识得的汉字越来越多,对中国文化的了解越来越深,他便越来越发现成都公园的魅力,岂止是可视的风景,岂止是目光所及或花卉或古木或回廊或曲径的魅力,还有隐藏在历史深处源远流长闪闪发光的文化内涵,还有中国人绵绵传承的价值取向、思维方式、道德规范、精神气质,还有孝、悌、忠、信、礼、义、廉、耻的做人根本……

这些令人心灵震撼的魅力,在时间的河流中历千年不衰,如金子般闪亮。

渐渐地，乔纳森才明白，人们游览这一座座公园，并非仅仅欣赏看得见的景观，更在于感受深藏其间的文化内涵和精神力量，更在于感受蕴含其中的民族灵魂和中华信仰。所以，游的是一种人生感悟、一种处世哲学、一种思古幽情、一种修为境界、一种家国情怀和一种心灵洗礼。

杜甫草堂，是曾流寓成都的唐朝大诗人杜甫居住四年的故居所在地，唐末诗人韦庄寻得草堂遗址，重结茅屋，使之得以保存。之后，宋元明清历代都有修葺扩建。

杜甫草堂占地面积近300亩，仍完整保留着明弘治十三年（1500年）和清嘉庆十六年（1811年）修葺扩建时的建筑格局，照壁、正门、大廨、诗史堂、柴门、工部祠排列在一条中轴线上，两旁配以对称的回廊与其它附属建筑。

杜甫草堂是一处清幽的休息场所，是一个伟大诗人艺术生命最灿烂时光的见证，而且是唐朝诗歌鼎盛时期的活化石。

如果不了解杜甫在人们心中的"千秋万岁名"，你就只会感叹其"寂寞身后事"，而不可能了然其诗歌彪炳史册的意蕴沉雄。

因而，杜甫草堂实际上又非单纯的诗人旧居，诗人在成都居住时穷困潦倒，怎可能占地如此开阔？

杜甫草堂风景生长的根基，是一位平民诗人忧患、仁慈的情怀。参谒而来，感受的既是其诗歌的意蕴，更是心灵的共鸣，以及情致得以、精神慰藉。

杜甫的崇拜者很多，乔纳森的老师史密斯便是其中之一，他带着乔纳森等7名路德大学的学生来四川大学交换学习时，总是津津乐道地给他们解读和分享杜甫诗歌的魅力。受其影响，乔纳森对杜甫草堂的认识，也便有了一个由表及里的过程，且越来越深，深到迷恋的程度。

而在从事城市景观设计工作多年的美国人斯科特·施雷德的眼中，今天的杜甫草堂是集纪念祠堂格局和诗人旧居风貌于一体的中国古典园林。典雅清幽、秀丽娴静的景观，深深地打动了他。

随着对中国文化的逐渐了解，乔纳森发现，武侯祠的文化内涵也非同一般。

金戈铁马的动荡岁月，所处不同社会阶层的曹操、刘备、孙权、诸葛亮、周瑜、关羽、张飞、赵云等人，聚集到时势舞台的中央，并以超逸不群的文治武功、忠肝义胆，在中华民族悠久的历史上留下了浓墨重彩的英雄印记，因而三国文化在中国人的眼中是英雄文化。

三国文化的精神内核当然不仅于此，还有其智慧性。

成都武侯祠始建于章武元年（221年），已有1800余年历史，原是纪念诸葛亮的专祠，后合并为诸葛亮与刘备君臣合祀的祠庙。

躬耕南阳时独善其身，成为丞相时治国平天下，诸葛亮是儒学代表；因其一生将政治智慧、军事智慧与人生智慧发挥到了极致，又被誉为智慧的化身；也因其能沟通天地，连接尘寰，还被视为道家集大成者……

了解了这些知识，乔纳森便明白了武侯祠被民众膜拜的原因。

美国人斯科特·施雷德打小就崇拜诸葛亮，他没想到武侯祠竟然是为纪念诸葛亮而建的。因而他第一次到成都旅游之后去的首个景点，就是武侯祠，而且是怀着一腔敬仰与膜拜的特殊情感，以一种融身于《三国演义》故事场景的探索方式。

在斯科特·施雷德眼中，武侯祠也有着浓郁的文化气息，流淌着中华民族忠义、智慧、勇武的精神。旅游武侯祠，让他更进一步地理解了三国文化受追捧的原因。

望江公园，当然也是很有内涵的。

乔纳森在四川大学交换学习之时，第一次去望江公园，这是他在成都去的第一座公园。

初游望江公园，除了感叹古木参天、茂林修竹、曲径通幽之外，除了知道该园是为了纪念一位名叫薛涛的唐朝女诗人之外，最大的感受是清宁幽雅，宜心宜神。

第二次到成都之后，乔纳森也偶有前往望江公园游赏。不过此时的他便不再仅仅是看风景，因为成都已然是一座大公园了，哪儿都有风景。

之后，他一次又一次去望江公园，就跟他一次又一次去杜甫草堂、武侯祠一样，除了看风景之外，更多的时候是感悟风景后面蕴含的文化内核。

对曾经是成都市地理标志性建筑之一的望江楼，他明白了其本名"崇丽阁"的由来，源于晋代大文学家左思《蜀都赋》中"既丽且崇，实号成都"这句话。

第一次游望江公园，除了看到匠心独运的建筑，还看到高大的、低矮的、肥壮的、瘦削的等很多种类的竹。平生所见，俨然竹之博物馆，不明就里，他觉得震惊。

但随着他对望江公园知识的了解，才渐次晓然众多竹"风云际会"于此的原因。

那是因为曾居住于此，通音律、精诗词、多文采的唐代诗人薛涛一生爱竹，曾写诗颂竹：

> 南天春雨时，那鉴雪霜姿。
> 众类亦云茂，虚心能自持。
> 多留晋贤醉，早伴舜妃悲。
> 晚岁君能赏，苍苍劲节奇。

后人为纪念她，便从全国各地带来各种竹子植于此园。

如今，望江公园内有国内外竹子200余种。年复一年，这些竹子迎风傲雪，为这位吐气若兰、诗歌总是不经意流淌着孤独与哀伤的女子塑造有型的芳魂。

游望江公园，遥想曾经清丽雅正、托意深远的薛涛，欣赏能代表中国文化与中华民族处世哲学的竹，真是别有一番感受。

就这样，随着对中国文化的了解，对成都文化的了解，乔纳森越来越发现这些公园是多么有魅力了……

武侯祠与杜甫草堂、望江公园，以及都江堰这些城市公园景观，高度体现了成都这座城市崇尚智慧与文化，向善向美，并追求美好生态环境的精神内核。

成都是一座有文化的城市。成都文化的传承连续，彼此关联。

自从人类在成都留下第一个脚印开始，已经过去了4500年。漫漫的历史长河中，锦城丝管演奏出了华夏数一数二的繁荣昌盛，隽永蜀锦编织出了花重锦官的芬芳美景，水旱从人构建了华润天下的世界城郭，国宝熊猫则让成都生态扬名天涯海角……

花重锦官

在岁月里行走,江川万千,风光无限,然而每个人的心灵都始终走不出情牵之地。

对中国工程院院士、世界级大气污染控制理论与技术的权威专家、清华大学环境学院院长贺克斌来说,虽然脑海中装着各种环保数据,且足尽天涯,但是心中有一座城市的位置,却是其它城市无法取代的,这座城也是他心灵的皈依。

这座城市便是成都。

自己是成都人,根在成都,成都在心中的位置自然更重。

不只贺克斌,从古至今,成都都是成都市民值得自豪的城市。

而且,来过成都的外地人,无不对成都流连耽湎,无所归心。

依依归去后,也莫不从此念念不忘,心向往之。

上海同济城市规划设计研究院常务副院长匡晓明,就是这样一个热爱成都的外地人。

匡晓明喜欢成都,作为高级知识分子,他脑海中的成都,不仅仅是眼下的成都,还有历史上的成都。在他心中,成都俨然一座大公园,这种纯洁盎然的气息,有着悠久的历史。

博厚配地,高明配天,成都"城"的产生,十分悠久。

3000年前，古蜀文明在成都出现。那时的人们崇拜光芒万丈的太阳和自由飞翔的鸟儿。2001年成都出土一块外径12.5厘米、厚0.02厘米的金箔，充分证明了这一点。这块金箔也最终成了成都的城市标志——太阳神鸟，以及中国文化遗产标志。

太阳崇拜是早期人类文明的共性，世界五大古代文明均是如此。

太阳崇拜与自然崇拜，这是古蜀人类最朴素的灿烂追求和环保意识，这也是成都公园意识的雏形。

哈佛大学人类学教授傅罗文（Rowan Flad）通过对成都平原的考古研究得出结论，古蜀文明有着自己独特的文化内涵。

《太平寰宇记》作者、北宋文学家、地理学家乐史考证，成都得名系"以周太王从梁山止岐下，一年成邑，二年成都，因名之曰'成都'"。

成都，3000年城址不移，2500年风貌不变。

历经蚕丛、柏灌、鱼凫、杜宇和开明五个王朝，与关中平原、黄河下游平原并列中国最早的三大农业文明起源地，成为华夏文明的重要源头和中华民族的发祥地之一。

对人类来说，坚定不移地追求梦想，才能有所成就，或积累经验；对城市来说，坚定不"移"城址的结果，便能积淀下悠悠的历史和深厚的文化。

成都是一座盆地城市，平均海拔600米，境内有海拔5353米的大雪塘，有海拔5040米的巴郎山，有海拔2434米的青城山……

站在太空看，成都俨然是一个巨大的天然盆景。

盆景的特点是什么？是风景秀逸、魅力四射、美不胜收的生态和环境。

建基于远古时代，开国于中古时代，外缘灵关为门户，内包玉垒为栋梁，岷江分流，并行过界，峨眉相对，重重阻隔，水陆在四面八方交会，丰茂繁盛的景象无处不见……

这是成都！

公元前256年的战国时期，被秦昭王任命为蜀郡（今成都一带）太守的李冰与儿子李二郎修筑都江堰大坝，这是世界上迄今为止年代最久、仍在使用、唯一以无坝引水为特征、自然生态与人文精神完美结合的重大水利工程。

自此，成都平原水旱从人，不知饥馑，商贾繁荣，文脉丰盈，风雅更新……

汉景帝在位末期，安徽人文翁任蜀郡太守，在成都建立中国最早的地方官办学堂"文翁石室"，推动成都一跃成为中国文化最先进的地区之一，并致尚学风气绵延至今。

成都有着独特的文脉传统。在汉代，曾经有两位非常著名的撰赋作家，他们是司马相如和扬雄，他们有着共同的故乡，那就是成都。

司马相如（公元前179年—公元前118年），字长卿，原名犬子，因仰慕战国时的名相蔺相如而改名相如。一说蜀郡成都人，一说巴郡安汉（今四川省南充市蓬安县）人，被誉为"赋圣""辞宗"。

司马相如是汉家情圣、千古赋圣、治边功臣、处世高人。他以绿绮之琴挑文君、以子虚之赋惊汉主、以喻蜀之檄安蜀民、以消渴之疾保善终的故事为后人津津乐道，绵延传诵。

中华上下，风流倜傥如司马相如者屈指可数。有评价认为，以中国文豪蜀籍论，司马相如、李白、苏轼三人，各领汉赋、唐诗、宋词风骚，而司马相如则为蜀中文气之先驱。汉赋是中国文学史中的一个传奇，司马相如将南方的瑰丽文学带到中原，并与中原文化交流融会，上承先秦之离骚，中振六朝之骈文，下启唐代之诗风，成就了汉赋巅峰。

司马相如之赋，文风薪火相传承前启后，为中华文渊之枢纽。

司马相如是名人中的名人,从古至今崇拜他者数不胜数,在这些崇拜者中,甚至不乏历史巨擘。比如杰出的政治家、战略家汉武大帝爱好文学,传说有一天,他读到了一篇名叫《子虚赋》的文章,顿时赞不绝口。继而又以为作者早已作古而叹息:"可惜我与此人生不同时!"没想到一位侍从说:"我同乡司马相如曾称此赋是他所写。"汉武帝闻言,大喜过望,立即征召司马相如求证此事。司马相如回答说:"确有此事,不过这篇作品是在梁孝王幕下时所作,写的是诸侯主事,不足为奇。现在我可以为陛下写一篇气势更恢宏的游猎赋。"不久,司马相如写了《上林赋》,并呈给汉武帝。汉武帝读后,再次赞叹,便让司马相如当了郎官,侍从左右,并自此每每向他索文赏读,以先睹为快。"时上好神仙,相如又奏《大人赋》,天子大悦,飘飘有凌云之气,游天地之间意。"

被后世顶礼膜拜的诗仙李白,不仅对司马相如推崇备至,时时习文临之摹之,还以司马相如自比。他在《秋于敬亭送从侄耑游庐山序》中便说,"余小时,大人令诵《子虚赋》,私心慕之"。在《上安州裴长史书》中,又将司马相如称为"老乡","见乡人相如大夸云梦之事,云楚有七泽,遂来观焉"。

现代大文豪鲁迅,也很崇拜司马相如,在他所写《汉文学史纲要》中,他说:"武帝时文人,赋莫若司马相如,文莫若司马迁。"

有意思的是,跟司马相如同生汉代的成都老乡扬雄,也很崇拜司马相如。

扬雄(前53年—18年),蜀郡郫县(今成都市郫都区)人,字子云,庐江太守扬季五世孙,名士严君平弟子。

扬雄文学成就极高,被誉"文义至深,论不诡于圣人"。

扬雄比司马相如晚生100多年,两人生活的年代也不尽相同:司马相如成长的年代，是西汉王朝的盛世；扬雄成长的年代，西汉王朝却开始衰落。扬雄因崇尚司马相如之赋"弘丽温雅"，每作赋，常模仿其形。

司马相如和扬雄，是早年蜀地文学的两座高峰。司马相如有《子虚赋》《上林赋》等佳作传世，扬雄则写有《太玄》《法言》等巨作。司马相如和扬雄作赋之才占据了汉赋的半壁江山，他俩同为"汉赋四大家"（司马相如、扬雄、班固、张衡）之一，其文学地位，有如楚辞之屈宋、散文之韩柳、诗中之李杜、词中之苏辛。

扬雄是一个大器晚成的人，年过四十才离开蜀郡，前往长安寻找人生机遇，并因此留名青史。

到长安后，扬雄先是受到大司马车骑将军王音的赏识，被招为门下吏。后又结识同乡、时任宿直郎的杨庄，并蒙杨庄向汉成帝进献他的作品《绵竹赋》。

平常沉湎酒色、荒于政事的汉成帝，是一个文学爱好者，当他读完《绵竹赋》后，赞佩叹"此似相如之文"，并求证是否如此。杨庄答曰："此臣邑人扬子云。"

自此，扬雄这个名字，在汉成帝心里留下了深刻的印象。西汉元延二年（公元前11年）正月，汉成帝行幸甘泉，祭祀天神以求继嗣，特征召扬雄候命。于是扬雄为之作《甘泉赋》。此赋把汉成帝郊祀甘泉的盛况书写得如同仙游，并颂扬刘氏王朝地久天长，同时也讽谏汉成帝游幸太过奢侈。这年三月，汉成帝行幸河东祭祀大地，扬雄又作《河东赋》，劝谏汉成帝当重新振作，励精图治。这年十二月，汉成帝行幸长杨宫围栏狩猎，扬雄为汉成帝写了《羽猎赋》，劝说汉成帝要吸取汉武帝穷奢极欲导致国家衰弱的历史教训；元延三年，扬雄见汉成帝以令胡人赤膊与野兽斗为乐，又写《长杨赋》，劝谏汉成帝不可沉迷享乐，耽误民生国计。

扬雄这四篇赋文辞典丽深湛，蕴藉风流，意境铺排夸饰，玄妙旷达，却又敢于寓讽于赋劝谏皇帝，且不被皇帝治罪，因而他一下子成了全国名人。

除了这四篇名动后世的汉赋外，扬雄还仿《易经》作《太玄》，仿《论语》作《法言》，著述西汉《方言》。对家乡来说，扬雄另一大文学成就，就是编撰了记载蜀地人文历史的《蜀王本纪》和铺陈蜀郡地理、物产、习俗的《蜀都赋》。

《蜀王本纪》为历代蜀王传记，始于古蜀国先王蚕丛，迄于秦代。这是最早记载古蜀神话与历史故事的地方性史料，录有蚕丛、柏灌、鱼凫、杜宇（望帝）、鳖灵（开明）这五位古蜀君主的相关神话，所记故事有五丁开山、秦惠王伐蜀、老子出关、李冰治水等历史故事与传说。

> 蜀王之先名蚕丛，后代名曰柏灌，后者名鱼凫。此三代各数百岁，皆神化不死，其民亦颇随王去。鱼凫田于湔山，得仙。今庙祀之于湔。时蜀民稀少。
>
> 后有一男子，名曰杜宇，从天堕，止朱提。有一女子，名利，从江源井中出，为杜宇妻。杜宇乃自立为蜀王，号曰望帝。治汶山下邑，曰郫化，民往往复出。
>
> ……蜀王据有巴蜀之地，本治广都樊乡，徙居成都……

《蜀王本纪》里提到了成都，而《蜀都赋》则更详细地记述了成都。

在《蜀都赋》里，扬雄用1700多珠玑般华丽的文字，详细地描绘了成都的地理位置、历史沿革、山川地貌、方物特产，记录下了他所在时代的成都之美。

"蜀都之地，古曰梁州。禹治其江，渟皋弥望，郁乎青葱，沃野千里。"

仰仗大禹治水,成都平原水网密布,土地肥沃,植被郁郁葱葱,沃野千里,物阜民丰。

"尔乃其都门二九,四百余闾。"

成都城华美繁盛,四通八达,人烟浩穰,卓尔不群,在汉武帝时期有城门18座,街巷住宅区达400余个。

扬雄的《蜀都赋》辞藻华丽,写景状物极尽铺陈,开启了中国文学史上都邑大赋之先河。东晋王羲之《蜀都帖》、北魏郦道元《水经注》中,都曾提到他的《蜀都赋》。

宋代司马光称赞扬雄是孔子之后第一人,"孔子既没,知圣人之道者,非扬子而谁"?自此,他被后人称为"西道孔子"。

《管子·牧民》云:"仓廪实而知礼节,衣食足而知荣辱。"一座城市的百姓拥有优渥的生活,解决了温饱这样的物质基础需求,方可考虑精神层面的建设,钟情文化方面的相关修为,也才可能繁荣文化,钟灵毓秀。反过来说,如果人的温饱问题都解决不了,即使有高尚的道德观念,也会坚持不了多久……

历史的车轮继续向前,又过了200多年,刘备建立蜀汉王国,使成都成了三国文化的源头。

除扬雄之外,古代成都的英逸之景,令无数文人墨客沉醉痴迷;美丽风貌,有多少华章藻句予以记述。

唐开元八年(720年),时年21岁才华横溢的李白慕成都的灵秀清芳,从江油出发,到成都发展,街巷流连,水湄宴饮,极享诗酒之趣,醉卧风流,留下了著名诗作《登锦城散花楼》:

日照锦城头,朝光散花楼。

> 金窗夹绣户，珠箔悬银钩。
> 飞梯绿云中，极目散我忧。
> 暮雨向三峡，春江绕双流。
> 今来一登望，如上九天游。

清晨春光，明媚地照耀在锦官城头，朝霞把高雅别致、宏伟壮观的散花楼渲染得光彩夺目、富丽堂皇。华美的窗间夹着锦绣的门户，珍珠缀饰的帘上悬挂着玉钩。沿着向上抬升并高耸入云的台阶攀登，站在楼接霄汉、气象雄伟的散花楼之高处，极目云天，心旷神怡，胸中忧思顿然舒散，而变得天地般开阔。不仅如此，还仿佛看到日暮时潇潇细雨飘洒，并积聚成江水，浩浩荡荡地流向三峡。这温柔的春时江水啊，在奔向远方前漫漫环绕着双流城，也是那么美丽。今天来此登楼而望，真如仙游九天。

这是李白早年创作的诗歌之一，所写场景由近及远，由地而天。整首诗歌极为优美，既体物工细、形象鲜明、情景真切，又浪漫飘逸、仙气荡漾、开合自然。最是诗中"今来一登望，如上九天游"一句，酣畅淋漓，豪迈且具有极强的感染力，不仅给人以艺术上的享受，而且给人以思想上的启迪。

这样的成都有多美啊！

最美的成都，哪能少得了花？

成都是一座血液里绵延不断地流淌着美丽鲜花基因的城市，是中国最早、最有名的被鲜花簇拥的城市。

《山海经》中所言"岷山，江水出焉，其上多金玉，其下多白珉，其木多梅棠"中的"梅"是梅花、"棠"是海棠；扬雄《蜀都赋》中"枇杷杜榙栗柰，棠梨离支……"里的"梨"是梨花、"棠"是海棠；由《蜀都赋》中"被以樱梅，树以木兰"，可见樱花、梅花和木兰，都在成都广为栽种；左思《蜀都赋》"朱樱春熟，素柰夏成"，能看出，成都有樱花，有海棠……由此可见，成都人爱花的源头。

公元760年的春天，一位为避安史之乱而逃出长安的唐朝落魄诗人，带着面黄肌瘦的家小，颠沛流离地来到成都西郊浣花溪畔，在友人的帮助下，建造了一间勉强能挡风雨的茅屋。他，就是被后世誉为诗圣的杜甫。

虽然身心俱惫地来到成都定居时的杜甫，已如惊弓之鸟，且穷困潦倒，但成都的善良包容依然唤起了诗人那刚历季节深寒内心深处的美好。这种美好，像无声润物的春雨，若甘霖润泽干涸的心田，因而他借一场夜雨，抒发自己内心对成都绵绵密密膏泽的喜悦，对给予自己呵护的成都的赞美，对令人赏心悦目的繁花的赞美：

  好雨知时节，当春乃发生。
  随风潜入夜，润物细无声。
  野径云俱黑，江船火独明。
  晓看红湿处，花重锦官城。

杜甫这首《春夜喜雨》，写出了成都花舞人间的陶然春景。

外面的世界动荡不堪，而成都却宁静祥和，客居成都颠沛颓靡的杜甫，很快被成都的温暖安慰，日常生活也变得恬适起来。他眼中的《江村》是那么美，那么清澈优雅：

  清江一曲抱村流，长夏江村事事幽。

> 自去自来堂上燕，相亲相近水中鸥。
> 老妻画纸为棋局，稚子敲针作钓钩。
> 但有故人供禄米，微躯此外更何求。

如果说写春雨的诗里只是附带提了花开锦城的场景，那么专门以花为题的诗，杜甫也是写了好几首的，比如《江畔独步寻花》，便是一组写花的诗。

锦江水畔，春风浩荡，独步寻花，意气闲逸：

> 报答春光知有处，
> 应须美酒送生涯。
> 东望少城花满烟，
> 百花高楼更可怜。

花团锦簇，感染力极强的画面还有：

> 黄四娘家花满蹊，
> 千朵万朵压枝低。
> 留连戏蝶时时舞，
> 自在娇莺恰恰啼。

唐代著名诗人刘禹锡诗歌中的成都也是鲜花满地、春风四溢的。他在《浪淘沙·其五》中写下了成都的花以及花一样的成都美女：

> 濯锦江边两岸花，

春风吹浪正淘沙。
女郎剪下鸳鸯锦,
将向中流匹晚霞。

少女江中濯锦,江岸鲜花绽放。锦缎、少女、锦霞,孰不若花?
王维笔下的成都也是花红柳绿、非常美丽的,美丽得如同神仙居所。他在题为《送王尊师归蜀中拜扫》中这样写道:

大罗天上神仙客,
濯锦江头花柳春。
不为碧鸡称使者,
唯令白鹤报乡人。

花间词派代表人物、京兆郡杜陵县(今陕西西安)人韦庄的《河传·春晚》一词,也写出了春天成都之醉美:

春晚,风暖,锦城花满,狂杀游人。
玉鞭金勒,寻胜驰骤轻尘,惜良辰。
翠娥争劝临邛酒,纤纤手,拂面垂丝柳。
归时烟里,钟鼓正是黄昏,暗销魂。

成都人栽花种木的传统,一直延续、传承,如血脉流淌,生生不息。
成都,甚至名字里都嵌着花的成分。
这一点从其别名即可看出。
成都,又名蓉城。蓉,即具有高尚纯洁、雍容之美,并象征着富贵荣华的芙蓉。

蓉城之名，源起五代后蜀主孟昶为博皇妃花蕊夫人一笑，在城墙上遍植芙蓉，"九月间盛开，望之皆如锦绣"。

"内外城隅，遍种芙蓉，且间以桃柳，用毕斯役焉。""此时弱质柔条，敷荣竞秀，异日葱葱郁郁，蔚为茂林，匪惟春秋佳日，望若画图，而风雨之飘摇，冰霜之剥蚀，举斯城之所不能自庇者，得此千章围绕，如屏如藩，则斯城全川之保障，而芙蓉桃柳又斯城之保障也乎？"

孟昶是五代后蜀皇帝，也是一位作词高手，他与花蕊夫人所作的《玉楼春·与花蕊夫人夜起》（又名《玉楼春·避暑摩诃池上作》），就十分优美。

冰肌玉骨清无汗，水殿风来暗香暖。帘开明月独窥人，
欹枕钗横云鬓乱。

起来琼户寂无声，时见疏星渡河汉。屈指西风几时来，
只恐流年暗中换。

冰肌玉骨，玉人在抱而幽香满怀，虽然天气很热，但并没有一丝丝的汗渍。风来吹过，连水殿的灯烛也撤去了，什么都看不见，只闻得暗香满室。这时，月光透过帘隙，照见了她熟睡时那钗横鬓乱的娇慵酣态，非常妩媚。

悄声推开门，出得户来，偏偏这巧，却见一颗流星划过银河。屈指算来，西风何时即到，恐怕时光那时已经暗中偷换。

据说，这首词是孟昶在亡国前所作。作为一个即将灭国的君主，他的内心本来焦虑无比，但是他在面对即将与之分手的爱妃面前，出于对爱妃的爱，不但对爱妃隐瞒事实真相，还要强压内心痛苦，装出十分快乐的样子，与爱妃缠绵，其真挚爱情，实在令人叹惋。

虽然后蜀最终灭亡了，孟昶被赵匡胤所掠，但是他的这首词还是被后人传唱了数年。以至于到了北宋，还深深地影响了一个人的人生。

北宋仁宗庆历四年（1044年），一个年仅7岁的四川小孩，因经常听到家乡老尼吟诵孟昶的这首词，从而被词中的感情和意境深深吸引，以至于之后40年过去了，还念念不忘。于是，在这个小孩已长成47岁的中年大叔的那一年，他还凭借着脑海中隐约记得孟昶词中的当头两句，靠着对其遗韵意境的理解，补足创作了一首名叫《洞仙歌·冰肌玉骨》的词，并在词的最后，署上了自己的名字：苏东坡。

> 冰肌玉骨，自清凉无汗。水殿风来暗香满。绣帘开、一点明月窥人，人未寝、欹枕钗横鬓乱。
>
> 起来携素手，庭户无声，时见疏星渡河汉。试问夜如何，夜已三更，金波淡、玉绳低转。但屈指、西风几时来，又不道、流年暗中偷换。

也就是说，成都的城市之花，在赏心悦目地美了市民的心灵的同时，还陶冶出了一位出生于眉州的小孩的文学志趣，并因此一步步发展下去，最终成了千古大文豪。

对芙蓉，苏东坡还另有诗云，"千林扫作一番黄，只有芙蓉独自芳"，赞颂秋季只有芙蓉独艳。

梅花，也曾是成都花海中的一大风景。南宋乾道六年（1170年），成都迎来了一位对梅花十分痴醉的诗人，他是陆游。

成都有上千年的植梅史。唐宋年间，从浣花溪到合江亭，梅树蔚然成林，十分美丽。一年早春，走马穿行在锦城西边香气扑鼻的梅林之中，陆游被冰肌玉骨傲雪凌霜的梅花花海深深震撼，诗意情怀久久不去，几年后，他写下了一首名叫《梅花绝句》的诗，思念当时梅花浸入骨髓的清香，以及与一身傲骨的梅花对饮的场景：

  当年走马锦城西，曾为梅花醉似泥，
  二十里路香不断，青羊宫到浣花溪。

  古代成都的满城春花中，海棠亦是人们最爱，宋人沈立任益州签判时，便记下了成都海棠之美：

  岷蜀地千里，海棠花独妍。
  万株佳丽国，二月艳阳天。
  丛萼匀如布，修蕤巧似编。
  彤云轻点缀，赤玉碎雕镌。

  陆游同样大爱海棠，他一生作过40余首海棠诗，多数都在成都期间。他在最著名的《成都行》中，是这样描写海棠的：

  倚锦瑟，击玉壶，吴中狂士游成都。
  成都海棠十万株，繁华盛丽天下无。

  在他另一首题为《自合江亭涉江至赵园》的诗中，不仅写了梅花，也写了海棠：

  政为梅花忆两京，

海棠又满锦官城。

成都之花，宽慰了陆游家国破碎的忧思。

富足是文明的基础。成都因沃野千里、物华天宝而安闲静逸。一座城市热爱花，便是富足的表现，也是安闲静逸的表现。这种"安逸"，也不难在古诗词中找到。

北宋著名词人柳永记述成都的《一寸金·井络天开》，甚是动心：

井络天开，剑岭云横控西夏。地胜异、锦里风流，蚕市繁华，簇簇歌台舞榭。雅俗多游赏，轻裘俊、靓妆艳冶。当春昼，摸石江边，浣花溪畔景如画。

梦应三刀，桥名万里，中和政多暇。仗汉节、揽辔澄清。高掩武侯勋业，文翁风化。台鼎须贤久，方镇静、又思命驾。空遗爱，两蜀三川，异日成嘉话。

成都自古还有美人、美酒、美食，以及风土人情。

座中醉客延醒客，
江上晴云杂雨云。
美酒成都堪送老，
当垆仍是卓文君。

李商隐在这首题为《杜工部蜀中离席》的诗中，表达了自己对成都的强烈热爱，觉得成都的美酒能让人安享晚年，而卖酒的女子也像当年的卓文君那样有才、贤惠且美丽动人。

成都美酒有多香，也能从晚唐诗人雍陶的《到蜀后记途中经历》一诗中看出来：

> 蜀门去国三千里，
> 巴路登山八十盘。
> 自到成都烧酒熟，
> 不思身更入长安。
> ……

文化是最美丽的花，不仅能在脸上绽放，更能明媚内心。

历代名人为何对成都如此深爱，原因很简单，从灿烂辉煌的古蜀文明到"列备五都""扬一益二"，成都从来就是令人向往的地方。

在古代，成都创造了多个世界第一，是古代南方丝绸之路的起点，发明了世界上最早的纸币交子，是世界上海拔落差最大的城市，有世界上历史最久的水利工程……

虽然世界上只有一个成都，历史长河中也只有一个成都，但成都是古代的，也是今天的。成都是中国的，也是世界的。

岁月流转，时光清浅，一代又一代人，生生世世，成都却一直没变。没变城址，没变城名，没变得天独厚的如画风物，没变贯穿古今的雅澹温柔。

有安有逸谓天府，有文有化方成都。

从古到今，成都的城市生态皆是"无园不文、因景成诗、因诗成景"。

成都，有此岸的烟火，有彼岸的诗和远方，仙逸气质与生活韵致和合，这是挡不住的诱惑。难怪古有"少不入川，老不出蜀"的盛誉，也难怪有多少人为之不舍时间守望，孜孜以求迢遥相追寻。

第二章

迢遥追寻

凤梦与之亲近，不舍迢遥追寻
至近至远东西，铭记不舍烙印

挡不住的诱惑

  文化与历史是一座城市生生如春的命脉，穿梭在成都的街头巷尾，如同在时空中旅行，让人由敬而仰，更爱及内心。

  乔纳森从美国"飞"来成都，并自此驻扎在成都，有着令人感动的渊源及原因：他是受爷爷奶奶的影响，是受有辣椒味道的川菜的诱惑。

  其实跟成都初次接触的过程，乔纳森也曾有过离乡的惆怅，但这份惆怅很快便因心安而消失。

  跟乔纳森一样选择到四川大学交换进修的学生，一共7人，除了乔纳森所学的专业是汉学之外，其它几个同学所学都是理工、科技、医学方面的专业。

  1998年1月7日，乔纳森跟其它6个同学一起，在太平洋路德大学老师、医学博士史密斯的带领下，坐上了从美国西雅图飞往中国的飞机。

  由于当时没有从美洲直飞中国的航线，他们飞往中国的过程中转了几次机：先从美国西雅图飞往加拿大温哥华，然后从加拿大温哥华飞往中国香港，最后再从香港转机成都。

  穿云破雾，飞机上的乔纳森和同学们的心情非常激动，对前方从未涉足的神秘古国的一切充满渴望。

从香港转机飞到成都双流机场时，天色向晚。下飞机后，乔纳森感觉寒风瑟瑟，气温要比西雅图冷一些。

不过，刚出接机大厅，他们便感受到了一股暖流——来自四川大学留学生办公室的老师，已经拉着横幅在迎接他们了。

天气寒凉，他们的心被瞬间温暖。

从机场通往市区的路平而直。乔纳森注意到，道路两边房屋星罗棋布，有中国传统穿斗式木结构、小青瓦盖顶的农舍，也有两三层、五六层楼高的砖混平顶楼房，这些房子矗立于农田、庄稼、村树或竹林之中。

中国的田园跟美国的田园也大不相同。中国的田园就像油画，田坎像线条，将田野分隔成大小不同的格子，格子里种着不同品种的蔬菜庄稼，不同的色彩，随意的构成，极富艺术感。而美国的田园则是农场，一块地很大很大，层次单一，显得死板，且没有色彩的跳跃。

载着他们的四川大学的校车一路前行，他们在欣赏沿路风景之时，却不由感到腹中有了饥饿感。虽然车窗关着，但是西雅图街上根本没有的、只有走进价格高昂的中餐馆才可能闻到的诱人的川菜香味，还是飘进了车里，让他们垂涎。

校车在四川大学华西校区停下，四川大学留学生办公室的老师，带着他们来到留学生公寓，给他们安排好宿舍后，继而带他们去用餐。

见大家充满期待，有的人还禁不住吞咽口水，史密斯幽默地说："同学们，今天我们就正式开始到中国的交换学习时间了，其实这也是我们川菜美食享受时间的正式开始。对，就从今天晚餐开始！"

这顿饭的用餐地点在学校食堂。

虽然是食堂，但还是让大家震惊了。

食堂提供的菜品种类十分丰富，可以说琳琅满目、美不胜收。

走进四川大学食堂,仿佛走进了一个美食王国。

在这里,你可以找到兰州拉面、羊肉泡馍、新疆手抓饭,还有湘菜、粤菜、上海菜。当然更多的是川菜:回锅肉、麻婆豆腐、水煮鱼、宫保鸡丁、夫妻肺片……

相比于西餐,这里的饭菜确实要美味许多。

在出发来四川大学之前,为了适应四川菜的味道,史密斯专门带着乔纳森等7名将到四川大学交流学习的学生去西雅图的中餐馆吃过川菜,但那个川菜的味道与眼前川菜的味道相比,根本不可相提并论。

这一刻,成都的美食又温暖了他们的胃。

如果人一天要吃三顿饭的话,他们恨不得每顿饭都吃8小时。

因为美食,乔纳森和同学们时常为自己选择了到四川大学交换学习而欣慰。

在四川大学华西校区学生公寓住下后,开始那段时间,他们是在校内食堂用餐,幸福被川菜的味道所左右,情感被成都美成了春天,美成了一首诗。

当然,食堂仅为川菜世界里的一处展台。

随着时间的推移,他们见识了更多的美食,自然不会只满足于食堂风味的惊喜。

不久后,他们风格熟稔的川菜视野拓开了,眼前洞开了一扇炊金馔玉的窗。

有一天下午,史密斯对乔纳森他们几个人说:"今天我带你们去尝尝成都美食。"

乔纳森问:"什么成都美食?是川菜吗?"

"我带你们去吃烧烤,烧烤也是川菜之一种,或者说是川味烧烤。"

吃烧烤？乔纳森和同学们都有些茫然，甚至了无兴趣。

烧烤有什么好吃的呢？美国不也有烧烤吗？

想起美国烧烤，乔纳森有些流口水了。美国烧烤味道醇厚，饱满多汁，还有一种美美的甜香味。

川味烧烤未曾涉猎，脑海中便不会有画面感。大家一时都保持沉默。

见他们表情木然，史密斯说："是不是听到这个消息没什么感觉？"

乔纳森的同室迈克尔微笑着问："我们觉得食堂里面的饭菜就很好吃了，外边的东西能有多好吃呢？"

乔纳森附和着说："对呀，四川大学食堂里的厨师应该是经受过培训，且取得烹饪等级证书的，他们做的菜可真好吃。"

史密斯笑着说："要知道这是成都，这是川菜的核心区，烹饪高手在民间啊！"

"好吧，我们去尝试一下。"

这个语气，明显有点勉强，或许也有些期待。

于是史密斯带着他们穿街过巷，来到一条毫不起眼的闪烁着昏黄灯光的名叫文化路的小街，走到靠边一排低矮的青瓦旧房前，指着一间正在冒着缕缕白烟并传出烤肉时嗞嗞声音的店铺，笑着对他们说："我们到了，就是这家餐馆。"

这是一家怎样的餐馆呢？

房子是中国传统穿斗式木结构民居建筑，由于年代久远，已呈破败气象，用竹席编的天花板已经被油烟熏成了黄黑的颜色，而墙壁是土砖砌的，简单地刷了一下。墙壁与天花板接触的地方，还东一条西一根地挂着沾满烟尘的蛛网。

就是这家餐馆？

先前的期待被拦腰折断，乔纳森发出一种嗤之以鼻的感觉。

说实在的，这家餐馆太一般了。这完全就是乡下饭店的格局呀。

然而，这个店里的几张桌子却都坐满了客人，人声鼎沸。

烤肉的，双手不停，忙忙碌碌；传菜的，脚不停步，来来去去。

烤肉的声音，吃肉的声音，喝酒碰杯的声音，大声交谈的声音，在店里不绝于耳；肉与调味料在炭火上烤焦的香味儿在空气中飘来荡去。

夜风中，尚未轮到自己的执着的客人在店前坐着排位，为一口期待的美食坚定地等候着。

史密斯无奈地对乔纳森他们几个学生摇了摇头：“我们来晚了，没得位置了。”

但站立一阵之后，还是抱着试一试的心态朝着店里喊：“老板，还有位置没得？”

老板是一位看上去40多岁的中年男人，头发偏分，仿佛被油浸过，不知道是烤肉时被油烟熏后留下的油，还是抹上的发油；右耳上夹着一支纸烟，门牙补了一颗银色的假牙。

"哪还有位置哟，早就没得了。"

"还不到6点哦，就没位置了？"

"我认得到你，你有差不多一年没光顾我这个苍蝇馆子了哈。"

"是哦，我回美国了，这不重回川大，我就来你这照顾你生意了嘛。"

"感谢！感谢！"

"感谢啥哟，我想照顾你，你生意这么好，位子都没得了。"

"没得关系嘛。我们是朋友，你们又是外宾，我给你们安排一桌就是了。你们几个人？"

"我们 8 个人。"

"好，我马上给你们弄位子。"

乔纳森和同学们虽然听不懂史密斯与这家餐馆的老板在说些什么，但是感觉得到，他们很熟，他们说话时都是喜笑颜开的。

原来史密斯是带他们到他的熟人这里来消费的呀。

不过也没错。因为买买卖卖的是供需，来来往往的是情感。好的商家，售卖的虽是商品，经营的却是情义。

老板跟史密斯说完之后，便进店里去拿出两张铝合金包边的长条形折叠茶几来，在街上紧靠着店门的地方摆弄了一阵，拼出一张方形餐桌。

史密斯问："坐街上呀？"

老板边用一条帕子擦着茶几餐桌的桌面边回答说："这是最后的位置了，本来是给我的朋友留起的，但是他们这个时候还没有来。不管他们了，先给你们安排！"

"那感谢了！"

"不存在，你们是外宾嘛。你们坐嘛，坐哪儿都一样，烧烤的味道丝毫不改变。"

"也是这个道理。"

茶几餐桌摆好后，乔纳森看到老板又向店里一个小工喊道："林二娃，拿 8 个小板凳出来摆起。"

店里一个小工答应着，随后端出 8 个方形小木板凳来，在两张茶几拼出的方形餐桌四方一一摆好。

在史密斯与烧烤店老板说话的时候，听不懂汉语的乔纳森与其它几个人都直愣愣地站着，如同局外人似的看着眼前火热的场景。

当茶几餐桌与板凳都摆好后，史密斯便招呼他们说："坐吧，不要低看了这个就餐环境，这可是百年老店哦。"

乔纳森蹙了一下额头："这是百年老店？"

"房子是百年老店。"

确实，这木屋看上去那么古旧，应该有上百年了，乔纳森心里有些感动。但是看到这茶几餐桌和小木板凳都是油腻腻的，他又对自己是否应该坐下有些拿不定主意。

"味在江湖，你们尝一尝就知道我今天带你们来的地方多有意思。中国古话，'山不在高，有仙则名；水不在深，有龙则灵'。"

史密斯说着，一屁股坐在靠近自己的一个小木板凳上。

见状，同学们也都围着茶几餐桌一一坐下，入乡随俗。

然后史密斯熟练地点了一些菜。

不一会儿，老板和店里的小工端着一个搪瓷茶盘出来了，里面放着一大把用金属扦子串的已经烤好的肉和菜。

虽然就餐环境不好，但是茶盘里的烧烤食品散发出的气味却很香。

"吃吧，吃吧。"

史密斯说着，右手拿起一根串着紫红油亮、仍在冒着白烟的肉的金属扦子，横放在嘴边，翕开嘴唇，咬下金属扦子离手最远的一坨肉，一边咀嚼一边发出"哦，哦"的声音，并囫囵着说："哇哦，综合着多种调料风味的烤肉外焦里嫩，香滑多汁，咀嚼的过程满嘴膏腴，齿颊生香，我想了一年的这个味道还是那么好！"

史密斯既实在又夸张的馋相，激发起乔纳森等人的食欲，于是有人也伸手拿起一根扦子，尝试着吃起了烤肉。

这时老板走了过来，问史密斯："哥们儿，你们几个喝啥酒？"

史密斯想也没想："一人来一瓶绿叶啤酒吧。"

乔纳森听不懂他们说什么，此刻，他脑海中只有其它人吃烧烤时满足的样子。

他拿起一根串有一种不知道是什么肉的金属扦子送到鼻子下闻了闻，确实味道很香，辣辣的，是他喜欢的味道。

闻过之后，便胆战心惊地试着吃起来。

哇！这味道何止是辣！

这是肉的味道、盐的味道、葱的味道、蒜的味道、辣椒的味道、孜然的味道、调味酱的味道、芝麻的味道、香菜的味道……这也是阳光的味道、幸福的味道、热烈的味道、青草的味道、春天的味道、人气的味道。

在这些味道之中，还有一种"香水"的味道。

烤肉还要加香水吗？

不是，不是香水。

这种味道有香水的芳香。

美味改变了乔纳森对街边食品的看法。

原来这就是川菜。

吃饱喝足之后，去之前还因为茫然而少言寡语的一行人变得滔滔不绝起来，形容美味的词语争先恐后地从他们的嘴里蹦出，他们如同站在春阳照耀的绿树枝头的鸟儿，唧啾不停。

这时他们才明白，平时在食堂所吃的川菜，都是改良版的。为了适应来自全国各地、世界各地学生的口味，厨师烹调时所调的味道没有那么重。

美食是挡不住的诱惑。

没过多久，乔纳森又在文化路吃了串串香。

因为川菜，乔纳森还学会了第一句四川话："老板，多加点海椒。"

到成都之后,乔纳森交了一些成都本地的朋友。

乔纳森所交的第一个朋友名叫林晓,是通过与他住同一间寝室的迈克尔认识的。

他们到成都不久,在四川大学英语角,迈克尔认识了一个名叫李娟的成都姑娘。李娟的父亲在四川大学校园内开了一家茶馆,李娟与迈克尔经常到这家茶馆喝茶。偶尔,乔纳森也会被他们约了去一起喝茶,在这个过程中,乔纳森便认识了林晓。

林晓是李娟的表哥,在成都开了一家装饰装修设计店。

乔纳森与林晓相谈甚欢,一来二去便成了朋友。

不久后,林晓便请乔纳森去吃串串香。

去的又是文化路。

第一次吃串串香,乔纳森感觉很稀奇,吃的菜竟然是用竹扦穿着烫熟的,真不嫌麻烦。

不过,那个味道却令人垂涎,喜欢吃辣的乔纳森还第一次明白了之前吃烧烤时那种有着香水味道的调料是什么。

那是花椒。

他之前没有吃过花椒。当时美国禁止花椒进口,美国的川菜馆便只放辣椒而不放花椒。

而且,美国的不少川菜馆都不是四川人开的,而是北京人、广东人、江浙人开的,他们炒的川菜也不习惯放花椒。

乔纳森和林晓都很喜欢吃辣,在调蘸碟时,乔纳森听到林晓在对老板喊了一句话之后,老板便给林晓拿来一小碟辣椒面。他问过林晓才知,这句话是:"老板,多加一点海椒。"

之后,他们便经常到文化路去吃烧烤,吃串串香、吃火锅,乔纳森便渐渐把这句话说得很熟练了。

　　再后来，乔纳森和同学们的猎食范围又从文化路延伸到了成都的大街小巷。无处不在、时品时鲜的川菜美食，几乎完整地诠释了汉字"味"的含义，"口"与"未"的关联是那么密切，永远存在无限美味的可能性，让他们真切地感受到了作为美食之都的成都的无穷魅力。

迢遥相追寻

  天使一般的玛丽亚从意大利美丽的水城威尼斯"飞"来成都,也是有故事的,且故事十分浪漫。

  2017年8月下旬的一天傍晚,意大利著名的旅游城市威尼斯。夕阳西坠,橙红色的阳光照耀下的旖旎水城,像一幅油画一样美丽。

  一个披着一头棕色长发、身穿酒红色修身赫本风格连衣裙的美女导游,穿行在油彩般鲜明的光影中,走在回家的路上。充实而劳累的一天刚刚过去,她感到自己身体疲惫,但是心情愉快。

  当她经过威尼斯梅斯特希尔顿花园酒店门前的大街时,看到四个个子高高、长相帅气、有着东亚面孔的小伙子在向一位老太太问路:"女士,请问圣马可广场怎么走?"

  由于老太太听不懂英语,所以问路者和被问路者,都被弄得一头雾水。

  看来这几个来自东亚的小伙子是来意大利旅游的。

  自己是导游,见到游客便有一种职业般的亲切感,于是她走了过去,用英语问这几个帅气的小伙子:"先生们,你们想去圣马可广场?"

  "是的,我们想去圣马可广场看看,但我们是第一次来威尼斯,所以不知道该如何去那儿，也不知道路途的远近。"

圣马可广场初建于公元 9 世纪，是威尼斯圣马可大教堂前的一座广场。

"圣马可广场还是值得去的，那是一个很有意思的地方。"

美女不仅耐心地给这几个来自东亚的小伙子指明了方向，还讲述了如何抵达目的地的关键细节。

听了美女热情的解答之后，四个小伙子中长得最帅、穿着纯棉蓝底格子衬衫的小伙子对他的伙伴说："这个美女英语不错，身材挺好，长得也挺可以的。"

这句话，他是用汉语说的。

听了小伙子的这句话，正在离开的美女突然转过身来，用汉语问："你说什么？"

美女不太标准的汉语，令这四个小伙子都愣了一下。

"美女，你会说中文？"那个穿着纯棉蓝底格子衬衫的小伙子问美女。

"会一点点啊！你们是中国人？"

"是的，我们是中国人！"穿着纯棉蓝底格子衬衫的小伙子呵呵笑着说，"有意思！你既然会中文，那我们加一个微信吧。"

"好啊！"

看得出来，穿着纯棉蓝底格子衬衫的小伙子在跟美女说这几句话的时候，显得很激动。而美女呢，内心也很激动。不仅激动，还感觉有些恍惚。

因为美女在跟这个穿着纯棉蓝底格子衬衫的小伙子正面对视的时候，心里突然"咯噔"了一下：这个人怎么这么眼熟？难道我认识他？或者曾经在什么地方见过他？

这个美女与这个穿着纯棉蓝底格子衬衫的小伙子是有缘分的，这个缘分开启于她 7 岁那年。

这个美女不仅与这个穿着纯棉蓝底格子衬衫的小伙子有缘分，还与中国有缘分，与成都有缘分。

这个美女就是玛丽亚，一个地道的意大利姑娘。

事实上，玛丽亚之前从未见过这个穿着纯棉蓝底格子衬衫的、来自中国的小伙子。但是，这不妨碍她此后会经常见到这个穿着纯棉蓝底格子衬衫的小伙子。

玛丽亚 1993 年 4 月 1 日生于意大利普利亚（Puglia）小城。

玛丽亚与中国的缘分，与其家庭有关。准确地说，与其父亲米可乐（Michele Grassi）有关。

普利亚的市民很喜欢看中国功夫电影，米可乐也一样。米可乐是一个中国功夫迷，在李小龙、成龙、李连杰等功夫明星中，他最崇拜李小龙。

米可乐的家里贴有李小龙的不少照片。他的书房里，与李小龙有关的东西更多：有李小龙的雕塑、李小龙所演电影的碟片、与李小龙有关的图书、李小龙所演电影的海报……

因为超级喜欢李小龙，米可乐经常给自己的儿子莱昂纳多、亚历山德罗和女儿玛丽亚讲李小龙的生平、拍摄电影的花絮，并给他们播放李小龙主演的电影。

但米可乐却不轻易让孩子们进他的书房，即使经过他的许可进了他的书房，凡是与李小龙有关的东西，也只能看，不能触碰。

受米可乐的影响，玛丽亚三兄妹都爱好武术：莱昂纳多学了柔道，亚历山德罗学了泰拳。而玛丽亚则更爱中国功夫，学了咏春拳，并由此延伸，又接触了跆拳道和拳击。

李小龙、叶问，是出现在电影银幕上的真实人，玛丽亚没想到，自己会迷上一个中国男人，而且在她7岁的时候。这个中国男人也是银幕上的。

2000年，一部由美国迪士尼公司出品、名叫《花木兰》的动画电影在普利亚上映，玛丽亚被执守"尽忠、持勇、存真"信念的花木兰的故事深深感动，她崇拜这个忠孝节义、爱家爱国、巾帼不让须眉的中国女子。

除了花木兰，玛丽亚还觉得电影中的男主角、花木兰的战友，最后爱上花木兰的李翔，长得特别帅，也特别有气质。小小年纪的她，被花木兰与李翔的美好爱情感动，幻想自己长大以后要是也能遇到这样一个"李翔"该有多好！

看过电影后，她便问母亲安琪拉（Angela Russo）："妈妈，《花木兰》中的李翔与花木兰他们住在哪儿呀？我想去找他们玩。"

听了她的问话，安琪拉先是一愣，继而哈哈大笑，一边笑一边摸着她的头说："乖乖，我不知道该怎么向你表达，你崇拜他们，我感到欣慰，但他们不是真实的。"

母亲的解释，让玛丽亚很失望："原来这些人都是假的呀！"

"电影里的那些人是假的，但是电影所讲的故事却是真的，只不过他们的形象都是画师画出来的，是动画片嘛。"

虽然知道李翔是虚构的，但是李翔这个人物形象却从此刻在了玛丽亚的心里。

李小龙是中国人，李翔也是中国人，玛丽亚觉得中国人真有魅力，她寻思着自己长大后，一定要去中国看看，感受一下更多中国人的生活状态。

时间一晃就过去了好几年，2012年，玛丽亚从小女孩变成了一个高中毕业生。

玛丽亚没想到，自己的大学生活，又与中国发生了关联。

"妈妈，你说我大学学什么专业好呢？"

玛丽亚知道，一个人大学所学专业，与其未来的人生关联很大，这在一定程度上决定了今后的就业方向。因而在自己拿不定主意的时候，她便希望母亲能给出一些建议。

"学中文吧。"安琪拉似乎想都没想，便给出了答案。

玛丽亚俏皮地问："为什么？因为李小龙是中国人？成龙是中国人？"

安琪拉做了一个鬼脸："当然这不是主要原因。"

"那主要原因是什么？"

"据我所知，在意大利学中文的人并不多，如果你选择这个专业的话，毕业以后找工作时就不会存在多大的压力。"

玛丽亚觉得母亲讲得有道理。那段时间在意大利，甚至在欧洲，年轻人就业都比较难。

安琪拉是个有心人，虽然对于喜欢学语言的女儿来说，学西班牙语、法语、德语、俄语都没问题，但是她认为女儿所学专业最好与其未来的就业谋生关联紧密一些比较好。因而那段时间她一直在替女儿琢磨这件事，多次上网查阅资料，结果发现意大利与中国的关系越来越密切，学中文的意大利人却不是很多，如果女儿的大学专业选择中文的话，毕业后就业就会容易许多。

由于威尼斯大学中文系比较出名，不仅与那不勒斯东方大学、罗马大学一样享誉欧洲，是顶尖的汉学学术与教学的高校，而且其汉学研究和教学规模还位居意大利第一位、欧洲第二位。于是，玛丽亚报考了威尼斯大学中文系。

然而，对幸福未来充满期待的玛丽亚进入威尼斯大学中文系之后，学习状态却并不理想，甚至第一次中文考级都没有通过。当安琪拉得知她的成绩之后，唠叨了她一天："你看你自己是怎么学习的？别人参加考试就能过关，而你却过不了关。这样继续下去如何是好？"

玛丽亚没有生气，她觉得母亲责问得对。她决心好好学习，不辜负母亲对自己的希望。

她知道没有学好中文不是自己笨，而是情绪使然。

安琪拉先前分析认为，学中文的意大利人不多，如果玛丽亚能学习中文并顺利通过考试的话，找工作就不会太难。

然而，当玛丽亚到了威尼斯大学之后才发现，学习中文的同学特别多，竟然有2000多人，这便让她有些怀疑自己选择这个专业的正确性，担心学中文毕业之后跟学其它专业毕业之后找工作一样困难，因而学习的积极性便打了折扣。

除了主观原因，还有客观原因。虽然学习中文的学生很多，但是中文系的教室却比较小，如果学生听课不是去得特别早的话，便没有坐的位置，只能站在教室里听。而站着听课则做笔记很不方便，故而学习效果很不好。

随着时间的推移，学习中文的人渐渐少了一些后，玛丽亚的学习成绩才好了起来。国外的大学是进入容易，通过考试却难，学汉语的人逐渐减少的原因，就是不少人没有通过相应的考试。

就这样，玛丽亚在威尼斯大学花了三年时间，学习了中国的语言、文化、经济、社会方面的一些课程，并取得了满意的学分。

2015年，玛丽亚毕业了。

面对前程，她觉得春光明媚。

通向春天的路

大学毕业是一件很愉快的事。毕业了就可以工作了，就可以选择自己喜欢的生活方式了。

面对毕业，玛丽亚可以有三种选择：一是留在大学继续学习中国文化；二是去在中国与意大利之间从事经济贸易的公司里当翻译；三是去开设了汉语课程的中小学当中文老师。

比较来去，玛丽亚决定去做一名汉语口语翻译。

口语翻译工作充满灵动性，有着相对开阔的视野。玛丽亚觉得选择这个职业，出现在自己面前的发展机遇要多一些，自己利用工作之便去中国的机会也会大大增加。要知道，能早些去中国看一看，或者能经常去中国走一走，这可是她的心愿。

由于父母身体不太好，从大学毕业之后，玛丽亚便回到家乡普利亚，希望能够做到照顾父母与工作两兼顾。

然而，去几家公司应聘之后，她才发现，自己根本胜任不了汉语口语翻译这项工作：她的汉语发音不是很标准。她说的汉语，中国人听不懂；而中国人说的汉语，她也听不懂。

无奈，她只能照顾父母的同时，一边继续上威尼斯大学的汉语网课，一边干些力所能及的工作。

时日匆匆，转眼两年过去了，虽然汉语网课上了不少，但是玛丽亚还是感到自己的汉语口语能力没有提高多少，便决定多接触中国人，通过与中国人直接对话，来提高自己的汉语口语能力。想到威尼斯的中国人比较多，游客中的中国人也挺多的，因而2017年，她便到威尼斯一家旅游公司做了导游。

玛丽亚没想到，2017年8月，她在当导游的过程中，竟然认识了一个中国人，而且这个人让她看到的第一眼，便心里一颤。

这个人上身穿纯棉蓝底格子衬衫，与另外三个跟他同样年轻帅气的朋友一起，到威尼斯旅游，并出现在威尼斯希尔顿大酒店门前的大街上，向一位听不懂英语的意大利老太太问路，想去圣马可广场游玩。

见到这个男子，玛丽亚觉得似曾相识。她很奇怪，努力地在脑子里搜索答案。

突然，她明白了，这个人多像自己小时候所看迪斯尼电影《花木兰》中的男主角李翔啊！

这个人当然不是电影《花木兰》中的男主角李翔。通过简单的交谈，玛丽亚知道他名叫谢宇航，家住成都。

谢宇航是准飞行员，那段时间，他与同伴们正在法国空中客车公司总部学习飞机驾驶，他之所以出现在威尼斯街头，是因为利用开学前的时间前来旅游。

听说谢宇航是四川人，玛丽亚心里有一丝惊喜。她知道四川，知道四川是中国的一个省，原因是川菜特别有名，在欧洲，喜欢吃川菜的人很多。

但玛丽亚不知道成都，只知道重庆，因为意大利在重庆设有领事馆。

谢宇航告诉玛丽亚，成都和重庆原来都属于四川省，川菜的大本营就在成都和重庆。当得知熊猫还是成都的城市标志时，玛丽亚不仅仅在心中充满惊喜，且充满向往想去成都了。

谢宇航与他的那几位同学本打算第二天去佛罗伦萨旅游，但因为与玛丽亚认识了，他们改变了行程，继续在威尼斯待了一个星期。

在这一个星期里，玛丽亚主动给他们当向导，带着他们游遍了威尼斯一些值得游玩的地方。几天时间的相处，也让玛丽亚与谢宇航之间产生了感情。

旅游结束，谢宇航回到法国开始飞机驾驶学习。虽然彼此分开了，但是玛丽亚与谢宇航之间的感情却在持续升温：在接下来的几个月时间里，他们几乎每天都会联系，或打电话，或发微信，或通过微信视频连线聊天……

实际上，自打第一眼见到谢宇航，玛丽亚就心动了，因而当有一天谢宇航对她表白爱意之后，她心中除了满满的幸福之外，就是感叹缘分真是个奇妙的东西，更感谢命运之神对她的眷顾。

恋爱中的女人，都是与众不同的，最大的不同便是心中的甜蜜往往绽放成脸上的灿烂。

玛丽亚也一样。

玛丽亚殊异于常的行为，当然逃不过生她养她的母亲安琪拉。

女儿皮肤光洁，面若桃花，无事而笑，安琪拉猜到了女儿一定有了爱情。但她却并没有向女儿打听什么，而是时常对满脸幸福的女儿报以意味深长的笑。

其实，玛丽亚是想将自己的幸福与父母分享的，只是感觉害羞而在等待合适的时机，选择更好的方式。

该如何开口呢？

终究，她还是鼓起勇气对母亲分享了心中的春天："妈妈，我想给你说一件事。"

安琪拉不露声色："什么事呢？我的小甜菜，这么正式的样子。"

安琪拉和米可乐经常夸玛丽亚是一颗小甜菜，因为在他们的三个孩子里，只有玛丽亚最乖，又喜欢照顾父母，所以父母特别喜欢她。

玛丽亚双手拨弄着披在自己右肩上的漂亮棕发的发梢，羞涩地看着地上说："妈妈，我……我有男朋友了。"

"很好啊！我看你近段时间魂不守舍的样子，就猜到了。那个他是威尼斯人吗？"

"不是啊，妈妈，他是外国人。"

"他是哪个国家的人呢？"

"妈妈，他是中国人。"

"中国人啊……"

母亲沉默了好一阵儿，然后摇了摇头说："妈妈不希望你找的男朋友是中国人。"

"为什么呢？妈妈！"

"东方文化与欧洲文化不同，而且中国是发展中国家，经济状况也比欧洲，比意大利要差许多，你找一个中国男朋友之后怎么生活？"

"妈妈，我爱的是人，为什么要附加一些其它条件呢？"

由于母亲的反对，想到可能无法与谢宇航在一起的玛丽亚心里感到很痛苦。

虽然母亲反对自己与中国男孩谈恋爱，但是玛丽亚却能理解母亲。因为玛丽亚的哥哥找了一个土耳其女子做老婆，由于两人成长的环境不同，存在一定文化差异，因而哥哥嫂嫂之间便会偶生磕碰，显得不是那么和睦。

玛丽亚也知道，母亲对中国以及中国人并不怎么了解，除了觉得中国经济比较落后、中国人与意大利人之间存在文化差异和生活习惯差异之外，还认为中国人比意大利人要黑一些，要矮一些。

说真的，中国穷不穷，经济是否落后，玛丽亚自己也不是很清楚，因为她没去过中国。母亲认为中国穷、中国经济落后，是因为西方媒体就是这样宣传的。

但是谢宇航哪儿黑了呢？也不矮呀！

她竭力地向母亲解释，然而怎么解释也没用。

那之后，安琪拉便经常地对玛丽亚说："不要对一个异国男人如此深爱，你真的了解他吗？万一他是坏人怎么办？万一你受伤害了怎么办？"

"不，我知道他人很好的！我也知道他是真心爱我。"

玛丽亚说这句话并非与母亲赌气，而是真真切切地感受得到谢宇航对她的爱。

"亲爱的，你在干吗？我想你了。"

"宝贝，美好的一天又向你走来了，早安！"

"亲亲，做个好梦，晚安！"

……

虽然成都与意大利之间存在约7个小时的时差，但是玛丽亚每天都能收到谢宇航发给她的问候，在她每天刚起床的时候，在她每天准备睡觉的时候。

玛丽亚时常觉得自己与谢宇航前世有缘，因为他们之间竟然能产生神奇的心灵感应。

在玛丽亚看来，一般男生在问候女生的时候都是如此："你还好吗？"

女生的回答也往往是："我很好啊！"

但是这普遍性的一问一答，谢宇航却能从中准确地感受到玛丽亚是否真的好还是不好。

如果玛丽亚的心情不好，她回答的却是"我很好啊！"谢宇航便会说："我知道你心情不好，你怎么啦？说嘛，给我说说。"

"没有呀。"

其实那段时间玛丽亚的心情确实不好。

"肯定心情不好，我从你跟我说话的语气中就能猜到。"

"唉……"

玛丽亚只能将母亲反对她爱上他的事告诉给了谢宇航。

没想到谢宇航听完她的诉说之后，却在电话中笑了："没事，我来救你！"

"你怎么救我呢？"

"你母亲没有见过我，她怎么知道我的好呢？对不？"

"也对，那你来吧，我看你是不是李翔那样敢于主动出击的英雄。"

谢宇航知道玛丽亚所说的李翔是谁。因为玛丽亚在认识谢宇航之后，曾向他讲过她心中的白马王子、迪士尼动画电影《花木兰》中的男主角李翔的故事，也告诉过他，他跟李翔长得很像。

于是 2017 年 12 月 25 日，圣诞节这天，谢宇航飞越迢迢万里，到了玛丽亚的家，拜见未来的岳父母。

"呀！原来谢真不黑，个子也挺高的。"个子不高，只有 1.6 米的安琪拉仰视了谢宇航之后，对玛丽亚感叹道。

谢宇航个子 1.82 米，当然不矮。即使跟意大利当地人比，个子也算高的。而且，谢宇航性格开朗健谈，又懂礼貌，对待长辈也很恭敬。

这下，玛丽亚的父母对谢宇航没意见了，觉得女儿真有眼光。

安琪拉对玛丽亚说："好吧，我的小甜菜，我们现在看到谢了。你有谢,我和你爸都开心,谢是一个不错的青年。"

谢宇航确实是一个不错的青年。他不仅会想各种各样的办法让玛丽亚开心,让玛丽亚感动,让玛丽亚享受爱情,也像关心自己的亲人一样关心玛丽亚的家人。

平时,当他跟玛丽亚视频通话的时候,如果看到安琪拉在玛丽亚身边,便会大声且热情地与之打招呼:"嗨,安琪拉妈妈,你好吗?"

而如果视频里没有出现玛丽亚的家人的身影,他又会问玛丽亚:"亲爱的,你妈妈好吗?你爸爸好吗?你哥哥嫂嫂好吗?你弟弟好吗?"

谢宇航还经常给玛丽亚的家人送东西。

他给玛丽亚的父母亲送过特别高档的真丝围巾,也送过甜点、巧克力、中国茶叶、茶杯、茶具等,他的孝心让两位老人很高兴,觉得中国不愧为文明古国,不愧为礼仪之邦。因为意大利人没有这种经常送礼物的习惯,即使亲戚之间走动,也不互送礼物。

米可乐和安琪拉见谢宇航是真心爱着他们的女儿,他们的女儿也很幸福的样子,于是放心了,对玛丽亚说:"宝贝,你们真心相爱,那就挺好的,我们支持你。"

自己的爱情得到父母的支持,玛丽亚很开心。因为有父母支持的爱情会更甜蜜。

自玛丽亚认定谢宇航是自己的终身伴侣之后,便特别希望能到中国看看。

可是怎么去中国呢?

不久后,她得知一位名叫塞缪尔的老乡娶了一位四川姑娘为妻,并在成都开了一家公司,便希望能去塞缪尔的公司上班,以实现自己到中国到成都的梦想。

塞缪尔了解到她的情况之后,爽快地答应了:"是的,我在成都有公司，你可以到我的公司工作，实现你的心愿。"

真是太好了！

虽然自己将来不一定会在中国生活，但要与心上人永远在一起，还是应该去中国体验一下中国人的生活，感受一下中国文化，适应一下中国饮食。毕竟谢宇航有欧洲求学经历，生活方式、思维方式已有一定程度的西化，仅与谢宇航交往，还不够完全了解中国和中国文化。

而且，从未到过中国的玛丽亚，也想看看真实的中国到底怎样，是否如欧洲媒体所报道的那般破败萧条、民不聊生，或者如谢宇航所描述的那般物阜民丰、欣欣向荣。

由于担心自己的汉语口语能力不强，无法与中国人正常交流，她决定先到中国的高校强化学习三个月的汉语听说能力，再前往成都。

于是，她选择去北京外国语大学培训中心学习汉语。

至近至远

莫拉雷斯（Morales Rubio Francisco）觉得自己与成都的缘分也是冥冥之中注定的。他之前的所有奋斗与努力，都是在为拥抱成都而进行着他并不知情的准备。

莫拉雷斯是西班牙人，出生于瓦伦西亚（Valencia）市。

瓦伦西亚位于西班牙东南部，东濒大海，背靠广阔的平原，四季常青，气候宜人，是西班牙第三大城市、第二大海港，号称欧洲的"阳光之城"，被誉为"地中海西岸的一颗明珠"。而且，瓦伦西亚足球队还在世界挺著名。

很小的时候，莫拉雷斯因为看过《西游记》《三国演义》而对中国产生了好奇。

后来，他又接触到中国道教方面的书和中国历史方面的书，对中国便不仅仅只是好奇了，而是充满着向往。

莫拉雷斯毕业于瓦伦西亚理工大学建筑设计专业，获建筑学硕士学位及西班牙A++级全专业资质证书，专业领域涵盖城市规划、建筑设计、施工、景观设计及室内设计，曾在瓦伦西亚理工大学任教。后来，又和朋友安德烈斯和安东尼奥合开了一家公司，在阿尔科伊、蒙克发、佩戈、卡斯特利翁等地对多个项目进行竞标时胜出，拿到了阿尔瓦塞特政府大楼、耶姆·德·卡斯特罗卫生中心、瓦伦西亚萨勒尔五星级度假酒店、卡迪兹豪华旅游度假酒店等工程，并因自己设计的项目出色，而获得了一些奖项。

如果事业就这样一帆风顺地发展下去，那该多好。然而时间到了2007年，西方国家出现了经济危机，建筑行业受到了很大冲击，业务量大大下降。在这种情况下，安德烈斯和安东尼奥决定到中国看一看，寻找机会。

安德烈斯和安东尼奥到中国后，去了北京、上海、广州等好几座城市考察，却都没有寻找到发展自己事业的机会，正当郁闷不已的他们打算回国之时，西班牙中国商会的一位朋友对他们建议说："成都很不错，发展潜力很大，你们何不到成都去看看？"

果然，安德烈斯和安东尼奥在成都寻找到了机会。

不久后，得知莫拉雷斯因为处于半失业状态，安德烈斯和安东尼奥又邀请莫拉雷斯到中国看看，寻找发展机会。

那段时间除了事业不顺之外，莫拉雷斯和妻子亚尼娜的关系也因家庭经济拮据出现裂痕，生活得不开心，因而他也想换个环境工作，换一种生活。他觉得前往中国发展，是一个不错的选择。2011年4月，郁郁寡欢的他踏上了中国的土地，来到成都旅游、考察。

到成都之后，莫拉雷斯发现成都是一座非常大的城市，有2000万市民，其中城镇常住人口1600多万，而瓦伦西亚的人口却只有80万人，即使西班牙首都马德里，也只有600多万市民，因而他有一种"刘姥姥进大观园"的感觉。

不过，这并没有让他觉得自己与成都之间存在距离，因为成都的气候条件很像瓦伦西亚，温和、湿润，绿意盎然；成都河流纵横，水资源丰富。

莫拉雷斯觉得自己与成都有缘。此次成都之行，让他知道成都与瓦伦西亚也有缘，两座城市之间的缘分可以追溯到1000多年前的丝绸之路时代。

和成都一样，瓦伦西亚也是丝绸之路上的明珠，且被世界教科文组织评为丝绸之路上的第32座城市。直到现在，瓦伦西亚还保存着两座与丝绸相关的十五世纪古建筑：一座哥特式风格的丝绸交易厅，后来被评定为世界文化遗产，现在是一座音乐厅；另一座古建筑是高级丝绸艺术家行会博物馆。

而且，丝绸也是瓦伦西亚最盛大的传统节日法雅节服饰的主要布料。

没来中国之前，莫拉雷斯担心自己与成都人之间可能会存在交流困难。因为曾经的他通过看书，或看电影，获得的认知是中国文化虽优秀，却千年一脉，已成严肃体系。换句话说，就是不易或不愿意受外界的影响。他发现在西班牙的华人就是如此，通常只在自己的小圈子里活动，若非必要，一般不太喜欢与西班牙本地人有太多交流。

除了这个因素以外，他还担心自己不会说汉语，更不会说成都话，因而与成都人之间交流可能存在困难。

然而真到成都之后，他才发现，这里的人开朗活泼、热情善良，彼此之间沟通起来非但不困难，还非常轻松。

跟瓦伦西亚一样，成都也是美食天堂，成都人也一样喜欢吃大米。

刚到成都工作的那个周末，莫拉雷斯朋友所在公司一位名叫何汉的同仁邀请大家聚餐吃火锅，让莫拉雷斯感觉很新奇。

火锅是川渝美食，莫拉雷斯在西班牙时听说过火锅，也吃过火锅。然而吃过成都的火锅之后，他才发现西班牙的火锅其味寡淡，其料简单，食材只有那么几样。而成都的火锅味道之鲜、气氛之好、吃法之新颖、调料之丰富、食材之琳琅、品种之繁多，令他大开眼界。

　　这家火锅店并不出名，算是成都一家普通的"苍蝇"馆子，食客所坐椅子也都没有靠背。大家围坐一张大桌子，一起吃火锅、喝啤酒，气氛热烈而又有情趣。莫拉雷斯觉得中国人之间人情味真浓，既尊卑有序、讲究礼仪，彼此间又不失融洽。因为在欧美，大家吃饭时几乎不说话，好似在进行一种仪式。

　　通过这次吃火锅，莫拉雷斯不仅享受了正宗的火锅美味，还初识了成都文化，感叹成都是一座热情似火的城市。

　　莫拉雷斯十二岁时开始读道教方面的书，读老子的《道德经》，他觉得《道德经》是一部奇书，内容涵盖哲学、伦理学、政治学、军事学等诸多学科，为治国、齐家、修身、为学的宝典，体现了古代中国人的世界观和人生观。

　　《道德经》之"道"与"德"的含义广博，"道"不仅是有形的"物质"、思虑的"精神"、理性的"规律"，是宇宙之道、自然之道，也是个体修行的方法；"德"不是通常以为的道德或德行，而是修道者所应具备的特殊的世界观、方法论及为人处世之法。

　　德国哲学家尼采评价说，老子思想的集大成——《道德经》，像一个永不枯竭的井泉，满载宝藏，放下汲桶，唾手可得。

　　莫拉雷斯喜欢《道德经》的理论，他在读过与世界各地文化有关的不少书之后，觉得中国文化更广博厚重。

　　莫拉雷斯见识了世界各种风格的建筑，但他认为中国的传统建筑技术高超、艺术精湛、风格独特，在世界建筑史上自成系统、独树一帜，不仅非常有魅力，也蕴含着神秘的建筑风水学，觉得自己只有身临中国才能学到真谛，并理解其深邃内涵。

　　来成都之后，他旅游的第一站是锦里。听说锦里曾是西蜀历史上最古老、最具商业气息的街道之一，早在秦汉、三国时期便闻名全国，且有不少古建筑，于是他迫不及待地选择来到了这里。

成都又称锦官城。锦里即锦官城。常璩《华阳国志·蜀志》载："州夺郡文学为州学，郡更于夷里桥南岸道东边起文学，有女墙，其道西城，故锦宫也。锦工织锦，濯其中则鲜明，他江则不好，故命曰锦里也。"之后，人们便以锦里为成都之代称。

锦里，蜿蜒曲折的院落、街巷与水岸、湖泊、荷塘、石桥相映成趣，主题会所、主题餐饮、主题商店点缀其中，水波灯影，别有一番意境。

在锦里，莫拉雷斯既以一个设计师的眼光欣赏了中国建筑、园林、游廊的风格特点和科学原理，也站在一个游客的角度欣赏盆栽、川戏，以及中国传统技艺。

这个时候他才明白，自己在欧洲曾经读到过的一些关于中国元素的书，其实很表面。

虽然自己已经37岁，但是行走在成都街头，他却感觉自己像个孩子一样，既新奇，又无知，更兴奋，自己竟然有这么多东西需要去学习。

其间，他还去了杜甫草堂。

与锦里相比，杜甫草堂的园林更有特色。这里的楠木林震撼了他，他很喜欢这种中国和南亚特有的、驰名中外的珍贵树种。

杜甫草堂也有竹，风吹竹林，沙沙作响，像在写实唐朝之后古今中外一代代人吟哦杜甫关于成都风景的诗歌，又像自己根植大地正直向上忧国忧民的气节。

杜甫草堂的水也震撼了莫拉雷斯，他觉得这像杜甫的气质，本质澄碧，却又极有内涵。

在杜甫草堂，莫拉雷斯明白了唐代诗歌是多么受人推崇，明白了杜甫的诗歌是多么优秀，多么有意境。杜甫在成都虽只住了四年，却为成都留下大量诗歌，足见他心里有多么喜欢成都，成都多么有魅力。

而游览了金沙遗址之后，莫拉雷斯又一次为自己增长了见识而开心。

在这里，他看到大约商代晚期至西周时期，古蜀人的大型建筑基址、祭祀区、一般居住址、大型墓地等，看到古蜀人曾经使用的金器、铜器、玉器、石器、象牙器、漆器等珍贵文物，以及数以万计的陶片、数以吨计的象牙、数以千计的野猪獠牙和鹿角。

原来成都竟然有这么悠久的历史！

就这样，莫拉雷斯在成都待了两周，才依依不舍地踏上归程。

回国之后，成都的美好之旅成了莫拉雷斯脑海中拂之不去的影像，复置愁闷生活中的他，很快又向往起成都来，决定再次前往中国。

于是 2012 年 1 月，他又动身前来中国，并决定在成都长期工作。

莫拉雷斯要再次前往中国不是问题，但要作出在中国长期工作这个决定，却不容易。

这不仅仅是一个背井离乡、完全抛弃欧洲生活方式，以及自己在西班牙的事业的问题，还意味着要远离父母，远离才三岁半的儿子哈维尔。尤其是想到孩子，他心里真是既不舍又难受。

再一想，虽然自己对哈维尔也有照看的责任，但是儿童教育专家说过，儿子有母亲陪伴更利于成长。因而他觉得自己与其继续待在西班牙，当着儿子的面与妻子亚尼娜争吵，还不如到中国去看看。倘若中国能成就自己的事业，也能给哈维尔积累一些成长的物质基础。

听说莫拉雷斯打算到中国去发展，他的一些亲戚朋友既感到惊讶，又觉得不可理喻："你为什么要去中国呢？那边很不一样呀，会很难的。"

面对这些从未到过中国，更未去过成都的人的关心，莫拉雷斯通常都是微笑着解释："我去过成都，这座城市非常不错，我在成都过得很开心，所以别担心我。"

伊人盈盈

追求梦想的心是阳光的。莫拉雷斯坚信，只要自己执着地追求梦想，上天都会帮助自己。何况自己选择的春天般的成都是那么好，成都发展的方向是那么正确。

行前，他也琢磨过是否到上海、北京或者深圳这些城市寻找机会，但后来经过反复考虑，觉得中国的中西部地区更有发展潜力，而成都是中国西部的中心城市，机会更多。

诚然，上海、北京、广州或深圳等城市更现代、更国际化，但成都是一座历史悠久、有深厚文化底蕴的城市，又不失现代、时尚与国际化，还交融着浓郁的中国少数民族文化元素，有着极强的魅力。故而他选择了成都。

莫拉雷斯的专业领域是全科的，涵盖建筑、城市景观设计、室内设计等。来成都之初，他在安德烈斯和安东尼奥创建的公司里工作，所做项目大多与住宅小区、购物中心、酒店、企业办公楼有关。

莫拉雷斯性格比较内向，不像多数外国人那样喜欢去舞厅、酒吧打发晚上时光，他很少去这些地方，他白天努力工作，下班后通常就直接回家休息了。

久之，有友人关心地问他："如此封闭，日久天长你会不会脱离社会呢？"

"怎么会呢？我一直都是生活在这个美好的社会当中。"

"你是离婚之后来到成都的，你不与社会多接触，你难道想一直单身？"

"我崇尚老子'道法自然'理论，坚信跟自己冥冥之中有缘的人与事，该来的时候自然会来，就跟自己与成都的缘分一样：以前我从未想过自己会与成都扯上关联，然而某一天，我就来成都了，就深深地爱上这座城市了，就在这座城市生活了。而且，这座美好的城市让我内心是那样宁静恬适。"

莫拉雷斯觉得成都总是默默地眷顾他。

事实上也是。他到成都后没几月，便结识了一位美丽的女子。

那天，何汉把他拉到桐梓林街的一家酒吧喝酒的时候，他注意到隔着他们餐桌不远的地方，有两个围桌而坐、个子高挑，也在喝酒的美女很有气质，其中年龄稍大的一个美女，让他怦然心动。

见莫拉雷斯眼睛不时瞄向邻桌，何汉便问他："你老是看邻座那两个美女，是想结识她们？"

"能结识当然好，其中一个美女我觉得好漂亮啊！"

"哪一个？"

"年龄稍长的那一个。"

"那你想结识她，就应该走过去跟她们说说话。"

"这样好吗？"

"怎么不好？不然的话，彼此走出这个酒吧，结识的机缘便溜走了。"

"那好吧，我试试。"

莫拉雷斯说着，站了起来，朝邻桌走去，躬着身对那两个美女说：

"嗨！我是一个来自西班牙的建筑设计师，很荣幸在这里遇见你俩，你们是我来成都后遇到的最漂亮的美女。"

莫拉雷斯看出来了，年龄大一些的美女可能不会英语，因为对他的话一脸茫然。年轻一点儿的美女会英语，而且英语比他还说得好，这让他很惊喜。

"真的吗？"

年轻一点儿的美女夸张地反问，然后给年龄大一点的美女用汉语解释他刚才所说的话的意思。

"当然是真的！有一首歌曲叫《美丽的西班牙女郎》，这首歌在中国很出名。我是西班牙人，见过的西班牙美女万万千，但是你们却比我见过的美丽的西班牙女郎漂亮一千倍！"

"先生，你真会说话，不过好夸张啊！"

"没夸张！你知道的，西班牙人说话做事实实在在，没有夸张的习惯。"

"有点感动了！"

年轻一点儿的美女将莫拉雷斯所说的每一句话都解释给了年龄大一些的美女听。

两个美女半开玩笑半认真地笑了，脸上飞起了红晕，像两朵桃花。

"我们要是能一起喝喝酒就幸福了。"

"这个？我们不是正在这间酒吧喝酒吗？"

"我的意思是坐一桌喝酒，这样也可以聊聊天。"

"好吧。"

原来这两个美女是亲姐妹，姐姐叫朗金，妹妹叫玛金，妹妹嫁了一个湖南人，已经移民英国，平时也是住在英国。

莫拉雷斯喜欢的是朗金。虽然朗金完全听不懂英语，但两姐妹只要有一个人能说英语就好了，他要与朗金聊天之时，玛金可以帮忙翻译。

通过聊天得知，朗金与玛金都是歌手，还小有名气。

朗金是阿坝藏族羌族自治州红原县人，19岁时考上中央民族大学音乐舞蹈系，毕业回到红原县文体局从事文化宣传工作。2004年的一天，去藏区采风的成都音乐人陈川发现她嗓音高亢嘹亮，且她的亲妹妹央金、玛金也喜欢唱歌，且音质、音色都很有特色时，便力邀姐妹仨组成一个歌唱组合，以登上更广阔的舞台。

于是"哈拉玛"歌唱组合诞生了。

这个以美丽大草原之意命名、以分声部形式演唱的组合，迅速引起了文艺界的广泛关注。

不仅如此，她们还登上了中央电视台2005年春节联欢晚会舞台，并在随后几年里相继到美国、加拿大、日本、韩国、澳大利亚、法国、比利时、瑞士等20多个国家和地区演出……

真没想到，能在酒吧结识这样的名人，莫拉雷斯很激动，难怪自己第一眼看到她们时就觉得与众不同。

然而，莫拉雷斯与朗金之间的交流是困难的。

交流困难的不是感情，而是语言：莫拉雷斯不会说汉语，只会说英语和西班牙语；朗金却不会说英语和西班牙语。

如斯，有趣的事便发生了。

恋爱是两个人之间很私密的事，但莫拉雷斯与朗金之间却有一个第三者：他俩第一个月所有的沟通都是通过电子邮件进行的，莫拉雷斯想对朗金说点什么，就将信发到已回英国的玛金的电子邮箱里。收到莫拉雷斯的信之后，玛金再将信的内容翻译成汉语发给朗金。

即使这样，莫拉雷斯与朗金的感情还是越来越深。因为缘分是冥冥之中注定的，缘分来了挡也挡不住。

渐渐地，他们觉得再通过电子邮件进行交流，已经无法满足对对方的思念了，于是又通过短信进行交流。不过，莫拉雷斯发给朗金的短信还是先发给玛金，让玛金翻译成汉语后再转给朗金。朗金要对莫拉雷斯说点什么，也是先发给玛金，等玛金翻译之后再转给莫拉雷斯。

莫拉雷斯与朗金认识之后第一年的交流与沟通，基本上都是通过玛金的转述得以实现的。

再后来，微信有了及时翻译的功能，莫拉雷斯与朗金便通过微信翻译及时交流了。

当然，即使有软件的翻译，也还是不完美。因为软件翻译存在非准确性，所以偶尔会对信息产生误读，使得感情出现有趣的插曲。

要是彼此之间能直接进行语言交流该多好！为此，朗金决定去学西班牙语。

但在报培训班之前，莫拉雷斯却建议她学英语："亲爱的，你学语言不要站在为我学的角度考虑，而是要从更好地在成都生活的角度考虑。"

莫拉雷斯觉得学英语之后，朗金不仅能与他交流，还能与"蓉漂"的老外交流，毕竟英语是国际语言。

就这样，渐渐地，两人能够勉强地通过英语进行交流了。

在成都，很多外国人住在武侯区桐梓林社区。成都共有常住外国人20000多人，住在桐梓林社区的有近5000人。这里有国际化的生活学习场景，优质的国际教育、医疗资源。

为了融入成都市民的生活，充分感受成都的城市质感，莫拉雷斯没有住在桐梓林。

他到成都最初，住的是离天府广场不远的一家酒店，见识了成都的胸怀博衍和城市灵秀。

继而，他在九眼桥附近租房住了一段时间，感受成都底蕴深厚的学府文化和令人沉醉的艺术氛围。

接着，他又在春熙路附近住过，体会人气旺盛的商业气息和美女如云的时尚肌理；在成都体育中心附近住过，欣赏体育赛事的速度力量和文艺演出的热烈奔放；在蜀汉路附近住过，享受琳琅满目的川菜美食和驰名天下的幸福美满。再后来，他又住到了温江区，感受在希望的田野上的蓝绿美好和城市盆景的独运匠心……

在中国的前七年，莫拉雷斯住过七个地方，每年都在搬家，居住轨迹是一步步从成都的城市中心往城市外围移动，往远离外国人居住区的方向移动。

刚到成都不久，莫拉雷斯竟然看到了一些令他化解乡愁的亲切的身影。这是一些蝙蝠，在夜色里翩飞的黑色的小精灵。

莫拉雷斯很吃惊，很激动。因为瓦伦西亚也有这样的小蝙蝠，而且西班牙只有瓦伦西亚才有这种小蝙蝠。瓦伦西亚的城徽是小蝙蝠，瓦伦西亚市内有不少小蝙蝠的雕塑，瓦伦西亚足球队的标志也是这种小蝙蝠的图案。

瓦伦西亚为何这么喜欢蝙蝠呢？

相传13世纪，阿拉贡国王海梅一世御驾亲征，意欲赶走盘踞在瓦伦西亚的来自北非的摩尔人，收复瓦伦西亚。浴血奋战中，敌军的一支箭射向正在全神贯注指挥战斗的他，危急关头，有一只蝙蝠飞过，挡下了这致命的一箭。

海梅一世大获全胜后，为了感谢蝙蝠的救命之恩，便将蝙蝠奉为瓦伦西亚的保护神，并将其形象设计为城徽。瓦伦西亚有两支西甲球队——瓦伦西亚与莱万特，球队队徽都是蝙蝠图案。瓦伦西亚足球队更是被球迷们赋予了"蝙蝠军团"的昵称。

喜欢中国文化的莫拉雷斯知道，在中国，由于"蝠"与"福"同音，蝙蝠是吉祥的象征，是吉祥物，中国不少古建筑上都雕刻有蝙蝠图案，寓意福气满门。

"我跟成都真是太有缘了！"

莫拉雷斯觉得自己与成都的关系是命中注定的，自己在成都会是一件很有福气的事。

莫拉雷斯喜欢住在水侧河畔。他有跑步的习惯，觉得每天清晨或黄昏沿着河流跑步，能令人神清气爽。

这个跑步的过程，既锻炼身体，也陶冶身心、增长见识，有时候还有意想不到的收获。

成都人早上喜欢待在河边跑步、打太极，或做其它运动。晚上，河边的空地则会有很多妇女随着旋律优美或节奏明快的音乐跳坝坝舞，这让莫拉雷斯感受到成都人很在乎健康，并用颇具人情味及艺术性的方式锻炼身体。

在欧洲，他看不到常态化地以群体性的方式到街上跳舞锻炼的人。欧洲人的性格，严肃有余，活泼不足。

莫拉雷斯觉得，成都人的生活态度真好。一个人的心态越平和淡定，快乐和幸福就越多。在歌声的韵律里翩翩起舞，心灵的天空自然灿烂。

成都的河边还有不少人钓鱼，这也是莫拉雷斯喜欢的。因为钓鱼钓的是鱼，展现的却是闲情逸致。

瓦伦西亚是港口城市，水润气息，对莫拉雷斯来说，是一种乡愁的味道。

他崇尚老子《道德经》里"上善若水。水善利万物而不争，处众人之所恶，故几于道。居善地，心善渊，与善仁，言善信，政善治，事善能，动善时。夫唯不争，故无尤"这段话。

成都是一座水样温柔、玄妙悠悠、因水而兴、千载繁荣的城市。他觉得自己在成都的河边跑步，是在沿着成都的历史跑步，在感受成都的千年文脉、锦水风情。

莫拉雷斯认定，最善良的人，都有如水的品德。因而他要求自己要做一个重情重义的善良之人。

生活中，他不仅对朗金好，还对朗金的家人好。在朗金的父亲生病之后，他像儿子照顾父亲一样照顾老人。后来老人辞世，他又按中国的传统，为老人守孝。

2017年，莫拉雷斯与朗金终于携手走进了成都市武侯区民政局，进行了结婚登记。

他们的婚礼是在玛吉阿米成都鹭岛店举办的，这是朗金大哥泽郎王清夫妻开的餐厅。玛吉阿米品牌是泽郎王清创立的，总店在拉萨大昭寺附近。

就这样，他们的爱情到达梦想的彼岸。

婚后，他们没有去阿坝红原县生活，没有去西班牙瓦伦西亚生活，而是继续生活在成都。因为他们觉得，成都这座城市很美好，其存在的生态结构与人文底蕴，是他们安放婚姻的梦想彼岸。

第三章

梦想彼岸

宜居宜业，人类城市的梦想
幸福生活，居民心灵的阳光

美丽的图景

城市，是人类文明最集中的载体。

人类自公元前 5000 年左右在两河流域创造最早的城市起，便一直行进在求索城市美好存在形式的路上。

在中国，早在 2000 多年前的春秋时期，以孔子为代表的儒家，追求的最高境界是"天下大同"的人居环境。

《礼记·礼运》说："大道之行也，天下为公，选贤与能，讲信修睦。故人不独亲其亲，不独子其子，使老有所终，壮有所用，幼有所长，矜寡孤独废疾者，皆有所养。男有分，女有归。货恶其弃于地也，不必藏于己；力恶其不出于身也，不必为己。是故谋闭而不兴，盗窃乱贼而不作，故外户而不闭，是谓大同。"

"天下"，是中国古人对世界的认知和意义表达，是表征地理空间、文化心理、秩序理念的有机体。作为一个地理概念，"天圆地方"的空间场域，以及天下秩序的基本框架，皆为"天下"，即"天人一体"的空间秩序，也即天空下的一切存在物。"大同"是指人类最终可达到的理想世界。其基本特征是人人友爱互助，家家安居乐业，没有差异，没有战争，是"仁"的最终归途。"天下大同"，是人类生存状态的极致追求，是社会形态的最高境界，是人居环境的终极目标。

著名古希腊哲学家柏拉图构建了西方文化中最早的幸福城市蓝图，这样的城邦既是一个正义之邦，也是一个极权之城。他心中的理想之城构想，极大地影响了西方乌托邦文学和城市乌托邦规划。

美好的生活图景一直是人类不辍追求的目标，更佳的生存环境则是美好生活图景的重要组成部分。正因为如此，从古到今，从中国到外国，从16世纪的"乌托邦"、18世纪的"理想城市"到19世纪的"田园都市"，以及近代的"生态城市"，城市的存在形式一直在探索，在递进。

孔子在理论上对于"大同"颇有建树，而早于孔子的管子，还提出城市建设的"风水"哲学："凡立国都，非于大山之下，必于广川之上，高毋近旱而水用足，下毋近水而沟防省。"

这个融汇人文智慧与自然科学的建城法则，一直影响着后世。

儒家经典《周礼》，则是世界上最早考虑城市环境和生态结构的著作。

《周礼》的建城精髓涵盖环境容量、土地改良、可利用的土地、水源、物产、动植物、工程地质等自然地理条件。

"大司徒之职……周知九州之地域广轮之数，辨其山、林、川、泽、丘、陵、坟、衍、原、隰之名物，而辨其邦国都鄙之数，制其畿疆而沟封之，设其社稷之壝而树之田主，各以其野之所宜木，遂以名其社与其野。以土会之法，辨五地之物生。"

这讲的就是对于自然地理环境的考察以及利用的方法。

"以土宜之法，辨十有二土之名物，以相民宅，……以任土事"，则说人们修房造屋时，要因地制宜，尽可能不破坏生态，这样才能使百姓富有、生活幸福。

而从"职方氏掌天下之图，以掌天下之地。辨其邦国、都鄙,……周知其利害,乃辨九州之国,使同贯利"中可以看出,古人要想物阜民丰,就得在对邦国内自然、地理、人文、地质条件、气候等了解的基础之上,做到顺应自然、利用自然。这实际上就是生态保护。

"凡国都之竟有沟树之固,郊亦如之。民皆有职焉。若有山川,则因之。"则要求国都的边界一定要有沟树来加固,如果遇到有山川的地方,则借山川之势,不需另外设沟树。这讲的也是要顺应自然。

关于城市生态规划方面,还有"任土之法""以廛里任国中之地,……以官田、牛田、赏田、牧田任远郊之地……"意思是居民住宅聚集的地方作为城市的中心,城外郭内场圃为种植瓜果蔬菜的园地,市民及商贾的农田为城市近郊,国家的公田、饲养政府的牛的田地、赏赐给官兵士大夫的田,则作为远郊。

《周礼》的思想影响极大,从洛阳,到长安,到元大都……都遵循这种建城模式。

最值得一提的是北京。北京是世界上将城市规划学、城市设计学、风景园林学与建筑学融为一体的杰出城市,欧洲著名城市规划家瑞斯穆森认为:"整个北京城乃是世界的奇观之一,它的平面布局匀称而明朗,是一个卓越的纪念物,象征着一个伟大文明的顶峰。"

《周礼》的思想精髓也影响到整个世界的建城营城,以及城市规划。

英国生物学家、社会学家、城市科学与区域规划的理论先驱格迪斯对之十分推崇,认为城市规划是社会变革的重要手段,城市在空间和时间发展中存在生物学和社会学方面的复杂关系,因此城市规划应把城市现状和地方经济、环境发展潜力与限制条件紧密连接。

虽然历史是历史,怎么辉煌,都停在了时间的上游,但是历史是躲不开的。

对人是如此，对城市亦如斯。

著名作家爱默生说过："城市是靠记忆而存在的。"

城市的发展史，也是城市的记忆史。

人类社会经历过三次城市化浪潮：第一次是以英国为代表的工业革命时期，从1750年到1950年，历时200年，基本完成城市化；第二次是以美国为代表的北美洲的城市化，从1860年到1950年，历时约90年，城市化率达到71%；第三次发生在拉美及其它发展中国家，从1930年到2000年，历时70年，基本完成城市化历程。

我国城镇化建设也有过三次浪潮，从发生时间和形成规模来看，都走在世界前列。

我国第一次城市化浪潮发生在春秋战国时期，35个诸侯国建有六七百个城池，大者面积达19平方公里，城市人口35万人。而同一时期的西方城市，人口最多才15万人。

我国第二次城市化运动发生在宋代，北宋首都汴梁和南宋首都临安府，人口都超过100万，城市化率达到了22%。

我国第三次城市化运动发生在改革开放以后，城市化率从1978年的17.9%到2014年的54.8%，赶上世界平均水平，城市化时间也非常短。根据联合国的估测，世界发达国家的城市化率在2050年将达到86%，我国的城市化率在2050年将达到71.2%。

在中国城市化建设出现的三次浪潮中，成都每一次都不落伍。在第三次城市化浪潮中，成都更是走在很多城市的前列，走在绿色化生态系统建设的道路之上。

2017年4月，《成都市城市总体规划（2016—2035年）》，通过了审议。这是成都市第五轮城市总体规划，面积为14334平方公里。

这个城市总体规划，是在学习借鉴北京、上海等城市及雄安新区的总体规划经验，广泛遴请智囊团成员献计献策，先后召开10次专家咨询会，邀请"新加坡规划之父"刘太格、中国城市规划设计研究院原院长李晓江、北京大学城环学院城市与区域规划系主任林坚、北京市城市规划设计研究院院长石晓冬等国际国内顶级规划专家，以及中国工程院院士水文学及水资源学家王浩、中国科学院院士成都理工大学原校长王成善、中国工程院院士深圳市建筑设计研究总院总建筑师孟建民等6位院士共92人次参与修编而成。

成都市的这个总体规划，确立了建设全面体现新发展理念国家中心城市的奋斗目标，作出建设"五个城市"、增强"五中心一枢纽"支撑功能的总体部署，提出坚持"东进、南拓、西控、北改、中优"十字方针，实现从"两山夹一城"到"一山连两翼"的城市格局千年之变，促进城市可持续发展。

建设"五个城市"，即建设创新驱动先导城市，使创新创造成为城市可持续发展的第一动力；建设城乡统筹示范城市，为推动区域协同发展、城乡融合发展作出示范；建设美丽中国典范城市，构建碧水蓝天、森林环绕、蓝绿交织、清新明亮的生态环境；建设走向世界的现代化国际城市；建设更有魅力、更有吸引力的和谐宜居生活城市，重现"绿满蓉城、花重锦官、水润天府"的盛景，让市民慢下脚步、静下心来、亲近自然、享受生活。

为此，成都制定了"三步走"战略：到2020年，高标准全面建成小康社会，基本建成全面体现新发展理念国家中心城市；从2020年到2035年，加快建设高品质和谐宜居生活城市，全面建成泛欧泛亚有重要影响力的国际门户枢纽城市；从2035年到本世纪中叶，全面建设现代化新天府，使成都成为可持续发展的世界城市。

成都提出并确定的"五中心一枢纽"内容是：建设全国重要的经济中心、科技中心、金融中心、文创中心、对外交往中心和国际综合交通通信枢纽的功能定位。

"五中心一枢纽"是在2016年4月12日国务院发布的《成渝城市群发展规划》赋予成都加快建设西部经济中心、科技中心、文创中心、对外交往中心和综合交通枢纽功能"四中心一枢纽"的基础上，增加了"金融中心"，同时将"交通枢纽"拓展为"交通通信枢纽"而成的。这既是对国家定位的坚定贯彻，也是落实四川省委建设西部金融中心决策的主动担当。

建设全国重要的经济中心的内容是：重点打造电子信息、汽车、生物医药、航空航天、智能制造、轨道交通六大主导产业核心区和老城片区、天府新区、空港新城三大现代服务业核心区。

建设全国重要的科技中心的内容是：系统推进全面创新改革"一号工程"（"一号工程"，是在改革发展中具有战略性全局性引领性突破性的关键工作、头等大事），积极争创综合性国家科学中心，实施成都科学城、鹿溪智谷、独角兽岛、无线谷等重大项目。

建设全国重要的金融中心的内容是：加快建设老城金融服务区、成都金融城、天府商务区，推进金融高科技园区、天府国际基金小镇、环西南财大财经智谷等重大项目。

建设全国重要的文创中心是指，高标准打造天府文化标志和品牌，高质量发展文创街区和文创小镇，推进天府自然博物馆、天府文化国际中心等重大项目。

建设全国重要的对外交往中心的内容是：全面提高中德、中法、中意、中韩、新川等国别园区的合作层级，推进青白江欧洲城、跨境电商综合试验区、国际足球中心等重大项目。

建设国际综合交通通信枢纽是指：依托"一市两场"（在同一个城市建设两个机场）、国际铁路港等空间载体，加快建设西部国际门户枢纽城市。

为全面增强城市能级和可持续发展能力，成都又制定主体功能区战略，推动形成"东进、南拓、西控、北改、中优"差异化的空间功能布局，形成更高质量、更有效率、更可持续的空间发展模式。

"东进、西控、南拓、北改、中优"十字方针相较以往"东进、西控、中优"规划更加明确和清晰，能够促进城市差异化和可持续发展。

这里的"东进"区域，是指成都全域发展格局中的国际门户、产业新城和城市可持续发展新空间，区域包括成都东部新区、简阳市、金堂县全域，龙泉驿区车城大道以东部分，青白江区和天府新区龙泉山部分。"东进"坚持产业分区、集约开发、集群发展，推动先进制造业和生产性服务业重心东移，空间上形成空港新城、淮州新城、简州新城、简阳城区等产城相融的功能板块，开辟经济社会发展"第二主战场"。

"南拓"是向南拓展创新驱动发展的新引擎，区域包括天府新区成都直管区、双流、新津、邛崃市部分等。"南拓"对天府新区规划和城市设计进行系统优化，将天府新区建成具有国际水准和全球竞争力的高新技术产业集聚区、新经济成长区和高品质城市新区。

"西控"是打牢城市生态本底，探索城市绿色发展新模式，确保城市可持续发展的重要保障，是对于污染重、与生态保护背道而驰的产业进行控制，加大产业转型，严控规模，特别是都江堰精华灌区、龙门山生态保护区要对高排放产业进行限制。区域涉及都江堰、郫都、温江、崇州、大邑、彭州、邛崃、蒲江及高新西区等9个区（市）县。

"西控"的核心是提高产业门槛，优化资源利用，划定城市开发边界，以控促优，保护自然文化景观，提升生态功能，优化城乡空间结构，提升绿色产业发展能级。

"北改"是高质量改造北部区域，保持城市特性，形成城市更新示范区，工业发展转型区，区域涵盖新都、青白江、彭州等。"北改"针对"人居环境、产业发展、生态优化、强化门户枢纽、区域协同、健全交通、彰显文化"，提出了系列规划优化和提升策略。

"中优"是成都市城市规划的发展战略之一，对中心城区进行优化提升，使其成为宜居宜业的生态家园。其核心是传承巴蜀文明、发展天府文化，保持并彰显成都特色，开创和谐宜居生活城市新路径。"中优"区域从绕城高速以内扩展到五环路以内，范围包括高新南区、锦江区、青羊区、金牛区、武侯区、成华区全域以及高新西区、天府新区直管区、龙泉驿区、青白江区、新都区、温江区、双流区、郫都区部分区域。"中优"的目标是优化城市空间形态，提升城市的宜居性和市民的归属感。

未来，成都将构建布局合理、适度超前的现代化高品质基础设施体系，推动轨道交通加速成网、高快速路加密成网、慢行交通成带成网。

加快推进绿色市政基础设施建设工程，完善能源利用、垃圾分类、污水处理和海绵城市、地下空间等市政设施网络。

全面提升文体设施水平，加快天府中心、天府奥体城、城市音乐厅、熊猫星球等标志性文创工程和综合性文体中心建设。

深化社区全域景观化创建，按照"300米见绿、500米见园"原则规划布局均衡分布的小游园、微绿地、绿色开敞空间，到2035年人均绿地面积达22平方米。

高标准打造天府绿道，完善"轨道＋公交＋慢行"三网融合的城市绿色交通体系，到 2035 年绿色交通出行分担比例达 85%。同时，打造 15 分钟社区生活服务圈，确保市民生活"小需求不出社区，大需求不远离社区"。

成都为什么要启动新一轮总体规划编制？

随着"一带一路"、长江经济带、成渝城市群等国家战略的实施，以及承担起建设国家中心城市等重大任务，将成渝城市群建成世界级城市群，这为成都市融入国家对外开放战略格局、参与全球竞争提供了发展引导和历史性机遇，也为新一轮城市总体规划体现成都参与国际分工协作和带动区域协同发展的能力提出了要求。

此外，原属资阳市代管的简阳交由成都市代管之后，成都市域面积增加至 14334 平方公里，市域人口增加了约 150 万，也需从更大区域统筹城市发展，构建合理的城市空间结构。加之天府国际机场启动建设、自由贸易试验区正处于加快建设进程中，未来成都市发展能级、发展方向、功能布局以及区域发展格局将发生巨变。面对大环境的变化，新一轮的总体规划编制也应顺势而为。

《成都市城市总体规划（2016—2035 年）》有哪些亮点呢？

建国家中心城市，构建 15 分钟基本公共服务圈。

国务院发布的《成渝城市群发展规划》，赋予了成都建设国家中心城市的重要使命，为了抓住这一重大的发展机遇，成都将按照都市核心区、都市新区、卫星城、小城市、特色镇等多个层次，标准化配置行政管理、社区服务、教育、医疗卫生、文化、体育、商业服务业等公共服务设施，并形成多中心、多层次、网络化的公共服务设施体系，构建 15 分钟基本公共服务圈。

将展示城市独特的文化魅力，塑造出成都具有全球识别性的文化形象。

构筑大都市区，打破传统单核集聚发展模式。

确定城市规模以水定人、以地定城、以气定形的格局。以水定人，即以资源承载力和水环境容量为底线，合理控制人口规模，防止因人口规模过大而带来水资源不足的风险；以地定城，即以保障区域生态安全格局为前提，协调城镇生态、生产及生活空间，合理控制城市规模，防止城市空间无序蔓延；以气定形，即通过构建多条通风廊道，改善城市通风环境和热环境，转变高密高强的城市开发模式，让居民在城市中也能感受到自然的气息，提升城市宜居环境品质。

此外，在新一轮总体规划中，通过划定城市开发边界、生态保护红线、永久基本农田等刚性控制线，稳固城市发展格局。

对成都新一轮的城市总体规划，李晓江给予了高度评价：是在充分借鉴北京总体规划经验的基础上，结合自身特征作出的有益实践探索；突出了发展价值观，志在治理大城市病，让城市更宜居；从传统的 GDP 导向和生产导向转为生态优先、以人为本、共享发展。

中央财经大学城市管理系系主任王伟认为，成都新一轮的城市总体规划体现出成都人居环境建设从城乡统筹向更为高阶的多维共生状态迈进。其重要特点是"与国家战略共生、与人民福祉共生、与自然山水共生、与历史文化共生、与区域邻城共生、与制度改革共生"。

西南交通大学区域经济与城市管理研究中心主任戴宾认为，这一轮城市总体规划的编制不仅突出以人为本、顶层设计、历史使命、全面统筹、责任担当，而且更加顺应城市发展的内在规律，在规划理念上有创新、规划内容上有突破、规划方法上有改进，契合成都国家中心城市建设的战略规划。

这段时间，热爱历史上的成都，也爱眼下的成都，以及未来的成都的上海同济城市规划设计研究院常务副院长匡晓明忙坏了,他开始为成都的美丽进行锦上添花的思考。

而对于成都土生土长的中国工程院院士贺克斌来说,他不仅是成都大气污染治理的深度参与者,还是成都公园城市智囊团高级成员之一。2017年6月,在他及智囊团成员的参议下,《实施"成都治霾十条"推进铁腕治霾工作方案》出台,蓝天保卫战正式打响。

2017年7月,首届"国际城市可持续发展高层论坛"在成都召开,联合国人居署等国际组织发布了首批五个"国际可持续发展试点城市",成都是其中之一。可见,成都的城市建设,不仅是要打造一个中国样板,也将为世界提供中国示范。

那么成都如何"示"?怎么"范"?

匡晓明认为,城市设计的特色,就是要将挂在墙上的平面图纸,变成美丽的大地图画,变成成都市民的幸福依托,变成发自肺腑的自豪,以及外地人心中的艳羡。

匡晓明的规划理念得到了成都市委、市政府的积极支持。

2017年8月,匡晓明接过成都天府新区总规划师的聘书,天府新区的规划从此翻开崭新的一页,在继承这座城市千百年来钟情生态栽花种树传统的基础之上,从前沿道路发展的布局,转变成为"沿河""沿绿"发展,使河湖等原本是城市点缀的生态绿地,成为能承载产业、转换生态价值的绿色底色,用全新的形态去创造美好未来,到达城市生活梦想的彼岸。

城市之光

"对于一座城市来说,最重要的不是建筑,而是规划。"

这是美国艺术与科学院院士、中国工程院外籍院士、世界著名土木专家贝聿铭的名言。一座城市的规划非常重要,尤其是生态规划,牵涉到其是否宜居、宜业,能够持续、高效发展的问题。

在最近几十年里,我国经历了人类历史上规模最大、速度最快的城镇化进程,创造了城市发展的传奇。然而随着城市面积的扩容,体量越来越大,也陆续出现了欧美城市发展过程中也曾出现、如今依然存在的城市病:城市生态环境退化严重、城市生态产品供给不足、城市自然风貌特色趋弱、城乡差别仍然明显、传统文化逐步消亡等问题。

城市生态病最主要的表现是大气污染、水体污染、固体废物排放和噪声污染……这些也是城市的主要污染来源。

山河胜日,无边光景。蓝天白云是天地间最明媚的风景,是人类的最爱,是大自然恩赐人类最好的诗和礼物。然而大气污染却是白云蓝天、繁星闪烁的死敌。

成都美好的生态基因源远流长,代代传承,却因置身盆地,也有美中不足之处,那便是无风或少风;若有尘霾,则浮于空气之中,很难消散。

并非成都今天是这个样子，而是自古如斯，所以才有"蜀犬吠日"的说法，"蜀犬吠日，比人所见甚稀"，"秋云阴霾重，江水翻滚曲"。

如何还成都以蓝天？如何攻克大气污染的问题？

贺克斌及其团队给成都所出的方案是强化对机动车实施严格的报废制度；加强在用机动车年检、季检中环境指标的监测和管理力度；保证机动车尾气达标率的实现；推广使用无铅汽油、液化气、天然气等少污染燃料，以及新能源动力；加强城市交通系统及城市管网系统建设；应用新技术加强城市环境监测，促进城市的可持续发展……

蓝天保卫战当然并非出台一份或几份文件那么简单，背后牵涉到产业转型、压减燃煤、控车减油、治污减排、清洁降尘等等，这是一个庞大的系统工程。

如何解决这些问题？

船小好调头，好扩展，也能重新布局。城市大了，牵一发而动全身，要重新布局，很难很难。要扩展，城市扩展空间有限，纵有拳脚，却施展不开。

迁址，另择地而建之，谈何容易？

何况即使换了地方重建城市，如果未从根本上解决城市病，相同的问题重新出现，只是时间早晚的事。所以城市有病，当治则治。

人类的生存环境由自然环境、人工环境和社会环境共同构成。

自然环境指包括气候条件、地理条件及与动植物相联系的生态系统在内的生存空间。

人工环境指人为加工、改造形成的生活环境，包括住宅的设计和配套、公共服务设施、交通、电话、供水、供气、绿化面积等。

社会环境是指与社会制度相联系的公共秩序、道德规范和人与人之间的关系，包括社会治安、社会公共秩序、社会公德等。

要治好城市"沉疴",就得改变城市既有的生存环境。而要对既有生存环境进行改造,也非易事。

一座城市要具有良好的生态环境,在城市建设方面,应有可持续性发展理念,并以此指导城市规划与城市建设,在城市建设中充分考虑环境设计;在城市产业建设方面,加强环境准入审核或核准,提高产业的环境质量,不排除采用行政手段,对污染严重的企业关停并转;注重植被规划,绿色植被能够吸收城市污染,净化空气质量,增加氧气含量,愉悦心情。

为了治疗城市病,成都致力打造现代化生态城市,且一直在行动。

2014年10月2日,四川天府新区获批为国家级新区,从此肩负起打造新增长极、建设内陆经济开放高地的历史重任,成为治蜀兴川百年大计的关键支撑。

成都的生态城市建设已经走在全国城市的前列,不仅取得了令人瞩目的成绩,还在《成都市城市总体规划(2016—2035年)》中进行了进一步强化。

幸运的是,成都这一规划战略,引起了国家最高领导人的高度关注,并给予重要指示。

2018年2月,习近平总书记到四川视察,在天府新区首次提出"公园城市"理念,指出"要突出公园城市特点,把生态价值考虑进去,努力打造新的增长极,建设内陆开放经济高地"。

字字句句,既是对成都独特生态本底、丰厚文化底蕴的充分肯定,对高质量推动天府新区建设的殷切希望,也是对成都加快建设全面体现新发展理念城市的重大要求,更是为成都天府新区,为成都全市描绘出美好的蓝图。

中国特色社会主义进入新时代,我国社会主要矛盾已经转化为人民日益增长的美好生活需要和不平衡不充分的发展之间的矛盾,所以既要创造更多物质财富和精神财富以满足人民日益增长的美好生活需要,也要提供更多优质生态产品以满足人民日益增长的优美生态环境需要。这就使得城市化发展必须从以规模扩张、经济增长为主,向以人为本、科学发展、城乡协调及优化提升为主转型。

站在人类城市进程的高度看,"公园城市"是对人类社会发展规律、人与自然关系演进规律、城市文明发展规律的科学把握和深邃洞见,是继"乌托邦""太阳城""理想城市""田园城市""花园城市""绿色城市"等城市概念后全新、科学且高瞻远瞩的城市建设理念。

从国计民生的角度看,"公园城市"充分体现了中央对城市生态文明建设,以及对美好生活和幸福家园建设的高度重视,这无疑是城市发展的方向和人居幸福的诉求。"公园城市"理念,既体现了"生态文明"和"以人民为中心"的发展理念,也体现了我国推进城市化发展模式和路径转变的理论创新和实践探索。

自此,从空间建造到场景营造,从生态到业态,公园城市成为一场新时代城市价值重塑新路径的积极探索。

公园城市,是"绿水青山就是金山银山"在城市层面的智慧运用,既是成都的理想,也是国家赋予成都的历史使命。

在此理念的推动下,成都由此开启公园城市建设元年。

2018年5月,天府公园城市研究院成立,这是全国第一家,也是目前为止唯一一家专门的公园城市研究院。随后,天府公园城市研究院集聚了从联合国人居署到国内环境学、规划学、政治学、社会学等多个领域的顶尖专家。

伴随着天府公园城市研究院成立的,还有公园城市建设管理局,这个功能特别、充满美好的职能部门,也成为全国乃至全世界第一家公园城市建设行政机构。

那么，公园城市是否等同于公园与城市的简单组合？

当然不是！

"公园城市"有着深刻、全面且具体的内涵。

公园城市着力通过对城乡绿地系统和公园体系的布局优化、扩容提质及内涵升级，建设全面公园化的城市景观风貌，用以优化城乡关系、完善城市格局、改善城市风貌、提升城市形象和竞争力、满足市民对美好生活的需要。

"公园城市"理念具有几个重要特征：即以人为本，在公园休闲游乐这种基本公共服务的基础上，提升满足美好生活指数，建设幸福城市，实现普惠公平、活力多元；用公园城市生态筑基，绿色发展的格局，作为城市空间结构布局优化的基础性配置，实现城绿共荣的生态文明；城乡并举，协调发展，建成互促共生的新型城乡关系建构；以环保美丽的城市风貌，引领创新发展；以绿色开放的空间系统作为城市人居、管理，以及文化传承的场所，实现城市可持续性发展。

"公园城市"是城市规划建设理念的升华；是新发展理念在城市发展中的全新实践；是"创新、协调、绿色、开放、共享"要求的具体运用；是引导城市发展从追求生产价值转向生活价值，从经济导向转向人本导向，体现"绿水青山就是金山银山"理念和"一尊重五统筹"（2015年12月的中央城市工作会议上提出的重要思想）城市工作的总要求；是满足人民美好生活需要的重要路径；是推进绿色生态价值转化的重要探索；是塑造新时代城市竞争优势的科学手段。

公园城市作为全面体现新发展理念的城市发展高级形态，坚持以人民为中心、以生态为引领，是有机融合公园形态与城市空间、自然经济与社会人文、人城境业高度和谐统一、新时代可持续发展的现代化城市。

公园城市理念包含城市文明观、发展观、民生观、人文观、生活观，体现了马克思主义关于人与自然关系的朴素思想，蕴含了城市时尚与文化传承的精神追求，顺应了尊重自然与城市发展的价值美学。

中国工程院院士、瑞典皇家工程科学院院士、同济大学副校长、上海世博会总规划师吴志强认为，"公园城市"是继"生态城市""智慧城市""智能城市"之后的全新概念，是高质量背景下的城市建设新模式探索，是城市可持续发展的必然选择，充分体现了以人为本的发展思想和构建人与自然和谐共生绿色发展的新理念，是适应新时代中国城市生态和人居环境发展形势及需求提出的城市发展新目标和新阶段……

成都为何能幸运地成为公园城市首提地？

专家们觉得，这是因为成都有着森林城市、花园城市的传统，有着森林城市、花园城市源远流长的血脉和深扎的根。

自古以来，成都这座城市既有丰富的自然资源和山水之胜，又有深厚的人文情怀。

成都是一座城市，成都又不仅仅是一座城市。

成都不是一座普通的城市。

宜居乐章

太阳追求光明垂耀,成都追求创新创造。

成为公园城市首提地之后,为了以全球视野、国际标准、时代要求规划建设好新天府,并代表中国经验与世界城市对话,成都全面提升思想,改进工作方法。

2018年7月7日,成都公布了《关于加快建设美丽宜居公园城市的意见》,要求全市各级党组织和广大党员干部准确把握基本原则,将公园城市理念贯穿城市发展始终,自觉运用公园城市理念指导工作,将公园城市的重大要求落实在经济社会发展各方面工作中。

具体内容为:

坚持以人民为中心的发展思想。坚持人民主体地位,充分调动人民群众的积极性,强化高品质生活、高水平服务供给、高效能治理,不断满足人民日益增长的美好生活需要,彰显美丽宜居公园城市价值,让全体人民在共建共享发展中有更多获得感。

坚持生态优先绿色发展战略。贯彻山水林田湖城是生命共同体的理念,坚持节约优先、保护优先、自然恢复为主的方针,促进人与自然和谐共生。把建设长江上游生态屏障、维护国家生态安全放在生态文明建设首要位置,用最严格制度最严密法治保护生态环境,坚定不移走生产发展、生活富裕、生态良好的文明发展道路。

坚持"一尊重五统筹"总要求。尊重城市发展规律。统筹空间、规模、产业三大结构；统筹规划、建设、管理三大环节；统筹改革、科技、文化三大动力；统筹生产、生活、生态三大布局；统筹政府、社会、市民三大主体，提高城市工作全局性、系统性；统筹推进新型工业化、信息化、城镇化、农业现代化、绿色化同步发展。

坚持突出公园城市形态。用科学规划组织城市建设，将公园城市理念贯穿于国际门户枢纽、主体功能区布局、城市格局优化、特色镇（街区）和美丽乡村建设，构筑美丽宜居公园城市形态，彰显城市创新创造、开放包容的文化特色，实现人城境业和谐统一。

做到让公园城市理念深入人心，贯穿城市工作全过程。把生态优先、绿色发展的要求贯穿城市规划建设管理各方面，把园中建城的大系统观、大文化观、大生态观作为城市规划指引，生态环境领域城市治理体系和治理能力现代化全面实现，绿色发展方式和生活方式全面形成，生态道德和行为准则全面形成。

形成城市形态和谐大美，人与自然和谐共生发展的基本格局。形成"一山连两翼"的城市大山水格局和"两山润天府"的市域大美公园城市基本形态，形成以绿道串联城市生态绿心，实现城在园中、城田相融；山水林田湖城生命共同体理念全面落实，城市形态与天府文化高度融合，农耕文明、工业文明和生态文明交相辉映。

提升城市宜人宜居宜业品质，令创新创造的新场景不断涌现，使良好生态环境成为普惠民生福祉，公共服务与公园体系有机融合成为鲜明特点，城市人文关怀充分彰显，人民获得感幸福感明显增强；使公园城市成为新技术、新业态、新模式的话语引领者、场景培育地、要素集聚地和生态创新区，成为高质量发展的主要载体。

让城市生态价值充分彰显，形成城市持久竞争力。使绿色发展体制机制更加完善，自然资源得到有效保护、生态环境质量大幅提升，以市场为主的生态产品价值转化机制成熟定型，生态的经济、生活、社会价值得到充分彰显，以生态价值观念为准则的生态文化体系成为天府文化的重要内涵，公园城市成为世界城市体系中的价值标杆。

强调构建蜀风雅韵、大气秀丽、国际现代的城市形态，以彰显公园城市美学价值。以全域生态资源为美丽宜居公园城市之"底"，传承自然人文历史，建立健全以生态系统良性循环和环境风险有效防控为重点的生态安全体系，形成"园中建城、城中有园、城园相融、人城和谐"的公园城市美丽格局。

以绿道为脉络、以山川为景胜、以农田为景观、以城镇为景区，实现全域公园化，涵养自然生态格局之美，绘就锦绣天府新画卷。

设定全域绿色空间底线。尊重自然生态原真性、保护山水生态基底、延续河网水系格局、严守耕地保护红线、落实各类保护功能区域。将生态底线作为城镇空间布局必须避让的基本前提，以资源环境承载能力为硬约束。

实施差异化区域发展战略。着眼城市发展能级和可持续发展能力，构建与市域资源禀赋、生态本底、环境条件等相适应的城乡空间框架，形成"东进、南拓、西控、北改、中优"差异化发展的五大功能区。

优化市域空间结构。按照沿山沿水组群发展理念规划东部新城，以森林、湿地、农田、绿地景观构筑城市生态绿隔，推动市域城乡形态多层次网络化城市空间结构。形成"透风见绿、开合有致"的空间形态，结合生态绿隔区、环城生态区和城市内部的道路、河流、公园绿地划定城市通风廊道，中心城区和东部城市新区形成城市一级通风廊道 8 条和二级通风廊道 26 条。

构建市域生态安全屏障。加速建设龙泉山城市森林公园,在生态可承受范围内,有效承担和融合生态保育、休闲旅游、体育健身、文化展示、高端服务、对外交往等功能,高标准、高起点打造世界级品质城市绿心和市民休闲游憩乐园;强化龙门山生态涵养保护,严守生态功能保障基线、环境质量安全底线、自然资源利用上线,加快建设熊猫之都等重大工程。

描绘大尺度公园城市肌理之美。顺应城市、自然、人文相互融合、有机更新的形态,形成相对完整的绿色空间系统。以绿道为脉,承载生态景观、慢行交通、休闲游览、城乡融合、文化创意、体育运动、景观农业、应急避难八大功能,构建星罗棋布、类型多样的公园景观体系。以全域性、系统性、均衡性、功能化、景观化和特色化为原则,统筹布局大熊猫国家公园、世界遗产公园、自然保护区、风景名胜区、森林公园、湿地公园、地质公园、山地游憩公园、郊野公园、遗址公园、主题公园、综合及专类城市公园、小游园和微绿地等多种类型公园,提升城市道路园林景观水平,争创国家生态园林城市,彰显"城在绿中、园在城中、城绿相融"的大美意境。

把城市风貌设计与产业植入和市场运营结合起来,构建整体景观格局;强化城市天际线规划与管理,建立以中心城区、东部城市新区为重点的开发强度、建筑高度、建筑形态和色彩管控体系,打造富含时代气息兼具地域特色的城市建筑;顺应自然生态发展需要和科技变革趋势,超前布局城市的空间结构、功能体系、设施网络,推进城镇留白增绿,构建疏密有度、错落有致、显山露水的城市界面。打造亭、台、楼、阁、牌坊和公共艺术装置等标志符号,植入蜀锦蜀绣、川剧等蜀文化元素。保护历史文化街区、建筑群落和文化景观,强化城市雕塑艺术创新和文化创意。实施景观照明提升工程,打造城市楼宇、道路、桥梁、河滨、绿道、森林公园等光彩靓丽城市夜景体系，构建独具成都审美认知的城市意象。

构建绿满蓉城、花重锦官、水润天府的城市绿态，彰显公园城市生态价值，以自然为美丽宜居公园城市之"景"，建好山水林田湖城生命共同体，让美丽城镇和美丽乡村交相辉映、美丽山川和美丽人居有机融合。

展现林秀俊美的山地风光。依托"两山"区域，建设世界品质的自然与文化遗产富集区。提高绿量饱和度，强化森林、湿地、林盘、河流等生态要素保护，实施补植补造、低效林改造、封山育林等措施，推进全域增绿，全面提高森林质量，增加森林覆盖率，维护生物多样性。营造差异化多维度自然风貌，以历史遗产、山地峡谷、林地雪山等特色资源为载体，体现不同海拔景观特点，形成有底蕴、种类多、原生态的特色风貌区。

呈现花重锦官的锦绣盛景。按照集中化、特色化、多样化，推进城市增花添彩，实现"常年见绿、四季有花"。优化植物色彩布局，依托城市中轴线、水系、道路以及生态用地等基础骨架体系，以重要景观片区、历史文化街区、传统特色街巷为集中展现点，构筑城市园林观花赏叶布局结构。实施花园式特色街区、园林景观大道、市花市树增量提质、立体绿化等增花添彩工程，有机结合花、树、小草、艺术墙体等元素，增加乡土传统花卉彩叶植物的使用量和集中度。通过优化布局、集中塑造、彰显特色、四季均衡，重现"花重锦官城"美景。

凸显茂林修竹的林盘景致。注重对传统文化村落的梳理和保护，科学论证和编制林盘整治保护修复开发利用规划，深入推进都江堰精华灌区和川西林盘保护修复工程，打造一批"国际范""天府味"示范性精品林盘，形成林在田中、院在林中的新型林盘聚落体系。加强"百镇千村"景观化建设，以航空走廊、都江堰精华灌区、交通沿线、生态廊道、旅游景区为重点实施大地景观再造工程，高水平规划建设特色街区、特色镇和田园综合体，既保证生态环境、视觉空间完整性，又将山水林田湖草等自然景观引入城市；科学制定规划建设指南，加快建设田园生活、生态旅游、产业发展、历史文化传承"四位一体"的特色镇（村），形成"沃野环抱、密林簇拥、小桥流水人家"的川西田园景观。

重现水润天府的河湖景色。实施"蓉城碧水"保卫攻坚战，保护水生态系统，提升水环境质量，加强饮用水源地保护，构建河流湖泊湿地系统，打造宜居水岸。提高河湖连通性，补充河道生态用水，恢复河道生态功能，推进水土保持生态清洁型小流域建设，促进流域相济、多线连通；加快清水驳岸生态化改造，逐步恢复河滨带、库滨带自然生态系统，改善河岸生态微循环，统筹岸线景观建设，打造功能复合、开合有致的滨水空间，提高河道亲水性。加强区域协同，共抓长江经济带大保护，加快锦江、沱江流域水生态治理，打造金马河水系景观，实施黑臭水体治理攻坚行动，开展农村污水综合治理，推进水美乡村建设，促进全市水环境质量整体提升。

构建传承创新、古今一体、别样精彩的城市文态，彰显公园城市的人文价值，以文化为美丽宜居公园城市之"魂"，建立健全以生态价值观念为准则的生态文化体系，展现人文精神、包容多元文化，促进传统文化与现代文明交相辉映，彰显大城文明气韵，建设世界文化名城。

传承历史延续城市文脉。统筹历史文物保护和城市更新，合理保护、开发利用历史文化资源，留住反映和留存城市风貌与文化特色的"乡愁"，体现人文温度与历史厚度。厚植历史文化底蕴。发掘保护古蜀文化、三国文化、道教文化、大熊猫文化、诗歌文化等特色文化资源，保护天府锦城"两江环抱、三城相重"古城格局，恢复摩诃池等历史文化景观要素，强化非物质文化遗产有效保护和活化利用，传承成都故事和民风民俗，留住天府文化根脉和记忆。依托岷江、沱江水系串联宝墩古城、双河遗址、都江堰水利工程等大遗址公园，彰显成都水文化和古蜀文明，依托古蜀道、茶马古道等古驿道，彰显成都商贸文化；坚持规划先行、立法保障、分类保护、科学利用，加强历史文化街区、历史建筑、古树名木等历史文化痕迹保护，推进城市修补、生态修复，构建历史文化空间展示体系。

核心价值引领发展天府文化。以城市公园体系和开敞空间为城市文化载体，发展"创新创造、优雅时尚、乐观包容、友善公益"的天府文化，营造多元文化场景，促进社会包容，塑造公共意识、增强社会认同。提升天府文化影响力。开展"核心价值引领、天府文化润城、先进典型示范、市民友善优雅"行动，建设中华文化传播和国际文化交流高地；构建传媒影视、文博文创、时尚设计、音乐艺术、动漫游戏、文体旅游等现代文创产业体系，打造中国成都国际非遗节、中国网络视听大会、成都创意设计周、天府文化周等一批国际知名文创品牌，加快推出一批文化精品力作。持续做优文化公共服务体系，构建全民终身教育体系、健康关爱体系，提升市民人文素养。建设天府锦城、天府奥体城等重大公共文化设施，结合绿道及城市公园的核心节点，打造东西城市轴线、龙泉山东侧新城发展轴、天府中心、熊猫星球、皇冠湖城市中心、东站城市迎客厅、空港花田等城市景观地标，依托温江、郫都、都江堰花木区，建设园林艺术博览园，展示新天府形象。

擘画蓝图

公园城市是梦想的彼岸，要实现，必须一步一个脚印。

强调构建资源节约、环境友好、循环高效的生产方式，彰显公园城市的经济价值。以生产方式变革为美丽宜居公园城市之"核"，正确把握破除旧动能和培育新动能的关系，建立以产业生态化和生态产业化为主体的生态经济体系。

强化创新驱动的绿色产业体系。将创新作为绿色发展的主要引擎，使资源、生产、消费等要素相匹配相适应，实现经济社会发展和生态环境保护协调统一。加快发展以新经济为引领的环境友好型产业。加快发展绿色经济，积极培育"人工智能+""大数据+""5G+""清洁能源+"等新业态；充分发挥高校院所的创新骨干作用，建设一批绿色技术领域重点实验室、工程研究中心、技术创新中心、企业技术中心等创新平台，制定绿色技术引导政策，围绕污染治理、绿色设计、绿色工艺、智能制造等关键技术组织协同开展研发和成果应用。以产业生态圈和创新生态链组织经济工作，实施高质量现代化产业体系建设改革攻坚计划，重塑产业经济地理；严格制定产业准入门槛，引导资源向绿色高效集约方向聚集，加快发展电子信息、装备制造、医药健康、新型材料、绿色食品产业集群，提升会展经济、金融服务、现代物流、文旅产业、生活服务业；重点建设 28 个产业生态圈和 11 个示范产业功能区，推进资源聚集、服务聚集、产业聚集，催生产业融合裂变升级，促进生产资源高效利用。

建设清洁高效的绿色资源体系。将资源高效利用作为城市绿色发展的重要支撑，将资源利用能效提升到国际先进水平。保障水资源有效供给，推进海绵城市建设，实现污水管网全覆盖、全收集、全处理，加强污水再生回收利用，探索建立小型分布式中水利用系统，建立河湖生态系统及城市再生水有机平衡体系。推动能源供给结构性改革，实施清洁能源替代工程、能源梯级利用工程和智慧能源发展工程，积极建设分布式智慧能源网，发展以电能为主的多能源耦合交互模式，促进清洁能源高效利用。实施资源循环利用工程，创建国家资源循环利用基地，完善居民社区再生资源回收体系，实现生产系统和生活系统循环链接，形成可持续发展的城市资源循环利用网。建立低碳城市建设体系，推行绿色城市规划、绿色产业规划、绿色交通规划，推广绿色居住和城市森林花园建筑。

创新乡村振兴产业模式。把乡村作为体现公园城市人与自然和谐共生的绿色基底和最大载体，构建乡村生态保护和自然资源增值的体制机制，发挥农业农村农民生态产品提供、生态安全保障、历史文化传承的重要作用，构建现代农业产业体系、生产体系、经营体系，高起点打造西部区域生态产业，推动农商文旅体融合发展，培育都市现代农业生态链生态圈；吸引社会资本与农村集体经济组织深度合作开发乡村资源，推进人才、资本下乡，发展壮大集体经济，实现农村资源变资本、资金变股金、农民变股东，将乡村生态优势转化为产业优势。全面实施农村环境革命，建设美丽乡村，推进乡村振兴示范走廊建设，打造分散式旅游景区、文创康养基地，发展都市型景观农业，把乡村打造为一、二、三产业融合发展的高端载体和公园城市服务功能的重要承载地。

打造新业态培育新场景创造新消费。高质量建设国家文化消费试点城市，加快建设成都自然博物馆、城市音乐厅、城南文化活动中心、西部影视文创基地等文化场馆设施，形成完善的书店体系、演艺体系、博物馆体系；依托历史遗迹和文化遗产，通过"文化+"的方式，打造文化旅游精品及特色小镇，开发高附加值文创消费产品。打造熊猫、美食、休闲、绿道四大旅游品牌，构建遗产观光、蓉城休闲、时尚购物、美食体验、商务会展、文化创意、康养度假七大世界级旅游产品体系，积极引入国际化消费形态；结合环境治理和生态建设，整体规划建设区域旅游圈，建设龙门山旅游带、龙泉山城市森林公园休闲带、天府绿道游憩带，打造夜游锦江、寻香街、核心美食圈、特色小餐饮示范街区、国际空港商圈等旅游新名片，形成多维度、多层次的泛旅游产业格局。依托绿色资源开发满足多层次人群需要的体育运动场景，丰富天府绿道体育内涵，打造体育消费新场景；加快国际一流赛事场馆建设，创新公共文体场馆运营模式，举办各类国际赛事，构建专业化赛事商业体系；建设国际会议中心，以西部国际博览城、世纪城新会展中心为支撑点，打造商务会展休闲旅游区，提升国际会议会展的承载功能。强化城市宜人宜居宜业品牌，全面提升营商环境法治化国际化便利化水平，尊重国际规则，建设国际化社区，吸引高端人才聚集；建设生活型、生产型、渗透型场景，激发环保、文创、研发、旅游等新投资需求，为产业升级提供支撑。

构建简约适度、绿色低碳、健康优雅的生活方式，彰显公园城市的生活价值。以人的全面发展为美丽宜居公园城市之"本"，创新公共服务场景，引导全民参与，共同营造高品质生活环境，引领形成绿色生活方式，提升公园城市生活价值。这方面需要培育和激发市民主体意识，加强绿色宣传，建立引导市民参与的激励机制，增强市民建设美丽宜居公园城市的主体意识。开展绿色宣传教育，增强全民节约意识、环保意识、生态意识，培育生态道德和行为准则，开展全民绿色行动。鼓励绿色产品消费，深入实施节能减排全民行动、节俭养德全民节约行动，大力推广高效节能技术及新能源汽车、高效照明产品等，加快电动汽车充电桩基础设施建设，实施绿色建材生产和应用行动计划，积极推广环境标志产品，通过生活方式绿色革命，倒逼生产方式绿色转型。倡导低碳出行，深化"自行车道＋步行道＋特色慢行线"慢行交通系统建设，完善"轨道＋公交＋慢行"三网融合的城市绿色交通体系，科学管理共享单车、共享汽车；实施轨道交通加速成网计划，加快规划建设东部新区轨道交通系统，推动地铁、市域铁路、有轨电车等多网多制式融合。

优化绿色公共服务供给，满足市民对美好生活的需要，让市民在生态中享受生活、在公园中享有服务，形成健康、自然、和谐、关爱的居住文化，促进人文交流和群体融合，提升城市美丽宜居品质。从"在社区中建公园"转变为"在公园中建社区"，营造尺度宜人、亲切自然、全龄友好的社区环境。推动社区景观与城市公园的一体化设计，推广绿色建筑和绿色循环社区，推进拆墙透绿；推动屋顶绿化、社区花园等城市微景观营造，实现从"空间建造"到"场所营造"的本质转变。坚持"设施嵌入、功能融入、场景代入"理念，统筹建设博物馆、图书馆、体育场、科技馆、青少年校外活动场所、智能无障碍设施等公共设施，推动文化、康养、休闲、运动、教育、防灾应急与生态保护建设有机融合，形成开敞通透、开放共享的生活空间。统筹信息通信基础设施规划建设，建设高速、泛在、绿色、安全的新一代通信网络体系；科学规划和加快建设通用机场、智能停车场、智慧道路等现代基础设施体系，构建集智能服务、智能管理、智慧交通、智慧水务、智慧电网、智慧环保设施和生态监控等于一体的综合智慧市政平台，提升城市管理和服务的科学性与精准性。

打造健康舒适的生活环境，把解决突出生态环境问题作为民生优先领域，坚持全民共治、源头防治，让成都天更蓝、地更绿、水更清。实施锦城蓝天行动，构建"源头严防、过程严管、末端严治"的闭环治理体系；加快建设大气重点实验室，持续开展秋冬季大气污染防治攻坚行动、夏季臭氧防控专项行动，推动成都平原城市群大气污染联防联控，明显增强市民的蓝天幸福感。实施天府净土行动，加快推进工业固、危废处置设施规划建设，实施固体废物污染防治三年行动攻坚，推进土壤污染治理修复试点建设，提高固体废物减量化、无害化处理能力，强化土壤环境承载力，保障农产品质量和人居环境安全。

在构建创新创造、示范引领、共建共享的推进机制，不断提升建设公园城市的能力方面，要求尊重规律、解放思想，正确把握总体谋划和久久为功的关系，强化公园城市理念引领，培育专业化干部队伍，用高效的体制机制创新为城市发展方式转变保驾护航。

具体做法为加强公园城市理论研究，高水平举办专业研讨会和城市论坛，建设公园城市专业智库，深化对公园城市内涵、公园城市形态、绿色生态价值、消费场景、市民生活品质、城市品牌价值等重大问题的持续研究，积极鼓励市民群众、社会各方为城市建设、城市治理贡献智慧和力量。对标国际一流标准和先进标准，构建美丽宜居公园城市的规划体系、指标体系、政策体系。加强公园城市实践的理论总结，推广城市可持续发展新技术、融资新方式，不断增强生态文明引领城市发展新模式的影响力。

加强公园城市建设领导，加强对美丽宜居公园城市建设的总体设计和组织领导，建立公园城市建设管理机构。落实领导干部生态文明建设责任制，严格实行党政同责、一岗双责；健全市县两级联动机制，加强部门协作，形成系统高效的工作推进机制。强化法治支撑，将公园城市发展规划纳入法治化轨道，以推进成都市公园城市条例制定为主线，大力推进历史保护区、龙泉山城市森林公园、都江堰灌区、天府绿道、生活垃圾、重点生态区域保护等重大立法，逐步建立起以最严密法治保护生态环境的执法体系。建立以改善生态环境质量为核心的目标责任体系，强化考核问责，严格责任追究，考核结果作为领导班子和领导干部综合考核评价、奖惩任免的重要依据。

构建生态价值转化机制，践行"绿水青山就是金山银山"理念，建立以治理体系和治理能力现代化为保障的生态文明制度体系，打通生态价值实现通道，促进生态效益、经济效益、社会效益统一。健全产权制度，探索编制全市自然资源资产负债表，探索建立绿色GDP核算体系，健全森林、湿地等自然资源资产产权制度和用途管制制度。搭建生态价值实现平台，完善资源环境价格机制，健全环境资源权益交易制度，推进用能权、水权、碳排放权交易，完善生态补偿政策体系，推行政府绿色采购制度，拓展合同能源管理、环保管家等服务市场，推动政府由购买单一治理项目服务向购买整体环境质量改善服务方式转变。探索建立绿色基金和碳基金，发行绿色债券，发展绿色保险；支持符合条件的绿色企业上市融资，发挥国有资本示范作用，引导社会资本投入重大生态工程，率先形成绿色金融全产业链示范。

提升公园规划营建水平，遵循公园建设管理客观规律，更好发挥政府作用，鼓励社会参与，丰富公园内涵，提高市民获得感和宜旅度。以满足人民需要为核心，尊重自然生态本底，合理规划布局功能完备、品质优良、特色鲜明的公园体系。融入川派造园艺术等为代表的地方特色造园文化,加强公园城市特色研究,突出公园文化艺术和地域特色,有机融合历史、艺术、时代特征、民族特色等,提升科技含量,避免千园一面。强化设计、建设、运营一体化管理,建立公园建设管理标准体系,提升精细化管理水平,满足各层次人群需求。

强化重点领域示范引领,有效推动工作落地,列出清单、细化题目、制定工作方案、坚持挂图作战,让美丽宜居公园城市建设的战略部署早见成效,新道路探索早出成果。城市新区加快建设鹿溪智谷、交子公园示范项目,形成高水平生态本底、高品质生活环境、高质量产业生态,推动生态建设与经济发展同步提升;老城区加快建设天府锦城示范项目,主动推动产业升级和功能转换。因地制宜推进川西林盘、特色镇建设,优化推广郫都区、崇州市等区(市)县探索的先行经验。以国家低碳城市建设为支撑,走出一条绿色、低碳、循环、可持续的发展之路。

注重共建共享氛围营造,构建现代传播体系,积极反映公园城市建设的新模式、新成效。加强主题宣传和活动策划,高水平开展城市营销,用国际语言、群众语言、网络语言讲好成都故事。强化城市各主体的环境保护责任,鼓励企业和市民参与公园城市建设,形成共建共享的良好氛围。用好互访交流、国际友城、经贸文化旅游等重大对外友好交往平台,发挥企业、民间团体、知名人士等积极作用,汇聚推动美丽宜居公园城市建设的强大合力。

成都向世界展示的公园城市,概括来说有四个内涵特征:以生态文明引领的发展观、以人民为中心的价值观、构筑山水林田湖城生命共同体的生态观、突出人城境业高度和谐统一的大美城市形态。

有三个转变,即从"产、城、人"到"人、城、产"的转变,强调以人为本；从"城市中建公园"到"公园中建城市"的转变，把整个城市营造成一个公园，城市在公园里，城市是个大公园；从"空间建造"到"场景营造"的转变，突出消费场景的营造。

有六大价值：美学价值、生态价值、人文价值、经济价值、生活价值、社会价值。

有三个阶段性目标：加快建设美丽宜居公园城市，到2020年公园城市特点初步显现；到2035年基本建成美丽宜居公园城市，开创生态文明引领城市发展的新模式；到本世纪中叶，全面建成美丽宜居公园城市。

到那时，成都必将宜居宜业，令人清芬沉醉。

第四章

清芬沉醉

春的气息弥漫这座城市的每一个角落
有一种美丽少女令人沉醉清芬的味道

清芬沉醉的城市

成为公园城市首提地,成都犹如迎来春风。

从这一刻起,"阳春布德泽,万物生光辉",春的气息弥漫了这座城市的每一个角落。

有一个人,也正怀着激动的心情,踏上了拜访春天的路,走进了意象深深的诗篇。

她是意大利姑娘玛丽亚。

2018年4月,玛丽亚从罗马飞到北京,第一次踏上了中国的土地。想到就要见到已分离7个月的男友谢宇航,她的心情很激动。

然而到了北京,她才知道,要马上见到心上人其实并不容易。因为北京离成都太远了,两座城市之间乘飞机竟然也要花三个多小时,这是她之前没有想到的,中国真大啊!

这个时候,她还有些后悔:当初选择提高自己汉语听说能力的学校,为啥没有选择成都市内的大学呢?

"没关系的,亲爱的,中国的交通很方便。再说了,我们的心一直在一起,北京到成都又有多远呢?总比意大利到成都近太多了吧!你身在意大利时,我俩不都是身若比邻的吗?"

"想想,也对啊!"谢宇航安慰玛丽亚的话,让玛丽亚觉得很有道理,"两情若是久长时,又岂在朝朝暮暮"。

"不过,亲爱的,我好想马上见到你啊!"

"我也想马上见到你呀!那你来北京吧。"

"不,还是你来成都吧,来看看我生活的城市和你未来将要生活的城市是怎样的。"

"那好吧。"

说办就办,两人经过商量后,决定玛丽亚到成都的时间为2018年五一节期间。之所以选这个日子,是因为谢宇航从法国学习归来之后,又去了中国民航飞行学院学习,在模拟机上继续强化操作技能,因而只有五一国际劳动节才有假期陪玛丽亚玩。同样,对玛丽亚来说,也只有五一国际劳动节,北京外国语大学放假,她才能休息。

继而,谢宇航给玛丽亚买了从北京飞到成都的飞机票。

然而,在谢宇航给自己买好机票之后,玛丽亚却又犹豫了。

严格地说,她不是不想见谢宇航,而是一想到要见心上人,心里就紧张。

这么多日子里,玛丽亚无时不在期待着与心上人见面的那一天,而当这一天真的就将到来之时,她又忐忑地担心自己是否已经准备好。

玛丽亚心里紧张的原因还有一点,是谢宇航的父母那段时间也从安岳县老家到了成都,与谢宇航住在一起。也就是说,她要见的不仅仅是心上人谢宇航,还有自己未来的公公婆婆。自己是一个来自异国的普通女孩,对中国的一些礼节还一知半解,该如何与未来的公公婆婆相处呢?未来的公公婆婆会喜欢自己吗?

2018年5月1日,玛丽亚从北京飞成都,这个过程,她也充分地感受到了谢宇航对她的关心,上飞机前不停地发微信询问她到机场的情况、过安检的情况、候机的情况、上飞机的情况。而飞机落地成都双流机场，她刚打开手机，便收到了谢宇航发来的微信："亲爱的，我在接机大厅2号门处等你。"

由于是五一节，外出旅游的人特别多，机票特别不好买，玛丽亚所乘坐的这趟航班到达成都的时间已经是晚上10点过了，想到自己是第一次到成都，根本不熟悉成都，而且夜色这么深，如果男友不来接自己的话，那她去到谢宇航的家还真的不容易。所以，当她接到谢宇航发来的微信之时，心里感觉非常温暖。

到达接机大厅时，玛丽亚四处寻找她心中的"李翔"，他在哪儿呢？

就在这时，一大捧鲜花突然出现在她的面前："宝贝，是不是在找我呀？我在你身边呀！"

说话者，正是谢宇航。

"亲爱的，看到你我很幸福。"

"这鲜花是送给你的。"

玛丽亚没想到亲爱的人原来这么浪漫，不是说中国人不懂浪漫吗？

她接过鲜花后，谢宇航马上给她来了一个拥抱，紧紧的，久久的。

这一刻，玛丽亚竟然感动得哭了。

"宝贝别哭，我们这不是又见面了吗？而且你来中国后，我们见面就容易了。"

谢宇航从裤兜里掏出纸巾，给玛丽亚擦泪，然后又俯下头亲了亲玛丽亚的额头。

是的，中国人不习惯在公众场合接吻，这一点玛丽亚知道。

"那我们回家吧。"

说着，谢宇航一只手接过玛丽亚的拉杆箱，一只手拉着玛丽亚没有持花的左手，朝停车场走去。

飞机落地成都，玛丽亚首先感受到的是谢宇航的爱与温暖，而当机舱门打开那一刻，她又马上感受到了成都的气息，她感觉成都比北京要热不少，而且这种热是闷热。

不过，进到谢宇航开来接她的汽车里，她又马上感受到了凉快与熨帖。

虽然疲惫，但是玛丽亚心中充满着惊喜。车子行进的过程中，她贪婪地欣赏着窗外的成都，她没想到成都的夜景这么漂亮，华灯闪闪，人气荡漾，烟火腾腾，一派祥和。

谢宇航的家在成都武侯区祥云路一栋高档住宅楼里。

到谢宇航家楼下时，谢宇航的父母早已在此等候多时了，见到玛丽亚后，连忙热情地迎了上去，跟她握手，并连说："欢迎！欢迎！"

然后接过她的行李，如同对待贵宾般地把她请上楼，请进家门。

先前，心里还一直忧思未来的公公婆婆会否喜欢自己的玛丽亚，看到他们对自己如此热情，悬着的那颗心蓦地落了地。

进到谢宇航的家里，玛丽亚又惊呆了，只见饭厅的餐桌上摆了满满一桌菜，这是谢宇航的父母为她接风而忙碌了大半天烹饪的。而当她在客厅落座，并给她沏上茶水之后，两位老人又进厨房继续忙着做菜去了。

"不是已经有这么多菜了吗？怎么还要继续做菜呢？"

当她好奇地向谢宇航询问此事时，谢宇航笑了："我们中国人是这样的，对待远道而来的珍贵的客人，我们是会准备很丰盛的菜肴为她接风的。"

"可是，我不是客人呀，我是你未来的老婆呀！"

"那准备这么多菜，也能彰显爸爸妈妈非常非常喜欢你，非常非常喜欢你这个他们未来的儿媳妇呀！"

想来也是，如果两位老人不喜欢她，怎么可能为了让她吃好而这么操劳呢？

看到未来的公公婆婆对自己这么好，玛丽亚心里简直如同掉进蜜缸。

经过了三个多小时的空中之旅，玛丽亚确实已经饥肠辘辘了，因为这趟飞机的飞行时间不在饭点，飞机上没有提供餐食。

这天晚上，饕餮盛宴般的川菜，玛丽亚极为享受。

在饭桌上，她还领略了中国白酒的极致魅力。

谢宇航的父亲拿出一箱家里珍藏多年的白酒来，给她倒上，敬她的酒："你喝一下，挺好喝的。"

因为意大利没有白酒，只有红酒，或者酒精饮料。在此之前，玛丽亚没有听说过白酒，没有喝过中国白酒。

还有，意大利都是在饭后才喝酒的，因为意大利人认为，喝酒可以帮助消化，而中国却是边吃饭边喝酒。

当老人端起酒杯，向玛丽亚敬酒时，她便喝了起来。

喝第一口酒时，她被呛了一下，同时感觉刺激是那样强烈，如一股火苗在口腔里灼烧，烧得舌头也有点刺痛。而当她把白酒咽下肚的过程，又感受到了犹如一群小蚂蚁在食管里横冲直撞，一路向下的慌张。

但很快，她便感觉到辣味渐消，一种美妙在升腾，口腔里也有了一种芳香的味道，还有甜蜜的味道，脑海里有了一种轻盈的快感，思维也活跃起来……她觉得自己之前所学的汉语成语"琼浆玉液"，一定指的就是这种酒。

那天晚上，玛丽亚喝了三瓶半斤装的白酒，她除了身上发热以外，并没有醉。见玛丽亚如此，谢宇航的父亲对谢宇航说："这孩子的酒量可以。"

这话语气欣欣然，是赞扬玛丽亚的。因为那天晚上他也喝了三瓶白酒，也没有醉。

而谢宇航却不能喝酒："我不喜欢喝酒，哪怕只喝一点点，也会醉得难受，醉得想睡觉。"

所以，见玛丽亚不停地喝酒，谢宇航便担心起来："要不少喝点吧，醉了怎么办？"

"老人敬我的酒，能不喝吗？当然，我不会醉的。看你满脸通红的样子，你才会醉呢。"

"我是见了你，酒未醉人人自醉。"

玛丽亚感觉谢宇航的话也如美酒，令她陶醉。

这天晚上，因为疲惫，因为谢家人对自己待若上宾，更因为喝了不少酒，玛丽亚完全有了一种归家的感觉，幸福得一觉睡到天亮，睡得特别舒服。

第二天起床，她竟然感觉自己神清气爽。

成都真好！成都人真好！

这是玛丽亚在成都的第一个早晨的感叹。

起床后，她闻到了成都清新潮湿的空气，一种令人享受的栀子花香味在微风里飘荡，一种美丽少女清芬的味道令人沉醉。

成都的空气里，还混合着专属于成都美食的味道，这种味道又一次唤醒了她昨天来成都吃的第一顿川菜的美好记忆。

除了空气的味道是那么好闻之外，玛丽亚还看到了谢宇航以及自己未来的公公婆婆灿烂的笑容，以及对她无微不至的关心。

"孩子，你吃点什么早餐呢？"

玛丽亚起床之后，就在她大口大口地呼吸着成都独有的带着清芬气息的空气时，未来的公公婆婆关心地问她。

"吃什么早餐?"

虽然谢宇航准确无误地将父母的话进行了翻译,但玛丽亚依然听得云里雾里,她不知道成都的早餐是什么,更不知道成都的早餐有什么。

"有豆浆,有油条,有稀饭,有汤圆,有馒头,有包子,还有醇香馥郁的醪糟鸡蛋……你喜欢吃什么,都可以,我们可以给你做,或者去街上买。"

在意大利,早餐是那么简单,通常是一杯咖啡加一块牛角面包,而成都的早餐,却是这么丰富。玛丽亚很感慨,也感动。

"我见你喜欢喝酒,要不来点醪糟鸡蛋吧。"

谢宇航给玛丽亚建议。

"醪糟鸡蛋?醪糟是什么?"

"醪糟是一种米酒。"

"昨天晚上才喝了白酒,今天早上继续喝酒吗?"

"醪糟不是酒,是米酒。"

"米酒不是酒,那是什么?"

"相当于一种饮料吧。比如你们意大利人爱吃的牛角面包,难道面包是牛角吗?"

"那好吧,那醪糟鸡蛋是鸡吃了醪糟生的鸡蛋吗?"

"不是不是,醪糟鸡蛋是鸡蛋放在醪糟里的一种食品。"

谢宇航给玛丽亚好一番解释,玛丽亚似乎才明白过来,并充满期待地说:"那我明白了,醪糟鸡蛋就是在醪糟里泡过的鸡蛋。那好吧,就给我来一个醪糟鸡蛋尝尝吧。"

"不是一个,是一碗。这可不是煮鸡蛋。"

"一碗醪糟鸡蛋?别别别,我吃不完一碗醪糟鸡蛋的,那太多了,我吃一个醪糟鸡蛋就可以了。"

"一碗醪糟鸡蛋的意思是，汤汤水水一碗，而你想吃几个鸡蛋可以选，并非一碗都是鸡蛋。"

又解释半天，玛丽亚总算明白了，并对这种神秘的早餐充满期待。

及至未来的婆婆做好了醪糟鸡蛋端上桌，玛丽亚才最终明白醪糟鸡蛋是什么样的食品：色白汁清，雾气升腾，点缀着几颗枸杞的一碗汤里，飘荡着白云一样的物质，这是蛋清的白云，也是醪糟的絮团，而她要的一个鸡蛋也呈荷包蛋的形状飘浮在碗中，还有部分蛋黄展露了出来。碗中的世界，就像银河星系一般美丽玄妙，自内向外分布着银心、银核、银盘、银晕和银冕……

喝一口，一颗颗恒星流进嘴里，甜浓鲜香顿时沁人心脾，这是一种她从未有过的享受。

"哎呀，这个酒太好喝了！太棒了！太棒了！"玛丽亚惊叹。

成都人不愧是美食专家，做出来的食品这么美味，竟然有宇宙气象。

"亲爱的，你吃的醪糟感觉很美味，但我要说，你吃的也是具有五千年悠久历史的中华文化的味道，你信吗？"

见玛丽亚吃着醪糟很陶醉的样子，谢宇航问她。

"是的，中国饮食文化。"

玛丽亚想了想又问："五千年历史？这个醪糟？"

"对！我说给你听听。"

谢宇航对玛丽亚说，这种醪糟的发明者是一位女性，名叫仪狄。并给她讲了仪狄的故事，以及关于醪糟的悠久文化。

仪狄是夏禹时代司掌造酒的官员，相传是我国最早的酿酒人、虞舜的后人，其酿酒故事，自先秦始，便记载于一些典籍之中。

秦国丞相吕不韦主持编撰的《吕氏春秋》载："大桡作甲子，黔如作房首，容成作历，羲和作占日，尚仪作占月，后益作占岁，胡曹作衣，夷羿作弓，祝融作市，仪狄作酒，高元作室，虞姁作舟，伯益作井，赤翼作臼，乘雅作驾，寒哀作御，王冰作服牛，史皇作图，巫彭作医，巫咸作筮……"说"仪狄作酒"，即是说仪狄是中华民族第一个酿酒的人。

西汉刘向所著《战国策·鲁共公择言》中关于仪狄的记载还有故事情节："昔者，帝女令仪狄作酒而美，进之禹，禹饮而甘之，遂疏仪狄，绝旨酒。曰：'后世必有以酒亡其国者。'"

意思是说，夏禹的女儿令仪狄酿酒，仪狄经过努力，酿出了美酒，并呈给大禹品尝。大禹喝了酒之后，觉得味道确实醇厚甘美，但大禹却不仅没有因仪狄有造酒之功而奖励她，反而疏远她，并从此和美酒绝了缘。理由是：后世君王一定会有因为饮酒无度而误国者。

东汉许慎在《说文解字·酒字条》中也提到，仪狄作酒醪，夏禹喝了觉得太好，怕沉迷于此，所以疏远仪狄。

《太平御览》引用了《世本》"仪狄始作酒醪，变五味。少康作秫酒"的说法。"秫"是高粱的别称。"少康作秫酒"，指的是杜康造酒所使用的原料是高粱。如果硬要将仪狄或杜康确定为酒的创始人的话，只能说仪狄是米酒的创始人，而杜康是高粱酒创始人。

"醪"，本义是汁滓混合的酒，即浊酒。也就是糯米经过发酵而成的醪糟。明李实《蜀语》载："不去滓酒曰醪糟。醪音劳。以熟糯米为之，故不去糟。即古之醪醴、投醪。"醪糟温软、味甜，洁白细腻，稠状的糟糊可当主食，清亮的汁液能做酒饮。

当然，也有人认为，醪糟的发明人并非仪狄。比如孔子的八世孙孔鲋，便说帝尧、帝舜都是饮酒量很大的君王，黄帝、尧、舜都早于夏禹，而仪狄是夏禹时代的人。如果说仪狄是我国最早的酿酒人的话，那尧、舜都善饮酒,他们饮的酒是谁制造的酒呢?

晋代江统的《酒诰》也认为:"酒之所兴,乃自上皇,或云仪狄,一曰杜康。"意思是自上古三皇五帝的时候,就有各种各样的造酒方法流行于民间了,仪狄或杜康不过是将这些造酒的方法进行了归纳总结,并进一步完善,因而酿出了质地更为优良的"酒醪"。

值得一提的是,大禹恶美酒疏仪狄,确实有先见之明,也是明君之所为。因为酿酒要用粮食,这太浪费了。再则人喝酒之后会神志不清,倘为政者如此,那极有可能办事糊涂,祸国殃民。

事实上,大禹之后因酒误事,甚至误国的人不少,而且第一个因酒丧政的亡国之君竟然是他的孙子太康。

禹年老后,没有依照以往的禅让制度将首领地位传给有德行的人,而是传给了自己的儿子启。从此开始了"父传子,家天下"的中国历史上第一个奴隶王朝——夏。

启并无贤能。非但如此,晚年还生活奢靡,沉迷于歌舞声色之中而不修朝中政事。启死之后,他的五个儿子为争权位,展开了激烈的斗争,后太康胜出。

太康从小就跟着父亲启享乐,即位后,不但没有改善朝政,反而变本加厉,流连于美色酒肉之中而不问政事。后来太康病死于阳夏,禹和启千辛万苦创建的夏王朝,仅传三代,就因酒而亡。

正如唐代周昙所写题为《三代门·太康》的诗歌:

师保何人为琢磨,安知父祖苦辛多。
酒酣禽色方为乐,讵肯闲听五子歌。

因为酒精有兴奋神经作用,自古至今,不仅男人喜欢喝酒,女人也喜欢喝酒。

喝酒养生可以,但是滥酒就害人害己了。

汉更始帝刘玄继位后成天饮酒作乐,一次他和宠妻韩夫人喝得烂醉如泥,干脆让臣子直接到寝宫上奏。臣子一听,说话者并非皇上,于是嘀咕了两句,结果韩夫人大发雷霆,不仅破口大骂,还把书案也拍碎了。

而喜欢喝酒的女士中,也有以正面形象青史留名者。婉约词人李清照就是其中之一。

虽然李清照对酒的上瘾程度毫不夸张地称得上是豪放派,但她对酒的情怀却是诗意的,这种有着深深浅浅意境的情怀在她的词中得到了高度体现:"常记溪亭日暮,沉醉不知归路。""金尊倒,拼了尽烛,不管黄昏""昨夜雨疏风骤,浓睡不消残酒""莫许杯深琥珀浓,未成沉醉意先融。疏钟已应晚来风""夜来沉醉卸妆迟,梅萼插残枝。酒醒熏破春睡,梦远不成归。""东篱把酒黄昏后,有暗香盈袖。莫道不销魂,帘卷西风,人比黄花瘦。""险韵诗成,扶头酒醒,别是闲滋味。征鸿过尽,万千心事难寄。""暖雨晴风初破冻,柳眼梅腮,已觉春心动。酒意诗情谁与共?泪融残粉花钿重。""共赏金尊沉绿蚁,莫辞醉,此花不与群花比。"

那么,中国古人大多喝的是什么酒呢?

事实上,中国的古代酒史,就是一部纯米酒史,也就是醪糟酿造史。

今人从一些古籍可以看出,古人喝酒特别厉害,豪饮而不醉。为啥不醉呢?这从古代文学作品里出现的"浊酒""琥珀光""珍珠红""惠泉""金谷"等酒的名字能看得出来,这些酒几乎都是只有几度的米酒,也就是醪糟水,是"仪狄始作酒醪"之"醪"。

魏晋左思《三都赋》:"清酤如济,浊醪如河。"唐韦应物《效陶彭泽》诗："掇英泛浊醪，日入会田家。"说的都是醪糟……

　　因为谢宇航的父亲喜欢喝酒，孝顺的他也爱给父亲买酒，因而爱读书的他对中国的酒文化、酒故事有如上的一些了解。

　　玛丽亚听了谢宇航所讲的关于醪糟的这些绵延五千多年的故事之后，顿时震撼了，看似一碗简单的美食，也有这么厚重的文化蕴藏其中，中国真不愧为文明古国！

　　吃过早餐之后，谢宇航便带着玛丽亚旅游了成都大熊猫繁育研究基地。在接下来的几天里，又带着她游览了武侯祠、杜甫草堂等成都的公园。

　　这个旅游成都的过程，让玛丽亚深深地爱上了成都，因而五一节假期结束回到北京之后，她变得魂不守舍了。

　　于是一个月后的 2018 年 6 月 18 日，适逢中国端午节，她又来到成都，与谢宇航相聚。

　　再次到成都之后，玛丽亚越来越觉得成都好。

　　成都真是一座美丽的公园城市，绿树成荫，鲜花满街，清爽整洁，玛丽亚在心里对自己说：成都这么好，我一定要留下来！

　　两天后又回到北京之后，玛丽亚便觉得自己的身体在游走，心却留在了成都，魂也从此牵挂成都了。

　　又一个多月过去了，在北京外国语大学结束三个月汉语听说能力培训之后，玛丽亚立即动身来到成都，到了老乡塞缪尔的公司上班。

　　塞缪尔的公司在成都锦城公园旁，美丽的环境，让她身心舒爽。她没想到在成都这么繁华的城市中心，居然还有这么生态的自然环境。她觉得成都真好，眼睛所见远超自己的想象。

推开春天的门

　　大自然绝对原生态的风景是诱人的。成都公园传统的绿色生态所蕴含的人与自然、社会、城市之间的文化内涵，魅力四射，磁石般地吸引着乔纳森，并让他大受裨益。

　　自美国太平洋路德大学到成都，转眼半年时间过去了，1998年6月，到四川大学进修学习的时间结束，带队老师史密斯又带着乔纳森和同学们回到了美国，回到了太平洋路德大学，继续大四学业。

　　1999年1月，在乔纳森从西雅图太平洋路德大学毕业两周之后，他重返成都。

　　因为到过成都，他才明白，自己这半年时间迈上了人生的一个台阶，感受到了一股清新且舒爽无比的风。他喜欢成都的花、成都的草、成都的人、成都的空气、成都的美食、成都的公园、成都的美景、成都的文化，以及成都的一切。在成都的时光碎片，沉淀成了最美丽的情结与情怀。

　　重新来到成都之后，乔纳森的心静了下来，目的只有一个：用一年的时间，专心地学四川话，学中国文化。

　　但是在接下来的这一年时间里，乔纳森却没有去学校学习四川话、学习中国文化，他觉得只要自己汉语的听、说、写能力过关了，学习中国文化便是水到渠成迎刃而解的事。

乔纳森并没有选择闭门自学，他选择的是"社会大学"。他选择的学习场地是成都市内的一些公园、茶馆。

不少颐养天年的成都老人，喜欢到公园或茶馆喝茶聊天，他觉得在这种氛围里学四川话、学汉语是最好的了。

在这里，乔纳森不仅在活学活用四川话的过程中口语能力大有进步，还获知了一些与天文、地理、人文、市井、生活有关的知识。

在这一年时间里，乔纳森基本没有说英语，而主要是听成都当地人说话，学成都当地人说话。在学和听四川话之初，他如同聋哑人，既听不懂也说不来。但渐渐地，他便能听懂一些词汇了，也能说一些词汇了。继而，他能听懂四川话了，也会说四川话了。

成都的公园真是魅力四射。

老年人都爱聊点中医、养生、柴米油盐、家长里短，以及成都的历史，乔纳森觉得这些都很有意思。通过与他们聊天、学习，他不但在方言表达上得到了加强，对四川当地的文化风俗也有所了解。

乔纳森觉得，即使是老人们感叹"哎哟，豌豆尖又涨价了，都要5毛钱一斤了"的话，也能让他感受到语言的魅力、生活的魅力，学习到饮食文化、国计民生、传统风俗等多方面的知识。

再次来到成都，乔纳森除了在公园里、茶馆里学说四川话外，他还学摄影，有摄像爱好的他在成都的公园、街巷，以及成都附近的古镇捕捉艺术瞬间，拍古树、古街，以及一些人文、风景、风俗方面的照片，希望将来在美国出版摄影集，办展览，在推进中美之间文化交流的同时，也赚一些版税。

转眼，又一年时间过去了，乔纳森的回国计划再次改变，决定继续留在成都生活，他觉得自己对成都的了解依然不够。他热爱成都人淡然恬逸的生活方式，用一颗美好之心，看世界风景，用一颗快乐之心，面对生活琐碎，这很美好。

按理，从美国太平洋路德大学毕业之后，重新来成都，乔纳森是孤单的。因为曾与他一道前来四川大学交换学习的另6位同学都留在了美国发展，或就业，或继续攻读学位。

重新来成都，乔纳森并不孤单。虽然之前他只在成都生活了半年时间，但他结识了林晓、李娟等一些成都朋友，也认识了一些餐饮店的老板。他对他们说"老板，多加点海椒"之类的话，这些老板都听得懂，也会马上满足他的心愿。

而且，成都人不排外，热情好客，善良开朗。来过一次成都，他就知道，即使自己在成都一个人也不认识，依然是这座城市的一分子，依然能找到满满的归属感。

第二次来成都之后，乔纳森是租房住的。

租房，便有流寓之感。

成都的朝阳映照着他，他真切地想融入成都的怀抱，像一个普通成都人那样生活。他租了一段时间的房子之后，越来越喜欢成都生活环境的他，便在金牛区一楼盘花钱买了一套100多平方米的房子。

有了房子，他对成都的爱便更加义无反顾。

为什么在金牛区买房呢？原因是乔纳森是金牛座。

金牛座在金牛区，吉利，只生欢喜不生愁。

"当时成都的房子好便宜啊，一平方米1600元，买一套房子才花10多万元人民币，很划得来！"

每每对人说起自己在成都买房的事，乔纳森除了百转千回的喜悦和明智满溢的情愫之外，还有大赚一笔的欣欣然。

当时美元挺值钱的，一美元可以兑换10元人民币，也就是说，160美元就可以买一平方米的房子，而且是市中心，太值了："不要说成都这个环境是那么好，就算是投资，都能大赚。大家都知道美国的车很便宜，然而在成都买一套房子比在美国买一辆车都便宜。"

最令乔纳森感叹的是："现在房价涨安逸了，我没想到热爱成都还能让我发一大笔横财！"

自打决定在成都买房那一刻起，乔纳森留在成都便有了新的计划：再在成都待三年左右才回美国。当然，也正是因为有了这个新的计划，他才决定在成都买房置业的。

乔纳森确实有经济头脑，他的投资方式便是当时买了还不是特别牛的微软公司、苹果公司的股票，也是赚了一大笔钱，并且一直持有一直赚钱。

在成都的幸福生活过得真快，转眼又是三年时间过去了，乔纳森仍丝毫没有离开成都的想法，觉得自己对成都的了解依然远远不够，于是继续留在了成都。

生活在成都的这些年里，乔纳森每年都会回美国住一两个月，看望父母，会会朋友。但是随着时间的推移，回到美国的他却觉得自己的家并不在西雅图，而是在成都。

因为他离开成都越久，对成都的思念便越强烈，也越牵挂成都的朋友，牵挂成都的美食，牵挂成都的美景，牵挂成都的人情往来，牵挂成都的生活方式，甚至牵挂成都的空气味道……

事实上，乔纳森要留在成都并不容易，他不能想留多久就留多久，他要想留在成都，必须每年办理一次工作签证，才能合法居留。

见乔纳森在成都完全生活成了本地人的样子，便有朋友问他："你这么热爱成都吗？什么时候回美国呢？"

乔纳森回答说："等我什么时候想回美国了，就回美国。"

"那你具体什么时候回美国呢？"

"不知道嘛，我现在一点儿也不想。"

这个问题确实不好回答，乔纳森自己也不知道答案。因为成都的一切这么好，成都的朋友这么多，他找不到离开成都回美国生活的理由。为成都，他毅然决然千里万里追寻而来，又为什么要离开呢？

乔纳森没想到，他喜欢成都是冥冥之中注定的，因为后来发生的一件事，无意间证明成都是他的幸运城市，成都给他带来了人生的春天。

这件事说来十分有趣，既在意料之外，又在情理之中。

乔纳森在成都结识的第一个朋友林晓，后来在锦里开了一间酒吧。有一天，乔纳森去这间酒吧聚会时，一个朋友问他："乔纳森，你那么喜欢吃海椒，现在有关部门搞了一个'辣王争霸赛'，你为啥不去参加一下呢？"

这个信息让乔纳森心中为之一动："外国人可以参加比赛吗？"

朋友说："应该可以吧，没说外国人不能参加。"

乔纳森有些激动："真的啊？那我去报一下名。"

为了便于人们记忆，他根据自己英文名字乔纳森（Jonathan）的发音，取了一个中文名字，叫"江喃"。

"南"加一个"口"字旁，让不爱说话的自己从"喃喃自语"开始健谈，挺好！

报名之后，江喃很快参加了"辣王争霸赛"海选。

参加初赛者有 2000 多人，大家跃跃欲试，气氛热烈。虽然"食"与"色"是人们所爱，但是这个"食"却并没有那么美好：比赛时要求参赛者同吃 30 颗小米椒，看谁最先吃完，以用时最少为胜。

海选结束后，江喃收到了组委会通知他参加复赛的电话，说复赛要求吃 40 颗小米椒。

接听电话时，江喃很激动，问："进入复赛者有好多人？"

"进入复赛者200人。"

"这200人中，有几个老外？"

"只有一个外国友人进入复赛，他就是你。"

"那我多半是陪练。"

"不一定，你还是挺有实力的，不然怎么可能进入复赛？"

江喃没想到，复赛完没几天，他又接到组委会通知他参加总决赛的电话，说他已成功晋级。晋级总决赛者只有10个人。

能进入总决赛，江喃很高兴。当听说总决赛时，要吃的辣椒是50颗小米椒时，他又有些信心不足。

"50颗，这么多？"

"你很有实力，能行的！"

虽然组委会鼓励自己，但是江喃心里却没有多少底气。因为在进行复赛时，他觉得自己吃40颗小米椒已经到极限了。

不过，能进入总决赛本身已经很了不起了。

有意思的是，总决赛这天，江喃并没有取得第一名，他却比第一名还受人关注。比赛结束后，很多家媒体都来采访他，因为他是唯一参加比赛且进入总决赛的外国人，是抢眼的新闻点，被誉为"辣椒王子"。

那一刻，众多镜头里的江喃一脸是泪，满面红光，场面甚为感人。

江喃当然不仅仅是感动，而是被辣惨了，被辣得七窍流汗。

"这可是最辣的小米辣呀！普通人吃一颗试试，就知道有多辣了，而且吃小米辣的时候不能喝水。"

让江喃意外的是，参加这次吃辣椒比赛，竟然让他一夜成名了。当天晚上关于"辣王争霸赛"的节目播出之后，第二天成都电视台、四川电视台好几个频道的栏目制作人都给他打来电话，问他愿不愿意去当主持人。

"当主持人啊？我恐怕不行呀，我没有学习过节目主持，更不是相关专业毕业的。我只是吃海椒比较凶，能主持个啥呢？"

"你喜欢川菜不呢？"

"当然喜欢川菜呀。"

"那就没问题了。"

"为啥子？"

"你吃海椒比较凶，喜欢吃川菜，'吃'就是你能当主持人的本事。"

"我不明白。"

"我们邀请你主持一档川菜美食节目，尽享成都味道，相信你不会没有兴趣。"

"这样啊？那，这个好像确实可以……"

自此，江喃成了文艺圈忙人：出任成都电视台第二频道《道听途说》的主持人，主持成都美食节目。继而，又在全国的一些电视台出任节目嘉宾。

最让江喃感动的是，刚到成都时，行人看到他都喊他"老外"。做了电视节目主持人后，人们见了他便叫他"喃哥"了。

"喃哥"带"哥"，这是成都味儿十足的很亲切的称呼！

成名人之后，江喃忙得不得了，更没时间回美国，也更没有回美国的想法了。

温醇闲逸

玛丽亚到成都之后的生活与工作也是如鱼得水。

成都是爱与美的代名词。与爱与美为质，自是幸福原乡。在成都生活和工作的玛丽亚不仅情有归依、身心愉悦，视野还开阔了，她想更加深入地与社会接触。因而，在塞缪尔做经营贸易的公司工作了六个月之后，想接触更多成都人、融入普通成都人生活的她，便离开了塞缪尔的公司，去了一家从事中小学生教育培训的机构当老师，给孩子们上英语课。

继而，玛丽亚又发现非常宜居的成都，还是一座宜业的城市，特别适合年轻人创业。她结识的新朋友中有不少人都在成都创业，且圆梦之旅走得顺顺畅畅，于是她心中的创业梦又被激发了出来，想自己开一家公司的她，便离开了那家从事中小学生教育培训的机构，然后创立了一家商务信息咨询有限公司，并任总经理。

古人云："爱人者兼其屋上之乌，不爱人者及其胥余。"因为太爱中国，玛丽亚还喜欢中国人的黑头发，喜欢中国人的黑眼睛，喜欢中国人的长相。谢宇航在她眼中特别帅，是这个世界上最帅的男人。她觉得谢宇航的眼睛和头发都特别好看，为了让自己更像一个中国人，她还特地将自己的棕色头发染成了黑色。

成都人喜欢吃辣，原来不喜欢吃辣的玛丽亚在吃川菜时，便觉得辣，但为与心上人达成一致口味，她努力学着吃辣，也渐渐爱上了辣味食品。

而谢宇航也因为特别爱玛丽亚，原来喜欢辣味食品的他，却渐渐将自己的口味调整得清淡起来，即使是吃火锅，也几乎只吃白味锅底，或者微辣锅底了。

未来的公公婆婆在家里做饭时，也特意将菜肴的口味调理得清淡起来。

"亲爱的，你喜欢的味道，就是我喜欢的味道。食品有一点儿辣是可以的，但是太辣的话，便将食品本身的味道给掩盖了。"

男友对自己的深爱，令玛丽亚非常感动，她多么想与心上人尽早步入婚礼殿堂啊！

这种心愿对谢宇航来说，何尝不是如此急迫？

2019年4月1日是玛丽亚的生日，谢宇航给玛丽亚庆祝完生日，晚上两人相拥着在客厅看电视时，谢宇航被电视里男女主角幸福地拍婚纱照的情景所打动，便问玛丽亚："宝贝，我们什么时候结婚呢？"

"亲爱的，那你说什么时候结婚呢？"

"宝贝，你看下个月怎么样？"

"好吧。"

玛丽亚以为男友跟自己开玩笑，却没想到，男友是认真的。

"确实，下个月有一个很好的日子适合结婚。"

"哪个日子呢？"

"5月20日呀！520，中文发音与'我爱你'相近，通常用来表达'我爱你'。所以在这个日子结婚非常有意义。"

"这个日子确实不错，但是估计这天结婚的人很多吧？"

"确实很多。"

"那我们换一个日子如何呢?"

"好吧,那你觉得哪个日子好呢?"

"亲爱的,我喜欢中国传统文化,要不请爸爸妈妈帮我们选一个黄历上所写的适宜结婚的日子吧。"

"这太好了!"

选来选去之后,他们便将结婚的日子定为了5月23日。

选定这个日子之后,他们其实并没有太多准备,因为彼此觉得相爱才是最重要的,其它形式上的东西都是做给别人看的,都不重要。

然而,当玛丽亚将自己打算结婚的消息通过视频告诉给远在意大利的母亲安琪拉之时,视频中安琪拉的表情却是既开心又难受:"早知道你会找一个中国人做人生伴侣,我就不会让你学中文。"

"妈妈,为什么呢?谢宇航对我很好啊,他很爱我呀!"

"因为中国离意大利太远了,你是妈妈的小甜菜,你嫁到中国去之后,妈妈要想你了该咋办呢?"

"妈妈,你与爸爸想我了,就来成都与我们一起生活呀。你知道的,谢宇航是一个很孝顺的人呀。"

"是的,我的小甜菜,妈妈知道谢是一个好孩子,所以妈妈看到你与谢那么相爱,心里其实也很快乐,虽然妈妈舍不得你嫁到中国去,但妈妈真心地祝你们幸福!"

母亲的话,把玛丽亚感动得哭了。

安琪拉是医生,自从当上母亲后,为了照顾孩子,便辞去了自己热爱的工作,成了家庭主妇,这让玛丽亚一直觉得母亲很伟大。现在,母亲为了她的幸福,又再一次自愿忍受女儿不在身边的孤独,她很感恩。

中国有一句成语叫"成家立业",玛丽亚结婚以后,也想立业。

由于性格开朗,做事认真负责,她的公司开业之后生意还不错。

遗憾的是,此后不久,国家出台了规范在华外国人开公司的相关政策,玛丽亚的公司因不符合相应政策规定,她便主动歇业了。

不仅如此,根据国家出台的相关政策,她也不再具备在中国工作许可的申请条件——她虽与中国人结了婚,但她并没有取得中国国籍,她还是意大利人。

看起来,受客观条件的限制,应该无事可做了,不过,玛丽亚是一个闲不住的人,她觉得自己暂时不能在成都工作,也不是什么坏事,正好可以利用这段时间学习中国文化,学习普通话。

2019年7月,第30届世界大学生夏季运动会在意大利那不勒斯举办,玛丽亚见证了这届大学生运动会的盛况。有意思的是,第31届世界大学生夏季运动会将在成都召开,而自己身在成都,两届大学生夏季运动会自己都在现场,玛丽亚觉得缘分这个东西真奇妙。

面对天天都在蝶变的成都,玛丽亚并不满足于仅仅成为一个普通的见证者、受享者,而想成为一个参与者。可是自己能为成都做点什么呢?

想来想去,她觉得自己可以为第31届世界大学生夏季运动会尽点微薄之力。于是她找到有关部门咨询,表达自己的心愿:"我能说英语、意大利语、汉语,我年轻、身体健康、精力充沛。我希望成为世界大学生运动会的场外志愿者,当一个翻译或者向导。"

她的这一心愿引起了官方媒体的高度关注,于是成都电视台相关栏目组的编导找到她,问她是否愿意配合拍一部与第31届世界大学生夏季运动会宣传有关的短视频。

这当然太好了。

从此，玛丽亚便成了电视台的出镜嘉宾。

为了让电视观众易于记住自己，玛丽亚在成都电视台编导的建议下，根据她的意大利名字的发音，取了一个叫"梅梅"的中文名字。

梅、兰、竹、菊是中国人感物喻志的象征，也是咏物诗和文人画中最常见的题材，号称花中四君子。梅，探波傲雪，剪雪裁冰，一身傲骨，是为高洁志士，玛丽亚很喜欢中国的梅花，因而也很喜欢"梅梅"这个中文名字，希望别人叫她这个中文名字："从此，我就叫梅梅了，你们别叫我玛丽亚了。"

江楠成了在中国的著名外国人之后，除了在一些电视台主持节目和做嘉宾，他还经常向美国的亲人、朋友宣传中国，宣传成都，俨然成了中美民间文化交流使者。

每年，四川大学都会邀请他给新到该校的留学生讲一次课，讲自己与成都的故事，讲成都的友好与美好。被江楠的故事打动，不少来四川大学交换的留学生，从四川大学毕业之后，也都纷纷留在成都发展。

江楠有一个弟弟名叫乔丹，是华盛顿大学的老师。

乔丹经常听江楠说成都如何如何美好，而且江楠大学毕业后到了成都就再没离开，他很想看看成都到底有怎样的魔力，这么令江楠迷恋。2018年夏天，他决定利用学校放暑假的时间，前来成都，品尝成都美食，游览成都美景，感受成都生活。

乔丹在电话中对江楠说了自己的行程安排："乔纳森，包括我想看的成都在内，我想用两个星期把中国的景点游完。"

听了乔丹的话，江楠禁不住笑了："两个星期？你想把中国的景点游完？"

"是的，我是这么想的。"

"这太有难度了,你两个星期要游完成都都不可能。你看我在成都待多少年了?20年了呀!但是我都没把成都游完。"

"我只游重要的景点。"

"而且,你还对我说过,你要想吃遍成都的美食。"

"对呀!"

"那就更不可能了。我给你说,有一个美国人到成都之后,想用一个星期不重样地尝完成都的美食,结果5年过去了,他还在成都。"

"由于我的假期时间有限,我只能今后多到中国几次了。"

"对,所以你用两周时间旅游中国的话,只能走马观花。"

受家庭的影响,乔丹也喜欢吃辣味食品,喜欢美食。

在成都,乔丹开了眼界,觉得正宗的川菜真的太令人沉醉了。

把乔丹从机场接到家里后,还没坐两分钟,江喃便对乔丹说:"走,我带你去吃成都的苍蝇馆子。"

江喃的话让乔丹甚为疑惑:"苍蝇馆子?什么是苍蝇馆子?"

"就是吃饭的时候苍蝇会飞来飞去的馆子。"

"那多不卫生呀?这样的馆子吃了饭后不泻肚子吗?"

"哈哈,当然不会闹肚子!所谓的苍蝇馆子,就是馆子本身的环境不是特别好,但并非真有苍蝇飞来飞去。"

"那为什么不去环境好一些的馆子吃饭呢?"

"环境好的馆子的菜未必味道好。"

"那好吧,你都不怕苍蝇,我也不怕,那我跟你去试试。"

"嗯,那我跟你今天去当一回苍蝇。"

他们下楼没走多远,来到一家川菜酒店,钻了进去。

馆子里食客如云,几乎座无虚席。

乔丹又一次疑惑了:"乔纳森,这就是你说的苍蝇馆子吗?"

"对呀！"

"这苍蝇馆子哪里有苍蝇呀？我只看到很多人呀。"

江喃幽默地回答说："因为人太多，所以把苍蝇都吓跑了。"

"我理解的苍蝇馆子应该是环境不太卫生的，可这家饭店不是这样的啊。"

这家川菜馆装修得十分时尚，桌子椅子也都很干净。

"这是高档饭店吧？怎么是苍蝇馆子呢？"

江喃笑着说："我现在告诉你吧，成都本地人所说的苍蝇馆子哪里可能会有苍蝇飞来飞去呀，苍蝇馆子是市井美食的代名词，意思是食客像飞来飞去的苍蝇一样多。为什么生意这么好呢？原因就是味道好，性价比高。在成都，'苍蝇馆子'约等于'江湖美味'。你现在懂了吧？"

明白过来的乔丹也笑了："乔纳森，你吓我一跳呀！我之前听你说带我去苍蝇馆子的时候，还真以为馆子的环境不好、食品不洁呢。既然生意这么好，食客这么多，为啥不叫蜜蜂馆子，而叫苍蝇馆子？蜜蜂是寻着花香而去的，苍蝇却是追逐臭气而去的。"

"我猜这是低调的成都人的自嘲吧。"江喃认真地说，"成都是一座美丽的公园城市，怎么可能环境像你想象的那般差？所谓公园城市，就是我们生活在公园里边，生活当然包括吃住行等等。你到成都看到的，街上是不是很干净？绿化是不是无处不在？每条街是不是都绿树成荫？"

"可能确实是这样的，虽然我还不怎么了解成都，但是通过我眼睛看到的景象判断，成都应该是一座美丽的城市。"

"当然美丽！你想象不到，我曾经读过的四川大学校园里都有大公园，校园边上也有大公园，而且公园不是新建的，是有着上千年文化底蕴的老公园。"

"那我曾听你说过,你当年在四川大学文化路吃烧烤和串串香的时候,便觉得那些馆子的环境不是很好。"

"其实那不是环境不好,我现在觉得那样的房子是典型的四川民居,你能在上百年的四川民居里吃最正宗的川菜,难道不是一种幸运?"

"确实也是。"

"如果是真的环境差,它怎么可能存在于有百年校史的四川大学校园内?而且那条街的名字叫文化路。"

"我也想去体验一把。"

"遗憾的是,现在已经没有文化路了。因为四川大学的两个校区合并在一起了。"

"真的遗憾啊!"

热爱美食的人心态必定阳光,因为热爱美食的人也热爱生活。在热爱美食的人的眼中,食物散发的香气是充满诗意的,它们比梦境更烟火,比现实更真实。

乔丹认为,成都出产美食,因而成都人是热爱生活的,成都人的幸福指数是很高的,心态是安适闲逸的。

乔丹到中国的两个星期里,江喃带着他去吃了川菜、火锅,去公园喝茶,逛庙会,体验了一把正宗成都人的生活;又挑重点陪着他游览了成都的一些公园、景点,然后又带他去了广西阳朔,去了香港,去了北京……

江喃在成都的这二十多年里,他的父母也曾先后两次飞越重洋来成都看他,也非常喜欢成都这座城市,喜欢成都的美食。

江喃喜欢的城市有西雅图、夏威夷和成都,弟弟乔丹和父母到过成都之后,终于明白了他选择在成都生活的原因:成都的魅力哪里仅仅只是美食、美酒、美景？哪里只是成都人热情善良不排外？

成都的美好不一而足，江喃寻找不到回美国生活的丝毫理由。

即使西雅图，即使夏威夷。

因而，几乎每年回西雅图，江喃都要带上一大堆川菜调料，给家人烹调川菜，教家人烹调川菜。家人们因为超爱川菜，现在他每次回家，大家都会开玩笑地对他说："你如果不带川菜调料回来，就不要回来了。"

在成都待的时间越长，江喃对成都的爱越深沉。这份深沉体现在，他去过中国不少城市，成都一直是他心中的最爱。

成都是一座充满活力的城市，它一直在发展，生活在这里的人们，感觉很有希望。

江喃热爱成都还有一个原因，那便是他觉得成都和西雅图有着许多相似的地方：成都秀雅闲适水样温柔，爱喝茶的成都人温醇善良，敬天爱人；西雅图是星巴克的起源地，西雅图人也比较喜欢休闲的生活方式，喜欢聊天、喝咖啡，就像成都人喜欢一边聊天一边喝茶一样。

西雅图是海边城市，蓝色的海水环绕，如翡翠般美丽。西雅图的天空也是蓝色的，是一座需要静静品读才能懂的城市。

成都也一样，成都江湖密布，水润沃土，成都的天空也在一天天变蓝，一天天明媚。

第五章

延伸明媚

幸福人居的最高理想
人类生存的明媚阳光

蓝天保卫战

成都的天空在一天天变蓝，但是成都的天空变蓝的过程却是不易的。成都的天空能够越来越蔚蓝，得益于一场轰轰烈烈的蓝天保卫战。

"差异化""精细化""动态化"，是成都打赢蓝天保卫战实施方案的关键词。

2018年10月，贺克斌接过成都市大气复合污染研究和防控院士（专家）工作站专家聘书后，带领团队助力成都大气污染防控，所做的，便是将这几个关键词细化，在天地间创作澄澈的画卷。

2018年以来，成都市委、市政府实行铁腕治霾和大气污染防治"650"工程（即开展压减燃煤、控车减油、治污减排、清洁降尘、综合执法行动、科技治霾"六大行动"，实施落实责任、综合保障等50条举措）总体部署，出台了《成都市打赢蓝天保卫战实施方案》，提出优化产业结构，强化工业污染治理，以改善环境空气质量、降低PM2.5（细颗粒物）浓度和增加优良天数率为目标。强化产业布局准入门槛制度，构建产业生态圈、创新生态链核心。通过"整改规范一批、调迁入园一批、依法关闭一批"等措施，治理"散乱污"企业。

在工业污染综合治理方面，强化高污染燃料禁燃区管控；严格限制剩余燃煤锅炉的使用；大力推进大蒸吨燃煤锅炉清洁能源改造，严格监控成型生物质锅炉烟气稳定达标排放；完成老旧燃气锅炉低氮燃烧改造和在用锅炉大气污染物排放抽测任务；全面实现燃煤电厂稳定超低排放，淘汰落后产能企业、砖瓦企业；加快推进企业绿色发展，使一些企业先后进入国家、省绿色工厂名单；加快推动汽车维修行业企业升级改造，建成共享钣喷中心绿色环保标准化示范点和4S维修站绿色环保标准化示范点；完成省内首个工业用户以电代气示范项目，实现了氮氧化物和二氧化硫零排放的目标。

作为臭氧的重要前体物，VOCs（挥发性有机物）治理逐渐成为大气污染防治的关键所在。成都十分重视VOCs的综合治理，严格限制新、改、扩建生产高VOCs含量有机溶剂型涂料、油墨和胶黏剂的项目，提高涉VOCs排放行业环保准入门槛，并在化工生产、汽车及配件制造、木质家具制造、包装印刷、制药、制鞋等重点行业，开展低VOCs含量产品的源头替代。推进干洗店使用配备溶剂回收制冷系统，以及全封闭式干洗机，淘汰开启式干洗机，严厉打击露天喷涂和敞开式汽修喷涂作业，对相关企业严格项目准入，强化重点行业VOCs源头管控和排放达标执法监管。

强化钢铁行业污染排放控制；全面实施水泥企业氮氧化物稳定超低排放，对水泥、平板玻璃、火电厂等重点行业实施超低排放改造，对完成改造的实施绿色调度；全面推进砖瓦窑、铸造行业环保整治；强化其它重点行业工业窑炉排放监管；推进移动源污染专项治理，开展重型柴油车专项联动执法检查；加强对机动车排放检验机构监管；强化货运车辆监督管理；强化机动车尾号限行措施执行情况；强化公共交通保障。加强对成品油、车用尿素的监督检查力度；对全市加油站、储油库油气回收装置开展检测，查处抽检不合格的加油站；完成造纸、印务、建材等落后产能淘汰；探索利用信息化手段，建立"散乱污"工业企业整治督查信息平台，完善"散乱污"台账管理和动态更新机制。

扩大重点污染源自动监控范围，涉及二氧化硫、氮氧化物、烟粉尘和挥发性有机物排放的重点源，纳入重点监控单位名录，安装烟气排放自动监控设施，并与生态环境部门联网。

针对夏季臭氧污染和秋冬季大气污染，严格实施重点企业错峰生产，建筑企业错峰施工。对产生烯烃、炔烃、芳香烃等挥发性有机物的工业企业实施夏季错峰生产，其中石化、有机化工等行业应主要以限产、降低生产负荷的形式开展错峰生产。夏季臭氧防控期间，涉及喷涂作业工序的房屋建筑、市政基础设施和城市轨道交通工地，禁止在10点至18点进行喷涂作业。

推动成都平原经济区大气污染联防共治，夏季臭氧污染联合防控、秋冬重污染天气联合应急，在区域内实行环境规划、标准、监测、环评、执法、信息公开"六统一"。

交通污染源是大气污染的主要原因之一，成都在调整优化交通运输结构，发展绿色交通体系方面十分给力：

在机动车环保达标监管方面，严格实施燃油汽车"国六"排放标准，通过现场检查、抽样检查等方式，加强对机动车环保信息公开工作的监督管理，推进机动车环保信息与公安车管系统联网查询；根据城市发展规划，合理控制燃油机动车保有量，根据不同季节大气环境容量实施机动车动态限行管控。

在货运车辆污染治理方面，明确对"国三"及以下排放标准的货运车辆不予办理入城证和渣土运输证（H证除外），并逐年减少货运车辆城区道路行驶证投放数量；外地籍货运汽车每日6点至22点禁止在四环路以内区域行驶，早晚高峰时段禁止货车驶入四环路。

在移动源污染治理方面。加快新能源汽车推广,成都市经信局、财政局等五部门联合制定发布相关政策,制定五大优惠措施,促进氢能暨新能源汽车发展。

从 2019 年 1 月 1 日起,成都市新增(含更换)环卫、园林绿化等车辆全部使用新能源车。新增网约车也必须使用新能源车,并参照出租车管理要求,严格在用网约车检验检测标准。

在城市交通管理方面,大幅提高公共交通出行分担比例,中心城区公共交通占机动化出行比例达到 50%,全市轨道交通运营线路里程达到 500 公里左右,新建城区级和社区级绿道 2400 公里,建设森林绿道、康养步道 300 公里。

在公共交通建设方面,城区公交车全部实现新能源化,新增及更换的出租车采用电动车或达到"国六"标准的汽油车。机关事业单位配备更新的一般公务用车,新能源汽车占比不低于 50%;配备更新的生产性用车或特种专用车,在满足使用功能的条件下,原则上一律采用新能源汽车。

同时,物流配送领域也推广使用新能源汽车,在六环路以外区域分片区规划建设物流转运基地,六环路以内的物流运输以新能源车转运为主。

为配合新能源车的使用,成都在物流园、产业园、工业园、大型商业购物中心、农贸批发市场等物流集散地建设了集中式充电桩和快速充电桩。

加快汽车尾气治理,推广汽车尾气净化装置,维修企业完成汽车尾气治理升级改造。利用"黑烟车"抓拍系统、遥感监测等手段,查处外籍货运车、柴油货车、农用运输车、运渣车等交通违法行为……

除了加强柴油货车排气污染抽检、路检、场检之外,还在全国率先对施工现场非道路移动机械实施备案管理，利用微信程序掌握其进出工地及使用单位情况。

联合北京大学、中国科学院等10余家顶尖科研机构，开展成都平原臭氧及臭氧前体物长时段、多组分联合观测，为科学制定臭氧管控方案提供支撑。积极开展电力数据与城市大气污染精准管控研究，开发电力数据调度信息系统。推动卫星环境应用中心在大气监测数据上的共享与应用。

强化监督执法，持续开展冬季大气专项督查，加强柴油货车、非道路移动机械、工业炉窑、挥发性有机物和扬尘治理专项执法，加大餐饮油烟、露天烧烤、焚烧、腊肉熏制等污染管控力度，中心城区烧烤店"炭改电"，推行大型商业综合体建设油烟集中式治理设施试点工作。依托数智环境系统、"散乱污"企业整治督查平台、"智慧工地"监管平台、扬尘在线监测系统等信息化手段，对相应施工企业、监理企业实施信用扣分，全面清理无资质搅拌站点，完成混凝土搅拌站绿色生产达标验收。加大多尺度喷雾喷淋除霾技术等治理技术的推广应用。

加强科技治霾技术运用，建立健全大气污染防治大数据应用决策管理系统，提升大气污染治理水平；全面梳理大气污染源排放清单；完善生态监测网络体系，提升预警预测水平；强化全市重污染天气的会商、预测、预判、应急响应措施后评估，提高重污染天气应对的科学化、精细化水平。

按照"现状、科研、对策、执行、评估"五步闭环工作法，不断优化完善重点区域精准管控措施；运用3D气溶胶激光雷达固定扫描技术，完成中心城区及区域周边污染源分析，推进精准管控措施制定；充分利用院士（专家）工作站技术力量，为分区施策、精准管控提供保障。

通过周调度和月通报的形式，重点抓好成都市蓝天保卫战冬季战役、重污染天气应急组织实施情况的督查督办，确保各区（市）县、市级相关部门目标任务落实到位；严格落实"党政同责、一岗双责"，对环保违法违纪问题，做到发现一起、查处一起、问责一起。

在污染天气出现之时，强化应急管控，及时启动重污染天气应急预案，并加强成都平原经济区联防联动，推动区域协同减排，切实改善环境空气质量。

同时大力推广装配式建筑和绿色建筑，强化建筑垃圾运输企业的备案管理，清退未在备案名录内的运渣车辆。加大环卫作业设备投入，实现城区道路机械化清扫。

2019年4月22日，成都举办了由全球顶尖专家参加的首届公园城市论坛。

贺克斌等专家们的观点一致：生态环境是公园城市建设的底色，只有打好底色，公园城市才可能美如理想。

城市的发展提倡注重四大结构，即产业结构、能源结构、交通运输结构和用地结构，这四大结构跟公园城市建设的方向和内涵是完全一致的。

但是公园城市除了从规划的角度考虑以外，也应该从人、生产、生活"三位一体"方面进行考虑。

论坛上还发布了《公园城市——城市建设新模式的理论探索》一书。

此书由天府公园城市研究院牵头，联合中央党校、联合国人居署、清华大学、同济大学、国家发改委城市和小城镇改革发展中心、中国社会科学院等国内外权威研究机构开展的首批8个重大课题研究成果，覆盖了公园城市的理论基础、内涵研究、发展指标与建设实施等多个方面的内容，为进一步实现公园城市理论与实践相结合、技术与政策相协调、政策与实践相贯通有着积极的指导价值。

这本书也是成都系统谋划、科学部署交上的一份年度"答卷"，是成都以开放之姿，广邀各界专家为公园城市建设献计献策的一次积极探索，是成都展现新时代、新担当、新作为，为世界提供城市建设范本的一次积极探索。

2020年3月，成都市人民政府印发了《关于构建"碳惠天府"机制的实施意见》，明确了标准制定、公众低碳场景拓展、减排项目开发、减排量交易体系构建等25项具体任务，这是成都推进低碳城市建设的关键任务和重要探索，成都也因此成为国内首个提出"公众碳减排积分奖励、项目碳减排量开发运营"双路径碳普惠建设的城市。

"碳惠天府"系列活动有"低碳科普""低碳出行""低碳生活""低碳消费"四大主题，以线上线下互动、打卡接力、企业倡议等多种形式展开，市民可以通过碳惠天府小程序绑定哈啰出行，通过日常的骑行减排获得"碳积分"，并兑换普惠商品或生活福利。目前，成都有超20万辆单车加入绿色出行队伍，携手推进"碳惠天府"品牌建设。

数据表明，仅过去一年，成都市民使用哈啰单车行驶里程就超过了5.5亿公里，相当于减少碳排放量超过3.12万吨、成都地铁一号线行驶1340万趟、往返地球与月亮715次。如果一棵树每年吸收10公斤二氧化碳，成都市民通过骑行，一年减少的碳排放量就相当于多种近312万棵树。

随着公园城市建设的一步步推进，成都的天空越来越蓝。

有资料表明，成都的空气质量优良天数在年年递增：2016年优良天数为214天；2017年优良天数为235天；2018年优良天数为251天；

2019年优良天数创下287天的历史新高，较2018年增加36天，优良率78.6%，PM10、PM2.5浓度分别为68微克/立方米、43微克/立方米；2020年优良天数达到270天，优良比例达到77.19%；2021年都市圈空气质量持续提升，优良天数299天，同比增加13天，优良率84.6%，同比上升0.9个百分点。

这些递增数字的背后，伴随的是践行新发展理念公园城市示范区的步伐。

……

一系列举措，使成都的生态人文优势得到恢复及弘扬。作为土生土长的成都人，贺克斌的内心，为此深感自豪。

在自豪之外，他还有荣幸，因为他成了受邀参与公园城市建设的专家之一，能将自己所学回报故乡，深感欣慰。

贺克斌对成都的空气质量继续改善充满信心。事实上，从污染物浓度下降趋势来讲，成都一直在进步。虽然要达到公众所期盼的理想目标还有距离，但是只要继续努力，一切都会变得更好。

蓝绿底色

成都平原，河流纵横，润泽了千年风物。

城内水生桥、桥连水，如同水墨画卷。

"长似江南好风景，画船来去碧波中。"花蕊夫人的诗，实写了成都的水乡风貌。

成都在进行蓝天保卫战的同时，也在进行着碧水保卫战、土地保卫战。

早在2016年，成都就通过了《中共成都市委关于推进绿色发展建设美丽中国典范城市的实施意见》，提出要牢固树立绿色发展理念，着力加强生态环境保护、促进绿色产业发展、健全绿色制度体系，不断推进特大城市治理体系和治理能力现代化，加快国家生态文明先行示范区建设。

这个意见的目标，是令成都生态环境质量不断改善，城市生态承载力不断增强，群众绿色发展获得感持续提升，资源节约型、环境友好型社会建设取得重大进展，努力打造碧水蓝天、森林环绕、绿草成茵、绿色出行、宜业宜居的美丽中国典范城市。

为了实现美丽中国典范城市的定位，"十三五"期间，成都纳入监测的地表水优良水体比例上升27%左右，V类和劣V类水质断面全部消除，地表水水质总体由轻度污染改善为优，水润天府盛景重现；受污染耕地安全利用率、污染地块安全利用率分别约为94%、90%。

在土壤污染防治方面，通过扎实推进科学治土和土壤污染防治工程，净土保卫战也取得积极成效，"十三五"期间成都未发生因耕地污染导致农产品质量超标，因疑似污染地块和污染地块再开发利用不当而造成不良社会影响事件，全市土壤环境质量整体保持稳定。

成都不仅要成为中国的典范城市，还要成为世界的典范城市。

建设有着光辉未来、内涵极其丰富的现代公园城市，总体规划自然十分重要。只有科学的规划，才能有利于保卫蓝天、保卫碧水、保卫土地。

在习近平总书记公园城市理念首次提出之时，虽然身在上海，但匡晓明却备感兴奋，他一直关注着中国以及世界城市的规划与设计的发展进程，成都是他最爱的城市之一，他没想到自己有一天还成了天府新区总规划师。成都能成为公园城市理念的首提地，他认为是成都天时、地利、人和创造的理所当然的机遇。

自2017年8月接过天府新区总规划师聘书后，匡晓明便潜心于将锦上添花的理念植根于天府新区的每一寸土地之上。通过对天府新区的生态和人文环境的考察，他认定天府新区未来的腾飞和耀眼，将不可比拟，非同寻常。他觉得，如果曾经的天府新区的奋斗目标是全国一流的话，那未来，天府新区则能代表中国经验与世界城市对话。

那么，天府新区该如何规划才能创造全国一流？该如何建设才能代表中国与世界城市对话？

匡晓明及其团队给出了建设五个"先行示范区"目标的方案：努力建设绿色优势凸显的可持续发展先行示范区；努力建设创新创造活跃的高质量发展先行示范区；努力建设内外双向融通的一体化协作先行示范区；努力建设系统集成的高水平改革开放先行示范区；努力建设

天府魅力彰显的高品质生活先行示范区。

匡晓明及其团队所设计的天府新区未来模式为脊轴组团模式，即LGC(Linear Group City)。这是基于习近平生态文明思想，结合天府新区既有轴线拓展布局所形成的新模式。

脊轴组团模式包括三大要素：一是以水绿空间为基础构建区域生态网络，形成城绿共生的空间风貌；二是以城市南拓发展轴串联三大板块，以城市东进驱动轴实现区域联系的双轴展开模式；三是以生态廊道与景观绿隔划分形成三级有机组团模式。

具体地讲，就是以北部功能区（天府总部商务区）、中部功能区（成都科学城）、南部功能区（天府文创城）三大组团和三大绿廊形成城市骨架，统筹城乡全域空间，实现城、镇、村的整体发展。

作为中国城市的"先行示范区"，天府新区整体形态将呈现合力共融、协同合作的组团格局；园城共生，蓝绿成网的生态骨架；公用共享，布局均衡共享的公共服务；文化共兴，营造特色品质的人文城市；智汇共创，构建开放创新的智慧体系。

同时锁定"一山（龙泉山城市森林公园）、两楔（新兴绿楔和毛家湾绿楔）、三廊（沈阳路生态绿廊、鹿溪智谷生态绿廊、二绕生态绿廊）、五河（锦江、鹿溪河、东风渠、雁栖河和柴桑河）"的生态保护格局。

城市是社区的港湾，社区是家的港湾，家是市民的港湾，市民是心的港湾。天府新区还将实现公共要素均衡共享，构建"十五分钟生活圈＋公园体系"的高品质"公园社区"。

未来的天府新区，会聚焦创新策源能力，统筹推进科技创新中心、综合性国家科学中心、西部（成都）科学城、天府实验室"四位一体"创新平台建设，全面提升发展能级。

天府新区的城市规划，还设计了五大令人振奋的重点目标：

建强"实验室"。聚焦空天科技、生命科学、先进核能、电子信息等领域，切实解决关键领域"卡脖子"问题。

布局"大装置"。在成都超算中心纳入国家超算体系的基础上，积极推进超高通量多功能堆等重大科技基础设施纳入国家规划，"十四五"建成核能Z箍缩驱动混合能源装置等5个重大科学设施。

集聚"国家队"。依托四川发展优势，发挥中科系、中核系、中物系科研机构聚合功能，加快引聚国家级科研机构及研发型领军企业，集聚彰显国家实力的科技力量。

拓展"高校圈"。加快投运既有的43个校院协同创新项目，加紧落地一批国内外知名高校创新平台，跨行业、跨学科、跨领域整合科技资源，做强科技创新生态链。

发展"新经济"。加强"数字经济特区"建设，持续完善高技术服务业生态体系，进一步畅通转化渠道，让科技创新成果充分融入产业链、贯穿价值链。

未来，天府新区将呈现天府总部商务核心区、鹿溪智谷核心区、锦江生态活力带、天府文创城起步区、高铁综合服务片区、紫光芯镇片区、万安南片区、新兴产业园区等八大魅力场景，高起点地展现城市先行示范区作用。

正是因为成都重视人与生态环境建设，并取得一定成就，从而引起了习近平总书记的高度关注，在成都首次提出公园城市理念。

"行之力则知愈进，知之深则行愈达。"构筑蓝绿底色，成都一直在行动。

以"世界级品质的城市绿心、国际化的城市会客厅、市民游客喜爱的生态乐园"为总体规划、总面积1275平方公里的成都龙泉山城市森林公园，衔接起了中心城区与东部新区两大核心区域。

自 2017 年 4 月开建以来，成都龙泉山城市森林公园以厚植绿色本底为根本，四年累计实现增绿增景 14 万亩，常年管护生态公益林 22 万亩……因为植入了休闲娱乐、文化创意、体育运动、康养度假等消费场景，绿色资产不断增值。

龙泉山城市森林公园规划总投资 125 亿元，全面建成后，森林覆盖率将达到 70.5% 以上，能使全成都市人均增加 10 平方米净森林；提升 8.4 亿立方米的蓄水能力，相当于 4 个三岔湖的蓄水量；每年固碳 31 万吨，释放氧气 23 万吨，这些氧气，可供 84 万人呼吸一年，能提供就业岗位 30 余万个……

这里还将打造熊猫与竹主题公园、熊猫主题免税店、成都熊猫国际博览中心、山体运动休闲公园、生态总部研发园、跨境电商产业园等。未来，人与自然、人与动物和谐共生共享的生态场景将成一大特色。

东部新区天府国际机场的建设，不仅仅使成都成为全国第三个双国际机场城市，从这里出发的国际航线还将突破 150 条，是真正意义上的世界机场。更重要的是，成都自此打破了几千年单中心城市格局。

诗意流淌的绿色风景，并非只浓墨重彩地呈现在龙泉山，而是延展西东，渗透进了成都的每一寸土地之上。

公园城市是未来城市的高级形态，是现代城市困扰的最终出路，是人城境业和谐统一的最高理想。

成都公园城市建设中的绿道建设，也颇值一提。

世界上最早的城市绿道始于美国。

19 世纪下半叶，美国最著名的城市规划师和风景园林师奥姆斯特德在波士顿进行园林设计时，大胆地用优于汽车道的人行通道把市内的四个公园和一些绿地连通，以供需要运动空间的市民使用。因很受市民欢迎，几年后，这条道路便从先前的 25 公里扩展到了 600 公里，覆盖了波士顿整个大都市区。

由于现代城市被拥挤的建筑物特别是钢筋混凝土一统，商业地块寸土寸金，绿色植物只是点缀。而城市规划又不科学，环保措施也不得力，因而市民生活得很压抑，很不健康。

而绿道设施既提供了绿色环境，又提供了健身场所，对土地的占用率也相对较低，是在原有郊区绿化的基础上整合而成，广受好评，逐渐在一些发达国家推广开来。

锦上添彩

天府绿道建设，是成都公园城市计划中一个重要亮点。

这不是一条普通的绿道，而是一片绿地，是锻炼、宜游、宜居的综合生态设施，是一条世界之最的绿道，或者说是一套全球最长的绿道体系。

有多长？规划总长16930公里。

穿越城市和乡村，沿着河滨、溪谷、山脊蜿蜒，涵盖公园、湖泊、餐饮、绿地、湿地、花圃等多种休闲与风景功能于一体的天府绿道，全域规划形成"一轴两山三环七道"（锦江生态绿道主轴，龙泉山、龙门山，三环路、绕城高速、第二绕城高速两侧生态绿道，七条沿主要河道形成的主干绿道），其中规划区域级绿道1920公里、城区级绿道5380公里、社区级绿道9630公里，是成都建设世界最大公园城市的重要支撑。

天府绿道是生态成都的绿色动脉、魅力成都的五彩飘带、产业成都的时尚风景、人文成都的美丽画廊……它串联着公园城市的处处亮点。

天府绿道自启动建设之后，既极佳地书写了公园城市"公"字的气质；其所具有的生态保育、场景营造、慢行服务、产业发展等功能，又极大地诠释了"园"的内涵。

绿道至简，公园澄心。天府绿道，还书写着美丽的宜居梦想，给市民带来诸多"城"与"市"的别样惊喜：喜欢运动，可以参加在这里举办的一些国际国内体育比赛；喜欢美食，有来自天南地北的风味食品满足口福；喜欢拍照，有画卷一般的绮丽风景和独具特色的人文风情……在公园绿道上行走，等同于与春天和安逸做朋友。

锦城公园作为天府绿道体系中最早启动建设、亮相成型的部分，已成为成都时尚、健康、休闲等美好生活的体验空间和连接梦境的现实呈现，是成都建设践行新发展理念的公园城市示范区的标志工程，也是成都走向世界的城市名片。

锦城公园当然不仅仅是一个公园，它位于中心城区绕城高速两侧各500米范围及周边7大楔形地块，跨经12个区，涉及生态用地133.11平方公里，由500公里绿道、4级配套服务体系、20平方公里多样水体、100平方公里生态农业区组成。

锦城公园里包括锦城湖、桂溪生态公园、中和湿地、江家艺苑、青龙湖共5个特色主题园区，这不仅给城市带来了生态湖泊、休闲绿地，也带来了世界顶级展览、亲子马术、皮划艇、低空滑翔等新消费场景。

天府绿道不是凭空想象出来的城市规划奇谈，它是在借鉴加拿大魁北克花园、巴黎绿带等国外经典案例建设经验的基础上，结合《蜀川胜概图》、南宋庭院道路设计思想，融入天府文化核心内容，且有国际知名城市景观设计机构参与规划的项目。

蚕丛鱼桑、金沙水韵、茶马古道、诗画白鹭、青龙墨池……这些融会成都历史人文和城市韵味的主题园区，耀眼地串在绿道之上，如明珠闪亮。

宜人的生态环境与喧嚣的城市生活是天敌吗？也许是。但在成都，却不是。

成都是一座拥水而居、膏泽丰荣的城市，是一座不知饥馑、繁盛千年的城市。大大小小的河流及湖泊，滋养着这片大地，使之自古至今都容颜秀润，气韵生动。

锦城湖是成都市中心的新一处美好，自然绰有，抱真守璞。

在锦城湖滨，你可以骑车锻炼身体，也可以去湖上划船，玩皮划艇。

锦城湖位于成都市四环路南段，西起成昆铁路、东至站华路，占地面积158.7万平方米，湖水面积66.9万平方米，湖边有成都著名地标、亚洲最大单体建筑——新世纪环球中心。

也许你在电视上看到过它，在手机里看到过它，在图书杂志里看到过它，但是从湖面上看新世纪环球中心，却是一种从未有过的体验，这种感觉是独特的。新世纪环球中心以及它在水里的倒影，与苍穹一起呈现出镜面图像，就像时空折叠一样梦幻。

锦城湖有四个湖区，彼此间如协奏曲一样舒缓浪漫，而又紧紧相连。这片成都市中心最大的湖，也是城市喧嚣中难得的宁静。

锦城湖清澈如镜，自成生态。湖滨有生机盎然的芦苇，湖底有葳蕤生长的水草，湖里有自由游弋的鱼虾，而湖面上的轻舟小艇，动力皆为桨楫，既无油气污染，也无噪声扰动。

湖水里还有野鸭游泳，自由自在；鸳鸯戏水，如影随形。

最吸引人的是黑天鹅，姿容美好，举止高贵，锦城湖仿佛是展示它们气质的舞台。

黑天鹅的游弋是优雅的，皮划艇的奔走却是急切的，激情与热烈在奋进中展现。

是的，锦城湖上有着专业皮划艇队的身影，而教练是赵晓俐。

赵晓俐是四川南充人，15岁进入四川省女子皮划艇队，在近20年的运动生涯中，她先后拿下世界杯冠军、世锦赛冠军、亚运会冠军、全运会冠军等奖牌奖杯。

退役后,赵晓俐尝试过一些与体育无关的行业,后来她成立了皮划艇俱乐部。

2017年,成都市启动天府绿道建设后,她相中了锦城湖、麓湖的水上环境,在成都市有关部门的支持下,她将此作为自己俱乐部的训练基地。

成都,打通了宜人的生态环境与喧嚣的城市生活完美契合的任督二脉。

这,正是公园城市的重要特点之一。

如同一条翠绿的丝线,天府绿道串起了成都一座又一座公园,一个又一个湖泊,一片又一片湿地,一处又一处田畴,也串起了雪山下的公园城市里美好生活的新场景,以及成都市民的幸福生活。

青龙湖公园,也是天府绿道上的一颗耀眼的明珠。

青龙湖公园位于龙泉驿区十陵街道,是以展示明代蜀文化为主要内容的历史文化风景区。公园位于成都市东大门成洛大道十陵段以南、蜀王大道南段以东,是成都中心城区最大面积的湿地公园,被称为"城市绿肺"。

公园生态能与智慧服务结合在一起吗?如果能结合在一起,会产生什么样的效果?

青龙湖公园,看似普通,却不简单。这个公园有一条长3.3公里的环湖跑道,现代设计,可能会颠覆你的认知。

如果你想享受智能服务,那么你在进入这条跑道跑步之前,可以先去一个叫作智慧驿站的地方报个到。

智慧驿站是一个智能储物柜,跑步者在储物的时候,它可以进行人脸识别，以便跟踪跑步者，并实时记录跑步者在跑步过程中的心跳频率、呼吸频率、运动里程、热量消耗、跑步时间，以及跑步时的图片、视频等数据。因为跑道的不同位置，安装有智能高清摄像头。跑道由三根彩色线条标记，运动者只要沿着线条跑步，智能系统就能对其进行准确追踪。

这个跑道很智能，与之配套的保洁和保安，也很智能。保洁由无人智能扫地车负责，这些无人智能扫地车除了打扫卫生之外，还能向跑步者提供当日的天气温湿度、空气洁净程度等数据。负责保安执勤、排除隐患的也是机器人，它们采集的数据，能第一时间上传至管理系统，能力很强大。

跑完步之后，跑步者会来到智慧驿站储物柜取东西。那么运动之后一身臭汗怎么办？

简单！

这时智慧驿站的更多功能就可以展示出来了。

智慧驿站里面有母婴室、休息室，以及水循环使用环保型的卫生间。智慧驿站里有沐浴间，沐浴间里有沐浴房。

要使用沐浴房，跑步者只需用手机扫描门上的二维码，就能进入沐浴。沐浴房是收费的，收费方式就跟乘地铁一样，只不过乘坐地铁是按距离收费，而进智慧驿站沐浴，是按时间收费。

沐浴完之后，跑步者便可以直接回家了。当然也可以暂时不回家，也可以在这里休闲、消费。

青龙湖边有一个很大的、古色古香的中式建筑。这座建筑的外部设计很漂亮，像童话里的木屋。

建筑内部宽敞明亮，时尚漂亮，咖啡厅、餐厅、图书馆、文娱室俱备，像座小小的城。

咖啡厅位置优雅。临窗而坐，可以边品咖啡，边赏湖景和跑道上运动着的帅哥美女。

在咖啡厅里，客人抬头仰望，还会看到屋顶布局的满天繁星。如有情致，更可以择己对应的星座灯光下的餐位就座，以感受宇宙与尘寰冥冥相联的奇妙。

森林、湖泊、草甸、湿地、休闲广场、步道……既生态又科技，既传统又时尚，既环保又宜人……青龙湖生态湿地公园是成都锦城公园项目中的一个重要组成部分。

锦城公园堪比日本大阪的难波公园、新加坡的星耀樟宜、上海的天安千树，其共同特点便是在绿意葱茏里融合商业空间。

目前锦城湖公园、桂溪生态公园、江家艺苑、青龙湖湿地已全面对外开放，中和湿地、花田湿地等园区已开始运营。

自天府广场沿人民南路南行，至四环路时，一个绿树成荫的大型公园出现在眼前，这就是桂溪生态公园。

桂溪生态公园总面积1400多亩，位于成都高新区天府绕城高速以南、天府一街以北、红星路南延线以西、益州大道以东的位置。公园分东西两部分，由锦云桥相连，天府大道横穿而过，环球中心和新会展中心位列两角。

桂溪生态公园栽种的花木兼具观赏性、地域特色与生物多样性，海棠丘、芙蓉丘、银杏林、樱花丘、红梅坡等特色植被，令春夏秋冬都有亮点，一年四季都成景色。

公园秉承"海绵城市"的设计理念，休闲广场铺透水砖，绿地里设置渗透井和渗水边沟，让大地成为"蓄水池"。公园里有一块超过5万平方米的草坪与林荫绿道慢跑体系，不仅可以有效降低周围片区的热岛效应，人们还可以草坪漫步、花丛徜徉，或在河畔觉悟流水潺潺。

公园里也有自动售卖机、便利店、运动驿站、餐厅等配套设施。

市民若在全玻璃质地透明的"公园城市主题餐厅"里用餐，视线与心灵能与天地接，身体和味觉却又在鲜花与绿色植物的风光中。

总面积12980亩，涉及双流九江、东升、西航港三个街道的锦城公园双流段，也十分有特色，该段在秉持"可进入、可参与、景观化、景区化"理念的同时，又施行"农为底、道串联、景融合、功能足"的策略。

锦城公园双流段规划建设一、二级绿道分别10.8公里、39.1公里，及茶马古道、蜀仙胜境、诗风圣景、凤求凰、缤纷彩林五个特色园和萌宠乐园，配套总面积达15.8万平方米。

茶马古道园占地510亩，茶马古道沿线风光在这里再现，不同特色的茶马驿站，讲述着风情各异的故事。该园以水杉林为主，辅以杜鹃、迎春、栀子花等灌木，搭配茶田形成挺拔清朗的茶园景观。

蜀仙胜境园占地720亩，以传统川西古典园林的形式，呈现春海棠、夏谧竹、秋芙蓉、冬蜡梅的四季分明的特色植物景观，再现西蜀园林、蜀川盛景。

诗风圣境园占地495亩，以杜甫在蜀创作诗词为意境，以诗词四境、匠人六坊、十二景演绎趣味诗词文化。该园选用梨花、白玉兰配上茅草、芦苇等清雅白色系植物，通过传承杜甫诗词的风雅文化，重现文雅静幽的意境。

凤求凰园占地408亩，通过演绎司马相如与卓文君的经典爱情故事，彰显天府之国的和合之美。凤求凰园是爱情乐园，园里有四个主题鲜明、体验各异、浪漫雅致的爱情文化体验区，园里栽种的鸢尾、蓝花楹等植物，自然地烘托出温馨浪漫的氛围。

缤纷彩林园占地750亩，依托江安河的水韵文化和蜀都自然本底，展示蜀川秋季层林尽染、春季繁花烂漫的自然美景。园中都市亲子区，以彩叶乔木、花海、旱溪为生态基础，创造具有成都生态人文特征的空中绿色窗景和城市封面形象。

占地 777 亩的萌宠乐园，则以宠物经济为核心产业，聚集题材鲜明、功能完善、趣味盎然的萌宠主题，以商业、宠物医疗、酒店等多功能相结合的模式，展示田、林、宅的有机融合，构建特色田园萌宠乐园综合体。

锦城公园双流段依托较为丰富的可利用土地资源，优化区域空间，围绕绿道体系打造上班的路、回家的路，推动锦城公园与九江新城、西航港城市社区和四川大学等高校院所互动融合，推动生活圈与城市公园无缝对接，实现高品质住宅项目和公共服务设施的聚合，营造"生态宜居"优质共享的生活场景，使绿道、特色园、林盘院落、亭台楼阁及相应配套设施有机融合、有序呈现，实现重置双流城镇格局，重塑产业地理，提升中国航空经济之都的城市能级。

锦城公园双流段全部建成后，将成为双流及其周边区域市民休闲娱乐的又一好去处，同时对相关产业集聚，促进文、体、旅、商、农的抱团发展起到积极推动作用。

在锦城公园里，还分布着爱情林、成长林，市民可以认养树木，寄寓情感，与认养之树一起成长……

有媒体盛赞成都凭一己之力，修建了相当于丝绸之路长度的绿道系统，所串连的绿化设施相当于十个巴黎，其中还有 2000 多个文、体、旅设施。

从远古至今，良好的生态应该是最明媚的阳光。从绿化廊道覆盖密度来看，成都早已超越了北京和上海。

胜境里的高地

公园城市，一定不是单纯的公园，也不是单纯的城市，而是公园与城市完美的结合体。

城市最显著的特点除了人口的聚居之外，就是繁荣的商业活动。而有繁荣的商业活动，就会有繁华地段，有中央商务区。

中央商务区是指一个国家或城市里主要商务活动进行的地区，其概念最早产生于1923年的美国。随后，中央商务区的内容不断丰富，成为一个城市、一个区域乃至一个国家的经济发展中枢。

一般来说，中央商务区位于城市繁华中心，高度集中城市的经济、科技和文化力量。作为城市的核心，具备金融、贸易、服务、展览、咨询等多种功能，并配以完善的市政交通与通信条件。

根据中国社科院和中国商务区联盟联合发布的蓝皮书显示，香港中环CBD（Central Business District，即中央商务区）为世界级CBD，我国三大国家级CBD为北京商务中心区、上海陆家嘴金融贸易区、广州CBD（即广州天河中央商务区），这三大国家级CBD发展能级和区域影响力不断递增，正在向洲际级CBD演进。

2019年6月18日，天府中央商务区总部基地项目集中签约仪式和天府中央商务区总部基地建设启动仪式在成都举行，当天，协议总金额达 1110 亿元的 30 家企业项目正式落地。

当天，身为天府新区总规划师的匡晓明，向外界推介了有着鲜明成都特色的天府中央商务区。

天府中央商务区的规划方案，是在借鉴纽约、伦敦、新加坡、上海、深圳等城市 CBD 建设和产业发展的经验，并会同同济大学、麦肯锡咨询公司等机构的国际知名规划专家，通过深入研究全球主要城市 CBD 空间演变、功能重塑、产业融合、交通接驳等情况下编制而成的。

天府中央商务区规划面积 28.6 平方公里，位于成都城市中轴线天府大道南端，坐拥两大国际机场与高铁枢纽，是以"总部经济主导、多元业态支撑、人城境业融合"为设计思路，集总部经济、会展博览、国际交往、生态公园四大功能三大板块于一体、面向世界的中央商务区。这也将是成都未来城市的新中心。

成都人喜欢恬适安逸的生活，因此，在寸土寸金的天府中央商务区，独辟蹊径地增加了休闲功能，使 CBD（Central Business District）变成了 CBP（Central Business Park）。位于城市中心的 C（Central 中心位置）没变，B（Business 商务）没变，但是从 D（District 街区）到 P（Park 公园）仅一字之差，生态指数却发生了巨变。

中央商务公园，当然并非简单地等同于中央商务区＋公园，这实际上可以理解为 CBD 的最新版本，是一种基于公园城市理念规划的新模式。

普通 CBD 的生态空间不到 10%，天府中央商务公园则是按照 45% 的生态空间进行规划的，建成之后将呈现绿道纵横、林湖交汇、蓝绿交织的美丽格局。

天府中央商务区总部基地规划面积 1.23 平方公里，是天府中央商务区的引擎性项目，开工之后，将在三年内初步建设成型，五年基本建成，建设的目标是高能级、生态型、国际化总部商务中心区。

一条能给天府中央商务区总部基地透气换风的人字形绿廊，把基地划分为三个功能组团。2平方公里天府公园位于中心，基地里有河流、有森林，景色优美，望得见山，亲得了水。

天府中央商务区总部基地三个组团分别为180米、180米、396米的高楼呈梯度布局。这种设计，使得CBP各幢建筑的视界都很开阔，能看到美丽城市的天际线。

天府中央商务区总部基地采取地上、地下空间开发建设模式，打造站城一体、高效集约的TOD(transit-oriented development，即以公共交通为导向的开发模式，是规划一个居民区或者商业区时，使公共交通的使用最大化的一种非汽车化的规划设计方式)示范区，建设垂直城市的典范。届时，地面将没有车辆通行，而是让步于休闲、办公和生态绿化，是步行者的天堂。

地下空间，则进行了三层布局：

负一层连接轨道交通网络，构建Y形地下商业街和地下步行系统，公共交通与消费场景无缝对接，地铁将成为人们主要的出行方式；负二层以交通环廊连接功能组团，实现停车空间共享与内外交通快达；负三层规划建设综合管廊，超前布局智能基础设施，着力打造高效智能的绿色智慧之城。

通过打造"轨道交通+步行"体系，未来将有8条轨道交通线路、18个轨道交通站点、城市候机楼连接双机场等布局其中，绿色交通出行率达85%。

天府中央商务区总部基地的建筑不仅有智能遮阳系统，玻璃幕墙还采用了光伏发电，地下建有真空垃圾回收系统……从高空到地下，立体塑造一个低碳高效网络，体现公园城市的商务特点，突出公园城市的生态智能。

而且，中央商务公园在定位为发展区域型、功能型、业务型总部的基础上，在突出生态与商务的基础上，还赋予了文化内涵，布局了蜀韵园、川剧演艺馆、文化交流中心、文化艺术中心等文化休闲场所，以及教育、医疗等8大类18项"15分钟生活圈"服务配套。

天府中央商务区总部基地具备国际化社区的居住品质，既是融合商务、酒店、商业等功能的商圈，也是有休闲、有文化的生活圈，以及将商业街、地面公园、滨水文化走廊、地上写字楼融为一体的休闲街区，更是一座有层次、有艺术时尚、有消费场景、兼具地域文脉和时代精神、有高度人性美学的活力公园。

在此基础上，作为升级版的CBD，天府中央商务区还按照产业生态圈建设理念，发展总部经济与会展博览两大主导产业，培育创新型金融与体验式文创两大生态性产业，同步发展律所、会计、咨询、广告等综合商务服务，打造具有全球资源配置能力的生产服务体系。

未来，天府新区将通过实施中西部极具吸引力的"三大奖励、七大支持"政策，精准吸引区域型总部、功能型总部、业务型总部等优质总部经济，严格执行亩均税收1000万元的准入标准，在有限的城市面积下实现单位土地价值最大化。

天府中央商务区的规划理念，吸引了一大批企业投来橄榄枝，其中不乏行业巨头：

国家驻港大型企业集团、香港四大中资企业之一、总部设于中国香港，主要经营活动分布于香港、内地、东南亚等地区的招商局集团，协议投资300亿，拟整合西部区域产业资源，在天府中央商务区建设集团西部总部（包括行政管理中心、运营结算中心、投资采购中心等），打造招商局集团西部总部及招商蛇口城市综合运营开发项目，积极与成都市、天府新区在总部经济、创新金融、文化创意、会展博览等相关领域开展全面投资合作。

招商局集团旗下城市综合开发运营旗舰企业招商局蛇口工业区控股股份有限公司，还将对天府中央商务区核心板块实施片区综合开发及商业运营，积极导入相关产业资源，打造综合性高品质消费业态。

东方电气集团协议投资100亿元，在天府中央商务区建设集团功能型总部，包括国际交往中心及全球业务、创新业务中心。

国家电力投资集团则将在天府中央商务区投资建设集团西南总部，包括行政管理中心、销售结算中心、投资采购中心、光伏产业技术研究中心。

四川省铁路产业投资集团公司协议投资100亿元，在天府中央商务区建设铁投集团总部，包括行政管理中心、运营结算中心、产业研究院。

正大集团协议投资250亿元，在天府中央商务区总部基地建设集团医疗健康产业总部，引入国际医学医药企业、顶尖医学研究机构，并结合企业在商业开发运营领域的资源优势，打造集高端购物、顶级酒店、商业景点、国际会议功能于一体的高端商业综合体。

国际知名机构德勤有限公司协议投资1亿美元（约6.72亿人民币），建设德勤"一带一路"服务中心项目。

新希望集团协议投资100亿元，拟在天府中央商务区建设新希望全球控股总部及总部经济园区，统筹全集团业务和投资发展。

易上集团将投资50亿元，在天府中央商务区建设易上集团全球总部，引入跨国企业总部集群、国内外金融机构总部集群、国际超五星级酒店、涉外服务式酒店、国际服务中心等。

领地集团、朗姿股份有限公司、天齐锂业股份有限公司等也拟在此建设各自的总部。

……

对有别于传统商务中心的天府中央商务区总部基地的规划，匡晓明信心满满："天府中央商务区总部基地将在全球范围内引领CBD进入3.0版本。"

匡晓明认为，尽管中央商务区的概念已有一百年的历史，但高强度的开发、寸土寸金的空间形态已不适应现代经济社会发展需要，未来在商务区工作的人群也不再遵循传统的上班模式，而是会以人为中心，实现高效率办公，并配置人性化、休闲舒适的空间，推动生产、生活、生态高度统一。

……

从绵延数千年的空间建造到幸福与健康诉求的场景营造，从碧水蓝天的自然生态到低碳绿色的城市业态，从简单粗暴的生产方式到品质安逸的生活方式……成都的公园城市建设，正逐渐形成一份独特的"中国方案"。

第六章

此心安处

每一份快乐,都心存感恩
工作的快休闲的慢,就是安逸

身与心的润泽

水,既简单,又深邃。

在天地间循环,连通过去与未来,书写离别与回归,起源生命又滋润生灵。

从地图上看,成都位于中国西部,离海洋很远,但成都无处没有温柔灵动秀逸天地的水韵。从古到今,幸福的成都人享尽水之润泽与荣华富贵,那种感觉,就像置身于爱的海洋。

仁者乐山,智者乐水。

水,也展现着公园城市的勃勃生机和生生息息的风华故事。

你能想象吗?成都虽然远离海洋,成都玩冲浪的人却很多。

日上三竿,风水和鸣。

在艳光四射的麓湖,英国人高睿(Scott)玩了一把冲浪之后,大为感叹:"这简直太不可思议了,我以前滑过雪,也试过冲浪,但这次冲浪比我试过的任何一项运动都有趣得多。真的太好玩了,我不敢相信在成都的市区内还能做这么有趣的运动。"

2012年夏天,抱着帮助中国贫困地区的孩子学英语想法的英国人高睿,只身从伦敦来到中国,来到成都,就读于四川大学。

结果高睿发现,眼前的中国、眼前的成都,与他之前通过西方媒体报道所认识的中国所认识的成都有着天壤之别,这里时尚繁荣、幸福安逸,他每天都能发现这个国家带给他的惊喜。因为中国一直在前进、在创新。他在英国二十五年才能看到的城市变化,在中国却只需两年就可以看到,这个发展速度令他惊叹。

高睿还发现,工作的快与生活的慢,在成都实现了完美的结合,成都是他心中最具魅力的宜居之城。他喜欢这里的人情味,成都独有的烟火气,让每一个外乡人都能找到家的感觉。于是,他选择留在成都。

麓湖位于成都天府大道两侧,是一座以生态资源为基底,聚合居住、产业、休闲娱乐配置为一体的新城,是天府新区内优先呈现的生态示范区,由近 50 个设计机构、100 余位设计人员打造。由总部经济、创意产业、旅游产业、综合商业服务三大类构成。

在麓湖边上,有美食广场,有人工岩壁,有音乐会,有儿童乐园……而这些,都是围绕水而开展的。

麓湖的交通还有水上出租车。在成都这座上千万人的大城市里,会觉得这比较好笑,但是正因为身处这个"迷你威尼斯",这一切便成为可能。高睿说:"这样的成都真的令人惊艳!在这里我真的很开心。"

其实从整座城市的水上生活来看,这不过是一小部分内容。

在成都可以冲浪、划船、荡舟,沿水信步,或者在水边的美食广场喝一杯,欣赏现场音乐……这是水滋养的幸福。

高睿对身在欧美的朋友说:"如果你有时间想探索一座城市的话,你可以来成都。成都有山有水,有千年文化;有动有静,有心灵阳光。你会收获独一无二的美好体验。"

成都之美,不仅体现在天府新区。

老城区在公园城市建设的浪潮中,也已逢春,鲜花似锦。

旧时光中的成华区长天路道路狭窄，违建占道严重，卫生也脏乱差，这是很多人的印象。但在成都践行公园城市建设理念之后，植花种草的疏朗环境取代了曾经的违法建筑，微绿地、小游园连片成网，已形成透风见绿、簇群错落的城市形态。

这里除了生态环境变得更好以外，生活环境也得到了极大的改善，时尚运动公园里可以滑滑板、打篮球；法治广场可以观看普法动漫、法律小故事；绿地走廊中增加了座椅、设置了二十四节气文化元素，居民可以在走廊中静享绿色生活……

除了长天路以外，成华区还建成和美路、致力路等8个公园城市示范街区。

值得一提的，还有成都天府锦城"八街九坊十景"的布局。

天府锦城是"中优"发展战略的支撑性项目，依托的是成都的历史格局和风貌保留较好的文化本底，秉持公园城市建设理念，传承里坊古巷、三国遗迹、名人故居等历史文化元素，融历史与时尚于一体。

天府锦城即两江环抱的成都老城区域，包括东大街、老皇城、青羊宫、望江楼、少城……是成都悠久历史及传统文化的根脉所在。

"八街九坊十景"项目坚持"老成都、蜀都味、国际范"理念，融传统与时尚于一体，植入街、坊景业态，构建高品质生活场景和旅游消费场景，实现景观价值提升，使之成为成都人的精神家园，以及走向世界的天府文化名片。

"八街九坊十景"中的"八街"，是指寻香道街区、春熙路街区、宽窄巷街区、华兴街区、枣子巷街区、四圣祠街区、祠堂街区和耿家巷街区；"九坊"是指锦里、皇城坝、华西坝、音乐坊、水井坊、望江坊、大慈坊、文殊坊和猛追湾；"十景"是指青羊宫、杜甫草堂、散花楼、武侯祠、皇城遗址、望江楼、合江亭、大慈寺、天府熊猫塔和文殊院。

景是街和坊内的重要节点，多为历史名胜，是突显天府文化特色的代表。

"当年走马锦城西，曾为梅花醉似泥。二十里中香不断，青羊宫到浣花溪。"这是陆游骑马经过锦官城西时，被绚丽的梅花所感染，所写的《梅花绝句》中的诗句。作为"八街九坊十景"之一的青羊区的寻香道，则再现了这一场景。

寻香道项目起于蜀都大道十二桥，止于二环路清水河大桥，沿河绿道两岸10.2公里，区域面积约187.4公顷，包含沿河绿道景观提升、公园景观提升、光彩夜景建设等。

寻香道按照"一道、五香、十八景"规划，以梅花为特色主题，搭配多种花香、果香、木香的香源植物。同时，还将花香、书香、艺香、道香、食香融入"二十里寻香道"，以锦西廊桥、伴月亭为门户，形成"二十里路香不断，梅花长廊博物馆"的花香盛景。

而位于武侯区的天府音乐坊项目则现代感十足，这里依托四川音乐学院和四川大学，以城市音乐厅为中心，南至一环路南一段，西至新南路，东至锦江，天府音乐坊形成一个"钻石形"范围，规划面积约1.2平方公里。

作为成都打造"音乐之都"的核心区，坊内打造音乐孵化、乐器销售、音乐教育、演艺经济、版权服务、音乐传播六大产业。建成之后，音乐坊载体面积达到20万平方米，产业聚集程度由30%上升到70%，产值100亿元，年吸引游客量达2000万人次以上。

2019年初，成都市启动园林绿化行动，在全市打造35个体现成都历史文化、商业特色的公园城市示范街区，统筹提升街区内部道路绿化、院落绿化和游园绿地建设，探索场景植入和生态价值转换机制。

人类文明起源于河流。从古至今，河流一直承载着人类的生存发展、繁衍生息及历史人文内涵。2020年，成都有关部门融合沙河沿线"凤求凰"历史文化元素，在进行沙河生态公园建设时打造了凤凰河口袋公园和塔子山南门爱情海绣球花公园两个示范景点，使沙河沿线出现了曼珠沙华花海，三洞古桥等网红打卡地……

这里说的口袋公园，是指面向公众开放、规模较小、形态多样、具有一定游憩功能的公园绿化活动场地。

口袋公园小而美，犹如放大的盆景，绿意盎然、星罗棋布地点缀在高楼林立、车水马龙的城市空间，使居民在家门口就能"推窗见绿、出门入园"。

像沙河生态公园一样，在建设践行新发展理念的公园城市示范区的进程中，成都的河湖均以生态为底色，建设成为有文化内涵、有自然风光、有休闲娱乐的公园城市生活圈。

2020年8月，成都市确定了以成都最早建成的城市环线，全长19.38公里，跨越金牛、青羊、武侯、锦江、成华、高新六区，更是城市居住人口高度聚集区域的一环路为轴，深入左右一至两个街区，打造"市井生活圈"，彰显成都"慢生活"的独特气质。

曾经的一环路只承担简单的交通功能，改造后的一环路将在承担交通功能的同时，还形成集文化旅游消费场景、高品质生活宜居地一体的生活圈，市民能在成都音乐坊、丝面美食街、北门里爱情巷……找到自己的快乐。

想享受音乐大餐，那去位于一环路南一段、新南路与锦江围合的钻石型区域，以及成都城市音乐厅所在的音乐坊吧，这里有街头艺人的弹唱、街舞、非洲鼓、魔术、弦乐四重奏等表演；有乐器博物馆，有集音乐、文化、交流于一体的文化创意创业综合体。

想享受美食大餐，那去金牛区抚琴街道文家巷丝面美食街吧，这里各色面食店铺林立，南北面食汇集，兰州拉面、驴肉火烧、上海面馆、红油抄手、军屯锅盔以及五十余家特色小吃，想吃什么都能找到心仪的口味。

想享受爱情大餐，那去东起太升桥、西止于北门大桥的北门里爱情巷吧，这里充盈着浪漫的气息，洋溢着爱情的味道，不仅可以看画展、摄影展，欣赏灯光秀、潮酷艺人表演，还能做手工文创工艺品。

想享受民俗大餐，那去华兴街片区的纯阳市集吧，在这里能体验到传统民俗文化的无穷魅力。

想享受非遗大餐，那去枣子巷吧，这里是成都市按照《公园城市一体化设计导则》建成的第一条特色街区……

公园城市的一砖一瓦皆有情怀，一草一木均有体温。

成都建设路，修建于1953年，是一条有着鲜明时代烙印的街道，这里见证了成都现代工业发展的源起与兴盛，并在时间的河流中变迁的历史。

曾经的建设路，走过一段老旧落拓的时光。今天的建设路，则成了声名在外的美食街，不仅市民总是蜂拥而至享受美食，国外一些著名的社交网站上，也时常有网友炫晒其来这里享受美食的图片或视频。公园城市里的建设路，俨然成了外国友人及外地来蓉游客美食打卡的必选之地。

有老外做过这样一个有意思的美食挑战，那就是两个人试试花100元人民币，看能在建设路美食街买一些什么食品，能不能吃饱肚子。

那么，他们买了些什么，吃了些啥呢？

在这里，在建设路美食街，他们吃的食品是：一份臭豆腐，花10

元钱；一杯烧仙草，花 10 元钱；火锅鸡爪，花 15 元；锡纸烧脑花，花 19 元；鸡翅包糯米，花 13 元；芋圆冰沙及煎饼，花 14 元；流水巧克力蛋糕，花 19 元。

实验的结果当然是能吃得饱饱的，而且多种口味都得到了满足。吃饱了，吃好了，还留下了甜甜的味道。

东部新区也是一个大公园。这是成都城市建设的大手笔。

全世界城市发展的规律和经验表明，特大城市要保持健康运行，必须拥有多中心。2017 年雄安新区的设立，其重要目的，就是疏解北京非核心功能，促进京津冀协同发展。

成都建城之后，数千年来始终在龙泉山脉与龙门山脉之间、在岷江与沱江交汇的冲积平原上固步发展。诚然，"两山环抱"的地理格局是护城的摇篮，然而随着工业化时代的到来，资源约束以及环保问题也随之出现。

向西，龙门山脉之后便是崇山峻岭，成都要发展十分困难。向东，一座绵延 200 公里的龙泉山，将成都老城区与曾经不属于成都的简阳市分隔成了两个世界：龙泉山以西，房屋密集，城区格局老旧，拥挤不堪；龙泉山以东，地势开阔，山清水秀，视觉疏朗，如一张可描绘蓝图的白纸。

成都的发展陷入瓶颈：交通拥挤、基础设施供给压力增大、社会公共服务资源不足……要发展，必须突破！

成都东进的发展思路，源起于 1996 年第三版城市总规划，然而由于受制于龙泉山的阻隔和行政区划限制，纵有武功，却施展不开拳脚。

机遇在 2016 年 5 月出现，此时天府机场开工，四川省委决定由成都代管简阳。由此，向东发展的理想有了承接的道路，龙泉山从曾经的成都城市边缘，变成了城市绿心。

2017年4月25日，成都跨越龙泉山发展的"东进"战略启动，从"两山夹一城"到"一山连两翼"的城市格局开始蝶变。

为了使这座城市未来的光芒闪耀世界，在几年时间之内，先后有相关领域的96名院士和国际国内专家团队领衔，3500多名国际国内设计人员参与规划。其间学习了雄安新区、浦东新区、前海新区的规划理念，邀请了新加坡规划之父刘太格、中国城市规划设计研究院原院长李晓江等顶级专家团队，为成都"东进"战略"把脉"。

2020年5月，成都东部新区挂牌成立，729平方公里的规划面积上，"人、城、产"的发展模式替代"产、城、人"的惯常模式。

这不是三个字字序的简单排列变化，这是按人口规模及生态环境需求，以发展的眼光、公园城市的要求，来科学规划公共配套、公共服务用地规模。这样的规划避免了大城市病的出现。

李晓江对成都东部新区建设，给出了很高的评价：从过去"城市中建公园"转变为"公园中建城市"，实现城市空间与生态空间无边界融合，这一模式将吸引年轻的、高素质的人群进入东部新区。因为这类人群追求高品质的生活，喜欢诗意栖居。

实现规划生态与现实世界互联的，是智慧、情感和规则。

东进，让东部新城一天天呈现公园城市的美好。

几年前，龙泉山脉丹景山，还是万年不变自然生长的普通丘陵。如今，在丹景山山顶，则修了一个现代景观丹景台。

丹景台整体建筑螺旋向上，从空中俯瞰，像一只爬上山顶的螺蛳，又像一只中间镶嵌太阳神鸟图案的凤凰之眼。

站在丹景台上眺望，既能看到在绿意盎然的原野上蓝光闪烁的三岔湖，也能眺望如凤凰欲飞的天府国际机场。

丹景台是成都龙泉山城市森林公园的一隅。

除了丹景台核心区，龙泉山城市森林公园还建成狮子宝、宝仓湾、我的田园、新希望种子乐园等特色景点。

"东进"以来，成都城市位势、空间格局、发展动能的提升，均在国家开放版图上显示出越来越重的分量。未来的成都，城市环境的沉重负荷将大大降低，而且为成渝双城经济圈的建设，也将插上腾飞的翅膀。

按成都公园城市的总体规划，未来的东部新区，将建成国家向西向南开放的国际空港门户枢纽、成渝相向发展的新兴极核、引领新经济发展的产业新城。

此心安处是吾乡

随着公园城市建设的推进，人们惊喜地发现，从 2019 年开始，来自西伯利亚的红嘴鸥，每年都会飞到鹿溪河生态区过冬。而青龙湖、锦城湖里也有野鸭、鸳鸯，及其它候鸟。

成都在时代的阳光下变得越来越美，其园林特性越来越强，候鸟的感知最为真切。

美国帅哥乔纳森（也就是江喃）和意大利美女玛丽亚（也就是梅梅）在游过锦城湖、麓湖、青龙湖、鹿溪湖等公园之后，欣喜地看到了野鸟与人和谐生活，都无比感叹成都生态的宜人宜居。同时，也感叹自己何尝不是一只远飞而来的喜欢成都生态环境的鸟儿。

为爱情、为婚姻而到成都生活的时间虽然只有三年，但梅梅却早已把自己爱情开花结果的圣地成都，当成了自己的第二故乡，并以生活在成都为荣。

梅梅嫁给中国人，并且到成都工作和生活，并且神定心安，整天过得乐陶陶，这件事让她在意大利的不少亲人和朋友很不理解，觉得她是"下嫁"，觉得中国很贫穷，不明白她去中国工作和生活图什么。

"图什么？就图中国很好！中国人很好！中国的文化很好！"

中国有多么好呢？没到过中国的人怎么体会得到？用自己受西方媒体不客观不公正报道的误导而形成的错误且惯常的思维方式看中国，不误读中国才怪。

有一天，正与梅梅视频的安琪拉突然心痛得快哭了："宝贝，你在成都是不是生活得很苦啊？是不是家里很贫困呀？"

"没有呀，妈妈，我家生活条件可以的啊！"

"宝贝，你说你家生活条件可以，那为什么你会吃鸡爪呢？"

母亲的问话，令梅梅哭笑不得。

是的，与母亲视频之时，梅梅正在啃着一个泡椒凤爪："妈妈，这哪里是穷的事呀？这是因为这种风格的凤爪我很喜欢吃啊！太好吃了！"

她明白母亲不理解这件事的原因，因为在意大利，鸡爪是没人吃的，属于丢弃物。

"我的小甜菜呀，你真有什么困难别瞒着妈妈啊，说出来爸爸妈妈可以帮你的。"

"妈妈，我家真的不困难！关于这个泡椒凤爪，意大利的一些中餐馆里也有卖的，你去买来尝尝，就知道味道有多好了！"

"那你在成都生活得快乐吗？"

"我生活得很快乐呀！"

确实，到成都生活之后，梅梅很快乐。

不仅如此，在她心中，也早把成都当成了她的家。

成为成都电视台的出镜嘉宾之后，梅梅经常拍摄一些自己在成都生活的短片、访谈视频或与成都有关的风光片，也给一些公司做时尚代言……渐渐地，她便成了中国与意大利文化交流的民间桥梁和中国与意大利之间的民间大使。

心灵阳光的人，总喜欢分享自己所遇见的美好，自己所拥有的美好。

因为热爱成都，梅梅便经常向她的意大利亲朋宣传成都，邀请他们到成都来玩，她知道他们像曾经的她一样，受当地一些抹黑中国的媒体的影响，对中国存在认识上的误区，同时也担心到中国后，与印象中有着一本正经文化传统的中国人沟通困难。

"中国人很善良，很好沟通，成都人最具代表性。我希望你们都来感受一下成都的美好！"

"也许成都本地人听不懂外国人在说什么，但是成都人十分友好，让人感到很温暖，感到宾至如归。"

"人与人之间，只有通过交流，通过接触，才能增进了解。"

在这方面，梅梅感触很深。

梅梅还记得自己刚到成都不久发生的一件事。

由于听不懂四川方言，有一次坐地铁时，身边两个老太太的对话，甚至让她产生了报警的冲动。

在她身边，一个穿蓝底黄花棉织短袖衫的老太太对另一个穿着红底黄花真丝短袖衫的老太太说："你应该把你的孩子扔了。"

这句话把梅梅惊得不得了。

成都人怎么这样？孩子可以说扔就扔？怎么这么绝情？中国人不是有一句话叫"虎毒不食子"吗？她们竟然在大庭广众之下毫无顾忌地谈论扔孩子的事。

人真是不能看外表啊！这两个老太太穿得这么时尚，没想到素质却这么低，这么自私，这么无情。

这一定是两个坏人！

心里非常气愤的她本想训斥她们，或者报警的，但她忍了忍，想继续听一下她们在说什么，以便掌握更多的线索。

"我的孩子还能将就一下。"这时,穿红底黄花真丝短袖衫的老太太回答说。

看来穿红底黄花真丝短袖衫的老太太并不乐意扔掉自己的孩子。

不过,梅梅心里依然很生气,难道孩子能将就一下就可以不扔,不能将就就要无情地扔掉吗?这可是自己生的孩子啊!

这个时候她油然地想到自己的母亲。母亲为了照顾自己的儿女,连工作都可以不要,从此成为家庭妇女,母亲与身边这两个成都老太太相比,是多么伟大啊!

就在梅梅非常生气并浮想联翩的时候,她看到身穿蓝底黄花棉织短袖衫的老太太指着穿红底黄花真丝短袖衫的老太太脚上的鞋子说:"你看,你这孩子脚后跟都破了,应该扔得了,旧的不去新的不来。"

"孩子"?"鞋子"?

梅梅突然明白过来,两位老太太说的可能是鞋子,而不是孩子。因为四川话中"鞋子"的发音跟"孩子"的发音是一样的。

通过这件事,梅梅突然明白,要了解中国,却不学习中国文化,不学习中国方言,不亲身接触中国,仅听一些媒体的道听途说,甚至不良媒体的污蔑诽谤,这能谈得上了解?

成都人不仅对亲人重情,对陌生人也是充满爱心的。

对此,梅梅又有一次亲身经历。

那是2020年夏天的一个上午,梅梅去武侯地铁站乘车,在从自动扶梯下行的时候,不慎摔了一跤,将没有拉上拉链的包里的东西撒了一地,裤子膝盖处也摔破了,痛得站不起来。

不仅剧痛,还非常尴尬。

外国人在中国的关注度本来就高,即使走到大街上,也总是成为人们目光的焦点。对此，梅梅挺不习惯，有时候看到别人举着手机偷拍自己，她心里会非常不自在。

而这次，是突然跌成这样，关注度应该更高了。

在这个全民视频的时代，要是有人拿手机拍成视频，上传到网络，那该有多尴尬！

但是，梅梅注意到，她摔倒之后，人们并没有谁掏出手机将她的难堪拍成视频、拍成照片，相反却有几个人小跑着过来，试图帮助她。其中一个跑在最前面的老太太到了她的近前时，不仅蹲下身把她近乎以抱的形式从地上扶起来，还关心地问她："孩子，摔伤没有？要不要送医院？"

这个老太太个子不高，还有些瘦，梅梅奇怪她怎么有那么大的力气，能把她从地上抱起来："阿姨，我没事。"她一边痛苦地咧着嘴，一边回答说。

"孩子，走路的时候不要看手机，要小心一些，这样摔得多痛啊！"

老太太扶起梅梅之后，又弯腰去捡梅梅掉在地上的东西，一一归拢放在梅梅的手里。

除了老太太之外，现场还有一些人也都关切地询问梅梅有没有摔伤，要不要送医院，同时也帮她捡她掉在地上的东西。

包括老太太在内的这些善良的成都人的举动，令梅梅非常感动，她觉得成都不仅像公园一般漂亮，成都人的内心世界也像公园一般美好。

跟梅梅一样，不少外国人感受到成都的美酒、美食、美景，以及跟其他城市无法相比的生态环境、成都人的心灵阳光之后，便再不愿意离开成都了。

人们通过梅梅所拍的片子，能真切感受到她生活在成都的幸福。

她出镜所拍的《成都"洋媳妇"的大运志愿梦》《我在中国学功夫》《皮影里的光影成都》《发现成都之美》等视频向海外推出后，无不掀起点播狂潮。观看这些视频的网友，绝大部分来自美国、加拿大、英国、法国、德国、意大利、澳大利亚，以及马来西亚、新加坡等国家，不少人在心里艳羡她在成都的幸福生活的同时，还纷纷留言评论：

"梅梅，你老公好帅啊，恭喜！看来你真的很喜欢在成都的生活，真的很棒。"

"梅梅，你能帮忙介绍一个你老公那样的成都男人给我吗？我也想到成都生活啊！"

"我希望这个视频还能再长一点，你对于跨文化交流的热情和奉献真的太棒了。"

"梅梅，我在美国，教教我如何结识一个成都帅哥？"

……

有意思的是，莫拉雷斯坚定地奔着成都而来，他曾经的合作伙伴安德烈斯和安东尼奥却因家庭或个人的原因，而在三年间，先后离开了成都。

合作伙伴走后，莫拉雷斯虽然在事业上有些孤单，却毫无归国之念。因为在成都，他能看到自己光明的前途及人生的幸福，尤其是在迎娶朗金之后，满满的幸福感让他舒心惬意。

为了与亲人朋友分享自己的幸福，渐渐地，莫拉雷斯也成了中西友谊的民间大使，会努力向西班牙的亲人和朋友宣传成都，宣传中国。

当初，得知莫拉雷斯要到中国工作之时，莫拉雷斯的亲人朋友几乎都不理解，在他们的心中，西班牙是一个令人羡慕的天堂国度，为啥要跑到中国去工作呢？

莫拉雷斯理解他们的不理解，因为西班牙是旅游胜地，欧洲不少人都会前往西班牙旅游，所以西班牙人认为，大家都往西班牙跑，西班牙当然是世界上最好的国家，是人间天堂。

但莫拉雷斯微笑着的回答却是固执的："那是因为你们没再去过中国，没有去过成都，没有比较，没有感受，你们当然不知道中国有多好，成都有多好，你们当然只认为西班牙是天下最好的。"

莫拉雷斯明白，自己的亲人和朋友，以及大多数西班牙人不相信他会在中国、在成都生活得很开心。自己怎么解释也没用，怎么解释他们也不会懂。因为欧洲的很多书籍报刊在讲到中国之时，传达出来的还是三四十年前的中国的信息，几乎没能客观地传播今日中国的飞速发展，因而欧洲人无法正确地认识真实的中国。

所以，莫拉雷斯在工作之余，便会努力地向欧洲，尤其向西班牙宣传中国，宣传成都。虽然是一己之力，但是他的宣传效果还是可以的，不少西班牙人因此前来中国旅游之后，不仅拥有满满的收获，一改西方媒体留在脑海中的中国印象，还成了积极宣传中国的新生力量。

2017年5月，成都与瓦伦西亚缔结成了姊妹友好城市。莫拉雷斯很开心，他自豪地觉得，自己和朋友们多年如一日努力宣传成都，或许对此起到了一定的作用。

2019年8月，莫拉雷斯又把12岁的儿子哈维尔接到了成都玩。哈维尔在成都玩了两个月，对成都的印象也很好，觉得成都人热情、友善，成都好吃的东西多，回锅肉、宫保鸡丁、火锅、串串香、冒菜……总也吃不够。

莫拉雷斯也喜欢吃这些美食。身为好吃嘴的他，尽管待在成都已经好些年了，却总能在某个馆子发现自己没有吃过的好菜，这个持续发现美食的过程，让他觉得既新鲜，又很有成就感。他觉得成都非常棒，自己也非常棒。

当西班牙驻成都总领事馆开始筹备之时，作为在成都工作的西班牙人中的一员，莫拉雷斯常常以自己在成都十年的经历为西班牙领事解读成都，让其了解成都的历史文化、风土人情，以及成都人的思维方式、工作方式等等。他希望自己能成为一座桥梁，让西班牙的同胞可以更多地认识成都，了解成都在中国的重要地位。

如今，说一口标准普通话的英国人高睿，已是一名很受欢迎的国际双语主持人，因经常对外宣传成都，而被授予"成都文化旅游全球推广大使"称号。

"我想用我的视角，以及我自己的故事，向世界展示成都秀丽的天府文化，让更多的外国朋友认识、了解成都这座充满活力的国际大都市。"

在成都快乐生活的日子，或许早已令高睿忘记故乡："我和成都的缘分很深，每一个快乐的回忆，都是一种感恩。我喜欢这里工作的快节奏，又喜欢这里休闲的慢生活，在这里，我也找到了自己的爱人。中国诗人苏东坡说，'此心安处是吾乡'，意思是把心安顿下来，你所在的地方就是你自己的家乡。伦敦是我曾经的故乡，而成都，将是我今后的家乡。"

成都人的生活方式和处世哲学，最显著的标志便是闲适、恬淡、安逸、洒脱、和善、包容、不疾不徐、张弛有度……其实，这种生活方式和处世哲学，是建立在成都人对美好生活高标准达到要求的基础之上的，所谓"仓廪实而知礼节，衣食足而知荣辱"。

得知哥哥在成都生活得既成功又幸福之后，高睿的弟弟也来到了成都发展。

放飞人生理想

见到公园一般的成都飞来了越来越多的候鸟，有的候鸟还留了下来，匡晓明和贺克斌时常笑称自己也是一只候鸟。

不过，候鸟因成都的好而来，是为了成就自己生活的美好。匡晓明和贺克斌热爱成都，却是为了让成都变得更好，让梦想照进现实。

因为独特的城市环境，成都，自古至今都是"蓉漂"福地。

沿着时间的河流上行，我们能轻易发现，古代的"蓉漂"族中，名贤咸集、青史留名者甚多，有问鼎王位的开明氏、杜宇；有中国历史上第一个兴办地方官学的文翁；有以超人智慧促天下三分，中国古代杰出的政治家、军事家、文学家、发明家诸葛亮；有用浣花溪的水、木芙蓉的皮、芙蓉花的汁制得雅笺的女诗人薛涛……他们人生的辉煌，都是在成都实现的。

成都，多少"蓉漂"曾为它那超乎寻常的美丽和名扬天下的特质贡献过汗水与心血。

战国时期著名纵横家、外交家和谋略家魏国安邑（今山西万荣县）人张仪任蜀郡守时，于公元前311年，按照秦首都咸阳的建制修筑了新的成都城，城周12里，高7丈，城内分为大城和少城两部分，"二城并列"的格局承续了2000多年。

相关记载可见《搜神记》卷十三:"秦惠王二十七年,使张仪筑成都城,屡颓。忽有大龟浮于江,至东子城东南隅而毙。仪以问巫。"巫曰:'依龟筑之。'"

《华阳国志》也记载:"秦惠王十二年,张仪司马错破蜀,克之。仪因筑城,城终颓坏。后有一大龟从硎而出,周行旋走。乃依龟行所,筑之乃成。"

《寰宇记》引《周地图记》云:"仪筑城,城屡坏不能立,忽有大龟周行旋步,巫言依龟行处筑之,城乃得立。"

后来《类林杂说》卷十四:"秦遣张仪收蜀,仪至蜀,筑成都,屡筑屡坏,仪患之。忽有大龟行于野,其迹周围数十里。仪使役夫以龟所行围就筑之,遂不坏。城既成,龟辄死,仪使人藏龟所遗壳于武库后。"

明代曹学佺《蜀中名胜记》中也转引了这一说法。

而《成都通史》认为,这次修筑成都城的具体领导者,应是蜀相陈壮(陈庄)。

理由是,公元前310年,张仪还在燕国劝说燕王归顺秦国。回国途中,秦惠王去世,秦武王继位。秦武王一向对张仪不爽,张仪不敢回国,投奔魏国,第二年死在魏国。

张若是在秦昭王二十二年(公元前285年)才任蜀郡太守的,怎么可能参与25年前修筑成都城的工作呢?

所以,《成都通史》认为是陈壮修筑了成都城。只是因为陈壮后因谋反被诛杀,成了负面人物,所以把他的政绩挪到了张仪和张若身上。

当然,这里只是论及"蓉漂",而不是论证建城人。

张仪筑城后六十年,秦昭王末年(约公元前256年~前251年),蜀郡太守李冰父子,在前人鳖灵开凿的基础上,组织修建了大型水利工程都江堰,这座令后世叹服的伟大工程,2000多年来一直发挥着防洪灌溉的作用，使成都平原成为沃野千里的天府之国，纵横阡陌的田原深处，人烟阜盛，幸福荡漾，绵延至今。

唐僖宗乾符三年（876 年），西川节度使、幽州（今北京市）人高骈，组织改道郫江，使检江和郫江二江"双过郡下"、延续千余年的成都，变成了二江抱城、溪水穿城的成都。

邢州龙冈县（今河北邢台）人孟知祥开国后蜀，大兴城建，使成都得到很好的发展。

宋时，繁华成都被誉"扬一益二"，无奈宋金之战，毁坏殆尽。这一颓败格局直到明朝开国元勋、江苏盱眙人李文忠主政成都，才得以修复。

……

在成都的发展史上，也有多少"蓉漂"为之留下过赞美的诗文，其中最出名者，当数李白、杜甫。

唐开元八年（720 年），21 岁的李白从家乡江油到成都寻找发展机会，客居成都时，留下了传唱千古的诗作和文坛佳话。

因为太爱成都，即使出川之后再未回过成都，与成都的情感依然在诗仙的脑子中萦绕，因而漂泊他乡多年以后，他仍在《上皇西巡南京歌十首》中再次为成都放歌：

> 九天开出一成都，
> 万户千门入画图。
> 草树云山如锦绣，
> 秦川得及此间无。

在李白眼中，锦城成都如九天所开，万户千门像画图一样美丽。成都的草树云山都如同锦绣一般美丽，秦川长安的风光怎能比得上成都呢！

李白的崇拜者杜甫，因安史之乱避居成都时，成都的美好与包容，让他诗兴大发，先后创作200多首诗歌，表达对成都深入骨髓的感情，他也因此到达文学生涯的巅峰。

王勃、杨炯、卢照邻、骆宾王、王维、崔颢、张说、孟浩然、李商隐、陆游、柳永都曾是"蓉漂"，也都纷纷向成都献爱。

在游览杜甫草堂、武侯祠、望江公园、都江堰的同时，美国人江喃进一步感受到成都人的善良、热情、包容是有传统的，因为这几个公园纪念的主角，均非成都本地人：杜甫草堂是唐朝著名诗人杜甫的故居所在，杜甫是河南巩县人；武侯祠纪念的是诸葛亮和刘备，诸葛亮是山东沂南人，刘备是河北涿州人；望江公园纪念的是唐朝著名女诗人薛涛，薛涛是陕西西安人；都江堰二王庙纪念的是李冰父子，李冰父子亦非成都本地人……

心胸开阔，天地朗清。乐观的人自带光环，包容的城市始终美丽。因而"蓉漂"族从古到今，川流不息。

自2018年获"建设天府新区杰出贡献奖"后，匡晓明便把自己看成天府新区的一部分和成都市民的一分子，把天府新区的规划设计当成自己的事。

他像候鸟一样在成都与上海之间起起落落。因成都的美好而来，为让成都更美好，而奉献着自己的智慧。

像匡晓明这样的城市规划专家还有西班牙人莫拉雷斯。

莫拉雷斯生活在成都的信念是：爱成都，就要为使成都变得更美丽而努力。

第二次到成都之后，莫拉雷斯先是在安德烈斯和安东尼奥合开的公司里工作，当安德烈斯和安东尼奥回国之后，他又在成都本地一家公司担任创意设计总监，并在这家公司工作了近六年，先后创意设计了成都龙泉驿市民公园、成都青羊区政府办公大楼、成都温江国色天乡乐园改造、四川银河投资集团综合大楼、九寨天堂岛项目旅游规划及概念设计、黄龙溪房地产及康养产业项目概念规划、九寨沟度假村旅游综合体等项目。

莫拉雷斯在该公司做设计的时候，所做项目并不局限于成都或四川，而是遍布全国各地：株洲一家产业园区项目、醴陵新城规划及市民中心项目、株洲智谷项目、西藏扎囊产业园区项目、宁波四明湖旅游综合体项目、重庆圣名环球城主题乐园项目、河北吴桥杂技城项目、哈尔滨四季美丽小镇项目、广西地中海风格文化商业小镇项目……

但是，莫拉雷斯在公司所做设计多与房屋建筑有关，而他更擅长的设计却在旅游、人居、城市环境等方面。因此，2019年10月9日，他离开了那家成都本地的公司，注册了一家以自己名字音译为名的公司：四川贝壳莫拉雷斯建筑设计咨询有限公司，并出任总经理。

有了自己的公司后，莫拉雷斯便积极参与成都一些工程的招投标，顺利地通过公平竞争拿下一些项目，并结合中国传统文化、现代科技、时尚生活，融会公园城市、绿色城市、新体验元素进行设计。

在成都，每条路都连接未来，每个梦都始于足下。对未来，莫拉雷斯充满信心。

因为热爱成都，美国人斯科特·施雷德也积极参与成都公园城市的景观设计，为成都的锦上添花而奉献着自己的智慧。

斯科特·施雷德是一位世界著名的城市景观设计师，到中国后，他给自己取了一个马清南的中文名字。

令马清南引以为傲的是，他曾参与美国著名的哈德逊河公园和高线公园的设计。

哈德逊河公园是美国纽约继中央公园后最大的公园，将近550英亩。公园内有风景秀丽的公共码头、水滨大道、林荫大道、步行街，以及一个横跨公园约5英里的自行车道。

公园内设计了羽毛球场、网球场、足球场、操场、篮球场、儿童游乐园等设施，以满足个人或团体运动休闲娱乐活动的需要。在切尔西码头，有保龄球道、运动场、溜冰场和攀岩设施，该码头还可以进行皮划艇比赛，或在滨水沿岸自由垂钓。

而位于曼哈顿中城西侧，与哈德逊城市广场相映成趣的高线空中花园，则修建在高架铁路之上。这段修建于1930年，总长约2.4公里，距离地面约9.1米的铁路，曾是连接肉类加工区和哈德逊港口的货运专用线，自1980年功成身退后，被改建成了郁郁葱葱却又远离车辆喧嚣的绿色走廊。

顺着高线空中花园悠闲散步，可欣赏自由女神像、帝国大厦、洛克菲勒中心等纽约地标建筑，和宽阔平静的哈德逊河的静谧风光。

除此以外，马清南的作品还遍布纽约、香港、上海等一些国际化大都市。

马清南第一次到成都之时，成都城市建设正如火如荼，到处都在"修"，不少街巷都实施了打围，可他依然觉得成都好。

因为成都正在猛"修"的是地铁，这便会使这座城市变得更美好。

当年，行走在这座正在"修炼"、自己打小就喜欢、比想象中更好的城市之中，马清南不仅仅有诸多感叹，还有抑制不住的心动：成都的"修"与"炼"要是能跟自己的事业契合在一起，那该多好！哪怕能参与一个项目也行。

在成都旅游短住两个星期的他，暗下决心要找机会到成都工作，要参与到成都的未来建设中。

于是 2018 年，他通过项目投标的方式来到成都，此后参与了成都的数十个与公园相关项目的设计。总面积大约 9.3 平方公里的南天府公园便是他正在参与设计的作品。

马清南擅长利用原土材料搭配植物创造出适合居住的环境。除了美观设计以外，他通常会把环保概念加入设计当中去，尤其是对植物和装饰材料的选取。

在进行景观设计的时候，马清南更多的是站在客户的角度去观察和思考，尽量用简单个性化的方式去打造环境，无论是山顶花园还是别墅豪宅。

马清南设计的景观，能使客户愿意花更多的时间待在室外，以感受自然的氛围。

成都花园城市的数千年传统是马清南寻找设计灵感的天然素材库。成都独特的气候条件是马清南设计特色的存在基础。时尚、生态、人居、未来，是他设计的重要功能。

世事如镜，你笑它便笑；人事如春，你暖他才暖。在成都这么美好的城市开创自己的事业，马清南的心情愉悦似蜜。

在成都的岁月里，通过舞台主持，英国人高睿不仅见证了成都和世界在金融、文化、旅游等方面的多种形式的国际合作与交流，还发现成都十分适合年轻人创业，成都特有的潮流范儿，也让他看到了难得的商机，特别喜欢服饰搭配的他，在担任主持人的同时，还创办了自己的定制服装店。

这样的创业环境，高睿高度肯定："在成都，你有很多渠道和机会，去做自己想做的事。而你做的事，也很有可能会直接影响到这座城市的成长。"

是的，无论居住还是创业，成都市都有着越来越明媚的城市图谱。

第七章

亮丽图谱

滴水之爱绵绵,爱的海洋汇成
朵花之美延延,美的春天织就

无与伦比的天际线

蓝天是人类梦的港湾。

深邃的思想总爱在蓝天里飞翔,蓝天却真切地在碧水里荡漾。

成都,是盆地里一座仙气缭绕的城市,当蓝天白云在公园城市的建设中成为常态,生活,也便美丽成了幸福的样子。

在过去的 5 年时间里,成都的优良天数从 214 天递增到 287 天,刷新纪录;尘埃数量也从 63 微克每立方米降至 43 微克每立方米;主要污染物 PM2.5 的年均浓度持续降低;首次全面消除重污染天气……

因此,2019 年成都获得国务院通报激励:"……吉林省通化市、黑龙江省七台河市、江苏省常州市、广东省韶关市、四川省成都市,因环境治理工程项目推进快,重点区域大气、重点流域水环境质量明显改善,列入国务院督查激励名单。"

对此,贺克斌很开心,他为自己及团队对成都蓝天保卫战多年如一日殚精竭虑的付出,让成都的天空变得越来越纯净而开心。

有资料表明,中国的大气污染治理,优良效果逐年呈递增效果,而成都,是其中佼佼者。

这还不够,成都追求的是做好 PM2.5 与臭氧防治协同、蓝天与应对气候变化协同、NOx 与 VOCs 减排三大协同,为大气污染防治贡献更多的成都经验。

多年前，贺克斌经历过这样一件事，他在去国外开会后返回成都乘坐机场摆渡车时，身边几个人聊天说，还是国内好，比如国内即使十块钱一碗的那种餐饮小店里，Wi-Fi信号都很好，还是免费的，这比发达国家的一些城市都强。不过，在夸过之后，也有人叹口气说，"今天这空气质量又不怎么样，咱就是这点不如人家。"

后面这句话，很刺激身为大气污染控制理论与技术权威专家的贺克斌。但是，要治理成都雾霾，并不容易。因为成都是盆地地形，常年处于静风少风状况，尘霾扩散条件较差。

然而，贺克斌也对自己说，再难也要啃下这块硬骨头！

自2017年6月正式出台《实施"成都治霾十条"推进铁腕治霾工作方案》、大气污染防治"650"工程，共同打响蓝天保卫战之后，每一微克污染物浓度的改变都牵扯着贺克斌及成都治霾智囊团每个成员的心。因为在这背后都牵涉着庞大的系统工程——产业转型、压减燃煤、控车减油、治污减排、清洁降尘等等，这是颠覆城市既有的生产和生活模式的。如何把蓝天还给成都，把雾霾降至安全，贺克斌及成都治霾智囊团的每个成员把脉问诊，对症下药的功夫没有少花。

"对现在的大气污染治理形势来说，仅仅靠限产限行是不够的，要代之以精准管控，利用大数据和高科技手段开展源解析。"

2017年11月5日，四川出现深秋第一次区域性污染后，贺克斌走上四川省推动绿色发展专题研讨班讲台，为家乡的大气污染防治工作带来前沿的操作指导及科技治霾举措。

差异化、精细化、动态化，这几个关键词在2018年6月召开的2018成都科技治霾国际峰会上，再次被贺克斌提及，这也成为成都打赢蓝天保卫战实施方案的关键词。

2018年10月，贺克斌接过成都市大气复合污染研究和防控院士（专家）工作站专家聘书，之后，便如候鸟一般频繁往返于北京和成都之间，带领团队助力成都大气污染防控。有时候，他一周要在两地间往返三次，为使家乡天空能多多地出现蔚蓝，他完全成了空中飞人。

可喜的是，贺克斌与同仁们的努力取得了显著的成效。

大气环境是否改善，除了相关的技术指标可以体现之外，老百姓的感受也最直接。

大气环境改善了，蓝天白云自然会多起来。

经常往返于成都与北京之间的贺克斌，又一次在飞机上听到了前排两位乘客的聊天：

"你是成都人？"

"是的。你呢？"

"我是北京人，到成都旅游。"

"人家说，成都是一座来了就不想走的城市，你的感觉是这样吗？"

"成都确实很美，就是一座花园城市。而且，好像这两年空气质量也变好了。"

"是啊，作为成都本地人，我对此感受很深，我这一个冬天都没戴口罩。"

说者无意，听者有心，为之付出了努力的贺克斌倍感欣慰。

成都的环境确实变好了。

雨后初晴的傍晚，一马平川的城市被夕阳下遥远的群山环抱，金黄，雪白，夕雾微蓝，轻云出岫，美如画卷。

成都，是世界上唯一一座能在市区观测到7000米级雪山的特大城市。

贡嘎山，海拔7556米，被誉为"蜀山之王"，云蒸霞蔚，金光笼罩，是清澈视界里成都高楼西望最美丽的天际风景。

除此之外，还有海拔6618米的爱德嘉峰，有"蜀山之后"海拔6250米的幺妹峰，有海拔6070米的田海子山，有海拔3660米的牛背山，有"成都第一峰"之称海拔5353米的大雪塘，有海拔5040米的巴郎山……

为了加强城市景观风貌保护，构建优美公园城市形态，彰显地域特色，提升公共空间品质，建设美丽宜居公园城市，2019年8月1日起施行的《成都市城市景观风貌保护条例》有这样的内容："划定重点地区建筑高度控制线，确定建筑后退距离，严格控制建筑密度、体量、色彩等要素，塑造和保护重点地区城市天际线和观望龙门山、龙泉山的视域廊道。"

2020年初印发的《成都市美丽宜居公园城市规划建设导则（试行）》中也明确提到，有条件的片区应沿重要开敞空间构筑观山视域廊道，构建"望山见水"的景观眺望系统。

雨过天晴，天地朗清，成都人最欣喜的事，便是眺望视野之内的万年雪山，享受别具一格的时间画卷。

　　两个黄鹂鸣翠柳，
　　一行白鹭上青天。
　　窗含西岭千秋雪，
　　门泊东吴万里船。

杜甫的诗，写出了拥有雪山的成都令人羡慕的美丽。

在成都,有一群雪山摄影爱好者,他们镜头里的雪山画面并非仅有雪山,而是成都市貌与雪山珠联璧合的美景。

"窗含西岭千秋雪"的诗意再现,这是成都市蓝天保卫战取得的阶段性胜利。

在成都市区望见雪山,优良天气是其必需条件。

有资料显示,2016年,这群摄影爱好者只有十多天能拍到雪山;2017年却增加到三十多天,2次看到蜀山之王贡嘎山,22次看到蜀山之后幺妹峰;2018年,有56天能望见雪山,其中贡嘎山出现3次,幺妹峰的可见次数和2017年一样,22次;2019年,在大成都范围内,有65天能望见雪山,遥望贡嘎山的次数增加到了4次;2020年,成都能遥望雪山的天数高达70天,传统观山旺季的5、6、7、8月遥望雪山总天数达到49天,全年能望见贡嘎山的天数为6天,能遥望到幺妹峰的天数多达15天;2021年1—9月成都有60天能望见雪山,仅7、8、9月就有34天能望见雪山……

生活在成都的人对"窗含西岭千秋雪"的美景早已见惯不惊,但外地人来成都目睹此奇丽景观,往往大为惊叹。

2020年8月的一天,雨过天晴的成都所展现出的圣洁的雪山画卷,就迷倒了《中国国家地理》杂志执行总编辑单之蔷。那天,他特地发微博抒发心中的感叹:

  今天成都展示了一个世界级的雪山城市的最佳形象;

  今天成都的雪山群一举颠覆了成都"蜀犬吠日"的城市天气形象;

  今天成都展示了无与伦比的天际线……

  试问这样浩浩荡荡长达千里、最高点达6千多米的雪峰天际线全世界哪个城市有?

没有。

只有成都。

因为迷恋,2021年4月下旬,单之蔷再次来到成都,为《中国国家地理》杂志寻找灵感、收集素材。在他的眼中,西边横向展开延绵数百公里的群山,这仿佛是"天赐的巨幕",令成都独得天宠。

之后,他在2021年第5期《中国国家地理》杂志的卷首语里写了一篇题为《给成都市长的一封信:千年雪都,归去来兮》的文章。文章中说,"我参加过成都城市形象的一些讨论,记得在几年前,成都把自己的城市形象定位为'东方伊甸园''休闲之都',现在看来这样的定位没有抓住成都区别于其它城市的特征。"他建议成都打造"雪都"概念,并在龙泉山上修一座望雪楼。

单之蔷太喜欢成都了,无论在什么地方,他都不吝对成都的褒扬:"成都是全中国我最喜欢的城市。"

在他眼中,得天独厚的成都,能够满足人们的各种人生需求。比如美食,哪怕小到一个馒头,都会存在不同的美味。

美食是人之所爱,人的一生,唯美食信仰最不动摇。

人生除了美食之外,能产生幸福感的东西还有很多。在成都,跟美食不分上下的是美景。东仰大巴山脉的青嶂,西靠青藏高原的巍峨,北倚神奇秦岭的雄险,南对云贵高原的峻拔。成都位居世界级景观的中心,从成都出发,任何时候都能尽享春夏秋冬的精彩。

众里寻他

美食、美景,人心所向,还有美酒、美境、美人……
成都越来越受到世界各地人们的欢迎。
成都,得天独厚。成都,又一直在蝶变。
如候鸟一样,环境好了,生态好了,时尚发达且宜居宜业,人们便会"漂"来。从四川各地,从全国各地,从世界各地。
真正有魅力的城市,其最大的魅力是市民的归属感、认同感、幸福感,所谓安居才能乐业。幸福感来自于爱的体现。魅力城市亦如梧桐树,能吸引人才。
"蓉漂"者到了成都后,油然地有了主人翁意识。
"衷心感谢您参与'爱上一座城,增添一把椅'活动,在沙河城市公园增添一把长椅……"
这是一封感谢信。
2019年9月,作为沙河城市公园的主管单位,成都市水务局按照建设"幸福河道、智慧河道、文化河道"的总体要求,举办了"爱上一座城,增添一把椅"的活动,开放了70个长椅赠送点位,接受大家的赠送,赵江霞向沙河城市公园捐赠了一把长椅,之后收到了这封感谢信。

这封信，见证了她参与城市建设的温暖。

生于北京的赵江霞是"蓉漂"，她于2017年到成都旅游之后，便被这座城市的生活和工作环境所打动，并选择将成都作为自己成就梦想的地方，来到成都工作。

几年过去，已把自己当成这座城市一分子的赵江霞，自觉地加入了让这座城市变得更美好的阵营。

"因为爱，所以参与；因为参与，所以更爱。"

入乡随俗，自己油然而生的主人翁意识让赵江霞很自豪。美丽的成都确实有其天赋自然的资本，但能在历史长河中一直被人钦赞，也跟成都市民的环保意识、奉献意识密切关联。

一滴水的爱也许算不了什么，但无数个一滴水的爱，能汇成爱的海洋。

一朵花的美也许美不了环境，但无数个一朵花的美，能织就美丽风景。

爱并不一定要你实际性地奉献多少物质化的东西。爱更是一种情怀、一种追求、一种呵护、一种鼓励、一种心心相印。

对热爱成都的人来说，我是成都的小世界，成都是我的大世界。

同样是"蓉漂"，高国瀛则既是公园城市福泽的享受者，又是公园城市建设的参与者。

2017年，曾经感受过美丽成都的高国瀛从哈尔滨工业大学博士毕业后，选择了将成都作为自己事业的拼搏地，就职于四川天府新区公园城市建设局。

他的工作，就是负责公园城市理论、实践路径等的研究，他见证了成都公园城市从理念到实践的完整过程。

有高效明快的创业激情，有安逸闲适的生活情调；能享碧水蓝天的环境，能看天际雪山的神奇；能品诗意古今的文化，能赏红尘滚滚的烟火……

成都，就这样成了人们的向往。

"有一种生活美学叫成都"，这是人们热爱成都的心声。

成都，连续13年荣登"中国最具幸福感城市"榜首。

"凤凰鸣矣，于彼高冈。梧桐生矣，于彼朝阳。"

西班牙人伊格纳西奥·桑托尼亚（Ignacio Santonja），是莫拉雷斯公司的合伙人。说到成都及成都的发展，感慨很深："关于城市生态，成都一直走在正确的道路上，虽然还有很多工作要做，但是成都的未来会越来越好。"

伊格纳西奥·桑托尼亚是2005年到成都工作的，之后便没有离开过成都："我来成都的时候，成都还只有二环路。可以说，我见证了这座城市的飞速发展，这是我人生的幸运。"

如今，伊格纳西奥·桑托尼亚已能够说一口比较流利的汉语："我在成都看到的发展真的非常巨大，成都的发展方向是很正确的，这十多年里，成都不光是城市规模在扩大，城市服务也在提升，老百姓的生活得到了改善。"

在到成都之前，伊格纳西奥·桑托尼亚还在西北一座省会城市待了一年，而他对成都的感受是："两座我生活和工作过的中国省会城市相比较，成都真是要强大得太多。"

对政府部门的工作，伊格纳西奥·桑托尼亚也点赞。他说在几年前，天府大道和人民南路联通，交通非常拥堵。后来政府就建设了一些与之平行的道路，大大缓解了交通拥堵问题。

"政府的态度不是'有问题是吧？我们也没办法'，而是'我们会全力去想办法'。"

在伊格纳西奥·桑托尼亚眼中，这样的政府是真诚地为人民做事的，也是务实高效的。

西班牙驻成都总领事洛佩兹也盛赞成都，觉得成都可能是世界上交通效率最好的超级大城市之一："我在墨西哥时，从城市中一个地方到另一个地方能花掉三四个小时。成都这边的交通模式却非常高效，生活在成都的人可能没什么感觉，但有比较的我却感受很深。"

现代华尔街的风云人物，美国证券界最成功的实践家之一、与巴菲特和索罗斯齐名、被誉为最富远见的国际投资家罗杰斯对成都这样评价："1984年，我第一次到成都，和现在的成都相比，已经今非昔比。"

30年前罗杰斯到成都时，找不到像样的餐厅、旅馆，但是现在的成都变化很多，机场变好了，路变好了，楼也起来了，还有很多在建的大楼。

近年来，成都在不断优化企业项目审批、用地管理、规划许可等服务流程营商环境的基础上，还出台了成都市产业生态圈人才计划政策，从子女入学、住房保障、交流培训、岗位职称等方面，为产业领军人才提供专业化、精准化的支持。

花朵让春天变得美丽，知识让学子变得睿智，人才让成都变得强大。

栽有梧桐树，引得凤凰来。

走在成都街头，如果单纯听行人说话，几乎都是用的普通话，恍然间你有一种走在北方城市街头的感觉。因为有很多外地人来成都创业、投资、安家，以实现自己的人生梦想。

除了蓉漂，不少说惯了普通话的海漂、京漂、沪漂、粤漂、港漂的川籍人才也回来了。

有官方统计数据显示，在天府新区，近年来已落户创新人才14.9万人。而从2015年至2019年，成都市常住人口分别比上年增加23万、126万、12.7万、28.5万、25.1万……

人们喜欢成都的工作和人居环境，觉得在成都办事方便生活舒适，而且行政机关服务意识强。

成都既古老，又时尚；既繁荣，又安逸；既忙碌，又闲雅。

人们辛勤工作的目的，是为了享受生活，成就人生，证明自己。成都润泽了这种幸福哲学。

在世界著名的城市景观设计师马清南眼中，成都非常不俗："即使与全球一些公园城市相比，成都也毫不逊色。"

罗杰斯对成都的生态环境以及宜居宜业性，也给予了高度评价："如果非要在中国选择一个地方定居的话，这个地方就是成都……"

罗杰斯是何等睿智的人！他对成都的好感极具代表性。

虽然在成都才生活三年，意大利美女梅梅却早已把自己当成了成都人，她完全能听懂成都话，也能说部分成都话，不仅能吃川菜，爱吃川菜，还能做炒土豆丝、番茄炒蛋、卤猪蹄、泡椒凤爪等部分川菜。

成都比拼的不仅仅是环境实力，更是城市的幸福指数。

以青山为底、绿道为轴、江河为脉，构建近悦远来的宜居城市、创造普惠共享的生态产品，不断满足人民日益增长的优美生态环境需要，为广大市民带来民生福祉，这是成都公园城市的核心价值和追求目标。

如今的成都，正逐渐形成"绿道蓝网、水城相融、清新明亮"的生态城市格局，"公园城市"已成代名词。

成都就是一个大公园，或者说，成都修建在一座大公园之中。因为成都园中有城、城园相融，不可分割。

努力是春天的播种，奖杯是秋天的收获。

公园城市不仅既赏心又悦目，是美丽，是舒适，是安逸，是幸福，更是财富增长的利器。

天府绿道锦城公园里，锦城湖、桂溪生态公园、中和湿地、江家艺苑、青龙湖，5个特色主题公园相继开放，不仅给城市带来了生态湖泊、公园绿地，也带来了世界顶级展览、亲子马术、皮划艇、低空滑翔等消费场景。

这里有国内首座"莫比乌斯环"式异形拱桥，有四川最大的人工沙滩和无边界游泳池，有开启"绿道+火锅"新模式的沸腾小镇，有"王者荣耀"主题跑道和西部最大的碗池滑板运动场……

根据中国科学院成都环境研究所有关专家的估算，仅锦城公园每年的生态服务价值就约269亿元，从城市绿地生态系统演替和管理维护周期来看，它还可以产生40年以上的持续性效益，总价值可达万亿元以上。

灿烂的方向

成都不仅是文化旅游胜地,也是一片投资的沃土,是吸引人才的梧桐树。

市民的幸福指数与财富创造紧密相连,表现为GDP的增长,表现为创新成果的诞生,表现为大量企业的聚集。

智慧与知识结晶,是财富和未来。

清华四川能源互联网研究院是清华大学与四川省政府为了响应国家"能源革命"新思路、服务四川省创新驱动发展战略、推动天府新区产业发展所共同建立的高层次科研事业单位,这是首个在成都科学城落户的高校科研院所。

该研究院自2016年6月成立以来,在四川取得了良好的成绩,牵头成立了四川省清洁能源产业联盟,挂牌建立能源互联网国家重点实验室分室及成都氢能产业技术研究院,引入了32个高水平科研团队,完成以成都易冲无线、四川昆仑智汇数据为代表的13家科技型企业的产业孵化。

2018年初,习近平总书记来川视察,勉励成都电子信息产业的发展,要提高自主创新能力和国际竞争力,推动中国制造向中国创造转变、中国速度向中国质量转变、中国产品向中国品牌转变。

之后，成都树立了电子信息万亿级产业的目标，并启动了"蓉贝"软件人才计划，每年分别按"行业领军者、技术领衔人、资深工程师"的层次评聘优秀软件人才，多层次、多维度给予软件人才政策支持，推动软件产业高质量发展。

拼搏奋进，才能有产业；智慧加汗水，是成就的前提。

一系列行之有效的措施如春天播种，三年时间过去后，丰硕的收获到来了：到2020年，成都电子信息产业规模达10065.7亿元，同比增长19.8%，成功迈入"万亿级"。

在2021年成都市"两会"上，成都又提出构建"5+5+1"现代化开放型产业体系的目标，除了提升电子信息产业能级，还有装备制造万亿级产业集群。

高速发展的成都，已成为全球电子信息产业版图新地标，吸引了众多人才前来创业。

成都市极米科技有限公司就是其中之一。

成都市极米科技有限公司是一家研发生产智能投影与激光电视系列产品的企业，在过去四年，营收分别为9.98亿元、16.59亿元、21.16亿元和28.28亿元，其中消费级智能微投产品占了绝大部分。

由京东方科技集团股份有限公司投资组建的高科技企业成都京东方光电科技有限公司，名气也很大，该公司研发、设计、生产、销售的各类中小尺寸薄膜晶体管液晶显示器面板（TFT-LCD）及Mate X折叠屏等相关产品，广泛应用于12.1英寸以下的笔记本电脑、平板电脑、数码相框、移动显示、手机等领域。

2020年4月，成都高新区一场投资推介会，吸引了近30家国内外新型显示领域的知名企业。成都路维光电董事长兼总经理杜武兵考察了成都的综合环境之后，当即决定，企业将加大在成都的投资，尽快在成都新建2条G6.5代及以下光掩膜版生产线，同时将外地的G6代生产线也迁入成都。

成都路维光电是成都京东方光电科技有限公司的上游供应商。

成都是京东方的梧桐树，京东方又是其它一些企业的梧桐树。自2015年以来，有超过20家上下游企业因成都京东方光电科技有限公司而来。该公司所在成都高新区，仅仅屏幕显示产业，就聚集了京东方、深天马、中光电、富士康、戴尔、联想、TCL等龙头企业，形成了从上游原材料、中游显示面板到下游终端生产的全产业链。

成都市极米科技有限公司董事长钟波在回成都创业之前，曾在深圳工作了近10年，是极富魅力、非常宜居的成都公园城市环境，以及科技创新的沃土吸引了他。

因为成都是光学研究基地，而光学是未来智能汽车、自动驾驶、AR领域的核心技术。同时，成都对科技企业有较多的支持和服务，高科技企业能更好地解决发展中遇到的问题，政策环境不比深圳差。而且，成都的生活成本和创业成本都比深圳低得多。

成都不仅栽了梧桐树，而且还筑了引凤巢，《供场景给机会加快新经济发展若干政策措施》就是这样的巢。你要真是凤凰你就来吧，成都不仅能给你优惠，更能给你机会。

因此，近年来，独角兽企业开始在成都出现。

所谓"独角兽"企业，是指估值在10亿美元，且创办时间一般在十年以内的企业。

2021年4月的一天，意大利美女梅梅去成都高新区软件园，以一个外国人的视角，探访和体验了一家"独角兽"企业员工的工作状态。

这家企业名叫成都拟合未来科技有限公司（FITURE）。这家企业只用了两年多时间，便以生产"魔镜"而成为智能健身行业的独角兽，也是全球智能健身领域获得 B 轮融资数额最大的企业。

成都拟合未来科技有限公司生产的"魔镜"既是镜子，又是智能"健身教练"，兼具显示屏加镜子的功能。

如果你的形体运动跟随魔镜里的示范动作锻炼，就能燃烧你身体里的卡路里，获得健美的身材，以及健康的身体素质。

成都拟合未来科技有限公司有北京、成都和深圳三个办公区，公司总部在成都办公区。

选择成都作为公司总部，就因为成都无论商业环境、创业环境、人文环境，还是生态环境、生活环境都很好。

在成都总部 400 多名员工中，有 300 多名员工是程序员，他们大都毕业于哈佛大学、卡耐基梅隆大学、清华大学等知名院校。不仅学历高，不少人还曾有在一些国际知名企业工作的经历，他们到成都创业，选择成都安身立命，也是因为成都非比寻常的魅力，或者说独特于国内其它城市的魅力。

梅梅是在一天上午上班的时间去的成都拟合未来科技有限公司。该公司人工智能部门的负责人薛立君告诉她，他毕业于卡耐基梅隆大学，曾供职于特斯拉和大疆公司，有较长的人工智能行业从业经历。

上午的成都拟合未来科技有限公司人工智能部门里一片忙碌，梅梅在薛立君的带领下，用 FITURE 魔镜举行了一场健身比赛。亲身的体验，不仅让梅梅了解到了 FITURE 魔镜的产品特性，也让她感受到了年轻的高科技公司的朝气和活力。

下午两点，薛立君对一款名叫 Like my 的新产品进行了调试。为了游戏互动的实现，薛立君负责的人工智能团队和游戏开发部门展开了方向与细节方面的讨论，这群身怀梦想的年轻人各抒己见，各尽其智,对所从事的职业和工作充满奋斗激情,对公司及自己的未来有着大展宏图的信心。

这世间的事,凡热爱,便是幸福,也不会计较付出精力与时间的多与寡。

到了下班的时候,梅梅发现,成都拟合未来科技有限公司办公区里依旧座无虚席,编程的键盘依然此起彼伏地"啪啪"响着。

薛立君说,对于初创企业来说,公司发展得快,变化也快,员工们都明白应该多花一些时间在工作上,也愿意多花一些时间在工作上。因为想要快速成长,就得多多付出。

而薛立君比一般员工的下班时间还要晚一些。忙碌了一整天,直到晚上九点,他才结束当天的工作,在灯火阑珊中踏上回家的路。

这一天的探访让梅梅感动和震撼。因为对一个意大利人来说,她之前所认识的只是欧洲的工作方式,即准点上班,准点下班,没有柔韧性。成都拟合未来科技有限公司当然也是准点上班的,但是下班之后,大家却都视企业为家,更愿意多加一会儿班。

这既是为自己,也是为企业。

在成都拟合未来科技有限公司,梅梅了解到了成都城市活力的体现方式。

成都拟合未来科技有限公司 CEO、联合创始人唐广天对自己的企业选择成都作为总部给出了这样的解释:

"一线城市也好,新一线城市也好,对企业最有利的城市才是创业者最应该的选择,而成都对于初创企业是最友好的城市之一。因为成都的政府工作很到位、房价也不高,初创企业选择成都,早期成本相对较低。再有就是,成都不仅是一个和谐包容、智慧诚信、务实创新的城市,还是有着非常好的可支配收入用于消费、消费能力非常发达的城市，我们选择成都创业，并且研发具有'健身教练'功能的高科技镜子，和成都的这些特质是非常契合的。"

民心是天，政务是地。

独角兽企业是有活力的，一座城市的活力就体现在人的活力，企业的活力、市民的活力、生活的活力等诸多方面。独角兽企业里的这些高科技人才对工作的专注程度，以及他们为自己人生理想的付出，便是最具活力的体现。

2020年9月15日宣布成立的沃飞长空科技有限公司（AEROFUGIA），是浙江吉利控股集团有限公司旗下一家以无人飞行器、物联网平台及创新服务为核心品牌的科技公司。公司总部位于成都，在上海、深圳、武汉及海外设有分支机构，拥有完整而现代的研发、测试、生产、培训及服务场所。

沃飞长空科技有限公司为何要将总部设在成都？原因很简单："选择一个创新、公平、接纳度高的城市作为企业总部，其重要性在于能促进企业的发展理念和人才构架一直都处在最前沿，这样的理念也会从成都这个总部辐射到全球。"

总裁郭亮也给出了答案："成都的优势在于为工业级无人机新技术提供了应用场景，同时，公平稳定的营商环境建设可以让市场主体安心投资、专心经营、全心发展。"

郭亮是雅安人，从小就对航空有着浓厚兴趣，2015年从南京航空航天大学飞行器设计专业博士毕业后，致力于工业级无人机研发的他，受到成都"双创"的召唤来到成都，于当年9月15日，与其团队成立了傲势科技公司，开启了创业之路。

选择成都作为自己公司的创业地点，郭亮认为这是自己所做的非常正确的一件事。在他看来，成都不仅是一座非常适合生活、具有烟火气息的城市，而且在创新创业方面也有相应的产业优势、人才优势、政策扶持优势。

在产业优势方面，成都拥有很多机电供应商、生产配套商；在人才优势方面，成都的高校资源能够完全满足企业对于相应人才的需求，不仅能招揽到专业航空器设计人才，还能招揽到算法、人工智能、通讯电子等方面的人才；在政策优势方面，成都对于高精尖产业给予了极为倾斜的优惠政策。

气候湿润外加土壤肥沃，有利于参天大树的出现。

因此傲势科技公司迅速成长，公司规模不仅发展到拥有400余人，还在北京、上海、武汉也设有相应的工厂和研发基地。

青年创业筑梦工程，为高层次人才提供住房、子女教育、交通出行等各方面的便利政策，这对人才的吸引力是非常强的。在成都，是真真正正创新有平台、创业有底气、就业有机会、情感有归属。

目前，沃飞长空科技有限公司总资产约25亿元，估值逾百亿，成立首年的2020年，共投入资金超4亿元，同年订单总量超1亿元。公司旗下的傲势工业无人机作为行业领导者，长程激光雷达工业级无人机市场份额超过60%。

郭亮带领团队完成一次次产品的革新和业务形态的精进，从而使沃飞长空科技有限公司成为迅速崛起的工业级无人机整体解决方案商，同时也是成都市"双创"大潮中涌现出的著名无人机企业以及成都市准独角兽企业。

沃飞长空科技有限公司有着远大的理想，将致力于锻造以无人驾驶飞行器技术为核心的新一代通用航空技术体系，打造以"硬件、软件、服务"的通航产品"三支柱"，并赋能于各行各业，塑造以"通航跨界生态"为内涵的新一代通用航空发展格局，力争在三到五年内成为全球通用航空领域的头部企业,形成覆盖全国、进军全球的通用航空产业布局;十年内形成超千亿级的航空产业集群,成为世界领先的通用航空产业集团。

和乐美地

　　明媚的阳光下，挂着梦想露珠的植物正在生长，晶莹闪闪。植被丛中，也有鲜花羞涩地绽开，娇艳欲滴。澄澈的水潺潺流动，轻扣心弦。婉转的鸟鸣，嘤嘤成韵……

　　这往往是纪录片中最打动人心的清晨的镜头。

　　成都拟合未来科技有限公司和沃飞长空科技有限公司，只是成都众多初创企业的一个缩影，正是因为有了成都这块阳光明媚的创业热土的滋润，有了充足的人才储备和企业政策，才会成就越来越多的独角兽企业，在朝晖映照般的成都，实现创业梦想。

　　2021年4月26日，长城战略咨询发布了《中国独角兽企业研究报告2021》。报告称，2016年—2020年，中国独角兽企业的数量由131家攀升至251家，2021年截至3月31日，新晋23家独角兽企业。

　　2020年中国251家独角兽企业总估值超过万亿美元，其中估值超过（含）100亿美元的超级独角兽企业共12家，包含字节跳动、蚂蚁集团、滴滴出行、菜鸟网络、快手、微众银行、京东科技、京东物流、满帮集团等。12家整体估值占中国独角兽企业群体总估值的52.6%。

　　从行业来看，分布于27个赛道、88个细分赛道。新能源与智能汽车、数字文娱、智慧物流、数字医疗、人工智能、新零售、电子商务、互联网教育、创新药与器械、产业互联网等赛道均拥有 10 家以上独角兽企业；2020 年新出现网红爆品、商业卫星、智能充电、AI 制药、半导体材料、知识产权数据服务、数字医助、在线教室、数字健身等 9 个新赛道。

从城市来看，251 家独角兽企业主要分布在 29 个城市，"北上杭深"共有独角兽 171 家，随后是广州 12 家，南京 11 家，天津 9 家，青岛 8 家，成都 5 家。京津冀、长三角、珠三角、成渝地区集聚全国约九成独角兽，区域集聚效应显著。

从上市企业来看，2020 年全年共有 24 家独角兽企业上市，12 家独角兽企业选择美股上市，8 家选择中国资本市场上市，4 家选择港股上市。中国资本市场深化改革的利好效应正在独角兽企业中凸显，有 6 家登陆科创板、1 家登陆创业板。24 家上市独角兽企业主要分布在创新药与器械、新能源与智能汽车等赛道。

在 2020 年 251 家中国独角兽企业中，成都有准时达、壹玖壹玖、驹马物流、医联、未来医生 5 家企业上榜，成都拟合未来科技有限公司、威斯克生物则成功入选 2021 年新晋独角兽企业。

成都威斯克生物医药有限公司在 2020 年 7 月才注册成立。这家公司位于成都天府国际生物城，由四川大学华西医院生物治疗国家重点实验室主任魏于全团队创办，是成都高新区与四川大学共建的新型研发机构。

魏于全 1959 年 6 月出生于四川省南江县，1978 年考入华西医科大学，先后获得学士、硕士学位；1986 年硕士毕业后留校任教；1996 年获得日本京都大学医学博士学位回国；1997 年获得国家杰出青年科学基金支持；2001 年担任人类疾病生物治疗教育部重点实验室主任；2003 年当选为中国科学院院士；2005 年担任生物治疗国家重点实验室

（四川大学）主任。

魏于全主要从事肿瘤生物治疗的基础研究、关键技术开发、产品研发及临床治疗等，致力于有关肿瘤微环境、免疫治疗、基因治疗与靶向药物等的纵深探索，发现了阻断HSP70表达，可诱导癌细胞凋亡。

2020年9月8日，魏于全荣获"全国抗击新冠肺炎疫情先进个人"称号。

成都威斯克生物医药有限公司成立当月，便获天府国际生物城战略投资；2020年11月，获得上海医药、四川发展3亿元人民币战略投资；2021年2月，再获上海医药投资；2021年4月，获海尔资本、中金浦成、恒泰华盛资产、鼎晖投资、国高成果投资。成立至今不过10个月，威斯克公司估值已达60多亿。

威斯克生物致力新型冠状病毒疫苗、流感病毒疫苗、肿瘤疫苗和细胞治疗等多个产品的研发和产业化。其研发的新冠疫苗是国家批准进入临床试验的11款新冠疫苗之一，也是中国首个昆虫细胞生产的重组蛋白新冠疫苗。

2017年9月，成都市对外发布《成都电子信息产业功能区总体规划》，以电子科技大学为核心，以郫都区和高新西区为两翼，建设总规划面积为121.4平方公里的电子信息产业功能区，计划在2022年将电子信息产业功能区打造为万亿级产业集群，在66个功能区中体量排名第一。

数据显示，2017年当年，成都市电子信息产业规模便达6393亿元。

优化产业布局、提升产业链水平，是成都电子信息产业迈向"万亿级"的秘诀。

过去招商是散板模式，现在却注重大项目的挖掘，因为重大项目背后存在上下游产业，能形成产业集群。

2019年8月，一批总投资额高达254亿元的电子信息项目与成都举行集中签约仪式，其中有集成电路领域产品和服务提供商，核心事业涵盖芯片与方案、硅材料、先进封测三大领域的北京奕斯伟科技集团有限公司（ESWIN）等龙头企业。

北京奕斯伟科技集团有限公司的董事长王东升，是个了不起的传奇人物，他是财务、系统工程及半导体产业等方面的资深专家。

1993年，王东升创立京东方，他领导京东方历经二十余年使之成长为全球显示领域领先企业；他提出"半导体显示"概念，明晰了业界对各类新型显示技术的界定；他带领京东方开创了中国半导体显示产业新格局，解决了中国大陆"缺芯少屏"的"屏"的问题，他被誉为"中国半导体显示产业之父"。

2019年6月，王东升卸任京东方董事长，随后应邀加盟北京奕斯伟科技有限公司，开创中国"芯"事业。2020年2月，北京奕斯伟科技集团重组创立，王东升出任董事长。

截至2019年底，成都拥有电子信息类国家级协同创新中心10个、工程研究中心2个、工程技术研究中心29个、重点实验室3个；拥有市级以上电子信息类企业技术中心258个，以企业为主体的创新体系初步起势……

2020年疫情之下，成都京东方光电科技有限公司是全国较早复工的企业之一，因为成都市经信局专门成立专班专员帮助企业复工复产，及时帮助企业解决了供应链、员工返岗等问题，保证了企业的稳定运行。

成都还借助资本市场，以市场化手段培育科创企业，促进科技、资本和产业高水平循环，仅 2020 年便帮助秦川物联、盟升电子等电子信息企业上市；通过重构流程，成都帮助企业实现项目实施有效提速……

作为公园城市首提地，成都致力于构建"创新策源"功能支撑下的绿色动力体系。

为了保证万亿级产业的形成，成都高瞻远瞩地布局了新型基础设施、公共服务设施和重大功能平台；构建了"科学发现·技术发明·成果转化·产业创新·未来城市"一体贯通的全周期创新体系；规划了 66 个产城融合、职住平衡的产业功能区，14 个高效协同、开放共享的产业生态圈；提出了"场景营城、产品赋能"的重要理念，并积极推进产业与资本的融合，构建现代金融产业生态圈。

近几年，在集成电路、新型显示、软件服务、智能终端等领域，汇聚了紫光成都集成电路基地、京东方第 6 代 LTPS / AMOLED 生产线、中国中铁轨道研发设计中心、天府国际生物城、英特尔"骏马"、微芯区域总部、微软、华为等国内外知名企业，初步形成具有成都特色的产业聚集效应，在世界级集成电路制造基地和高端制造优势方面，凸显了成都在全球配置要素资源的能力。

2021 年，成都对产业发展的规划布局更加清晰——大力提升电子信息产业能级，积极培育装备制造万亿级产业集群，持续壮大生物医药、新型材料、绿色食品等产业集群……

2021 年 1 月 25 日，四川省政府新闻办在成都举行发布会，解读《国家数字经济创新发展试验区（四川）建设工作方案》，力争到 2022 年，全省数字经济规模超过 2 万亿元，占 GDP 比重达到 40%。2022 年四川数字经济总量成功突破 2 万亿元大关。

在西部（成都）科学城内，还有包括成都超算中心在内的 11 个重大科技基础设施项目，以及中科院、国家农业科学院等17个国家创新平台，清华大学、上海交通大学等41个校院地合作项目落地生根。

其中成都超算中心于2020年10月底建成，这是西部第一个国家级超级计算机中心，最高运算速度达到10亿亿次/秒，在全球超级计算机里排名前十。

正加快筹建的天府实验室，还将在新一代信息技术、生命健康、空天技术、先进能源等领域，朝着世界科技前沿进发；多态耦合轨道交通动模试验平台、空间轻型高分辨率光学成像相机系统研制平台、宇宙线物理研究与探测技术研发平台等，也相继开启建设模式……

2021年底以来，中国科学院成都分院各机构陆续入驻科学城新园区，未来这里将聚集上万名科研人员，为西部（成都）科学城建设提供重要的科技创新骨干力量。

跟中科院成都分院一样，云从科技、商汤科技、华为鲲鹏等众多高新技术企业纷纷选择落户天府新区。

云从科技是一家人工智能科技企业，全称云从科技集团股份有限公司，总部位于广州，由曾任中国科学院重庆绿色智能技术研究院信息所副所长、智能多媒体技术研究中心主任、成功研发国内首套"人脸识别支付"系统、人证合一人脸验证系统的周曦博士创立于2015年，业务涵盖智慧金融、智慧治理、智慧出行、智慧商业等领域，为客户提供个性化、场景化、行业化的智能服务。

作为首个同时承建三大国家平台，并参与国家及行业标准制定的人工智能领军企业，也是国家新基建发展的中坚代表。依托全球领先的人机协同操作系统，将感知、认知、决策的核心技术闭环运用于跨场景、跨行业的智慧解决方案，全面提升生产效率和品质，让AI真正造福于人，助推国家从数字化到智慧化转型升级。

商汤科技全称商汤集团有限公司，是一家行业领先的人工智能软件公司，亚洲最大的人工智能软件公司，2014年成立于香港，创始团队源于2001年在香港创立的香港中文大学多媒体实验室。成员包括人工智能科学家、香港中文大学信息工程学系教授、工程学院杰出学人、中国科学院深圳先进技术研究院副院长、上海人工智能实验室主任汤晓鸥教授及实验室的核心成员，公司有40位教授，逾5000名员工，其中约三分之二为科学家及工程师。

该公司以"坚持原创，让AI引领人类进步"为使命，拥有深厚的学术积累，并长期投入于原创技术研究，不断增强行业领先的全栈式人工智能能力，涵盖感知智能、决策智能、智能内容生成和智能内容增强等关键技术领域，同时包含AI芯片、AI传感器及AI算力基础设施在内的关键能力。此外，商汤前瞻性打造新型人工智能基础设施——SenseCore商汤AI大装置，打通算力、算法和平台，大幅降低人工智能生产要素价格，实现高效率、低成本、规模化的AI创新和落地，进而打通商业价值闭环，解决长尾应用问题，推动人工智能进入工业化发展阶段。

"以人工智能实现物理世界和数字世界的连接，促进社会生产力可持续发展，并为人们带来更好的虚实结合生活体验"是该公司愿景，其业务涵盖智慧商业、智慧城市、智慧生活、智能汽车四大板块，相关产品与解决方案深受客户与合作伙伴好评。

如今，西部（成都）科学城已成为集科研、创新、孵化等于一体的高新技术产业聚集地。

2016年，高旻和朋友们来到成都，共同创办了四川见山科技有限责任公司，专注于高精度数字孪生城市的平台研发和行业垂直领域应用。他们在2021年初完成自主知识产权的第一代公园城市多规合一软件研发，并在同年获得专精特新企业认证。

高旻的公司出产的产品，为政府在城市规划建设中的科学决策提供了三维实景数据支撑，提高了城市建设的科学性。同时，又利用城市空间数据，有效地为企业在选址、设计、招商等场景提供数字化服务，帮企业降低成本提高效益。

高旻的公司还利用卫星遥感资源，研发300米电子网格的二氧化碳日均浓度热力图，根据碳的宏观分布，微观分析碳排放源问题，再结合国网电表大数据和数字孪生技术，实现楼宇用电能耗监测，为其提供能源优化方案，以实现生产、生活、生态间的低碳布局。

他们在"引大济岷"水利工程和兴隆湖生态治理数字平台的研发项目上，还依托清华大学四川研究院的专业优势和6年来在兴隆湖上、下游积累的检测数据，与之达成数据资源同享，技术专利共用的跨界合作。

公园城市的成都，为高旻的事业发展提供了土壤和机会，他的企业不仅员工从2020年年底的40多人发展到如今的近300人，销售规模也从2020年的1000万元发展到2022年的2亿元。

在天府新区，西部（成都）科学城、天府兴隆湖实验室、天府永兴实验室、国家川藏铁路技术创新中心先后挂牌，成都超算中心纳入国家超算中心序列，跨尺度矢量光场、电磁驱动聚变大科学装置获批国家"十四五"重大科技基础设施，聚集"中科系""中核系"等国家级创新平台35个……科技创新的强大动能正在这里澎湃奔涌。

有烁彤辉之明媚，粲雕霞之繁悦。美丽的成都，美了多少人的心。

"成都，已经是我的第二故乡。"莫拉雷斯经常这样对朋友说，语气中带着自豪。

莫拉雷斯来中国差不多十年了，他喜欢自己像一个成都本地人一般地生活，他也把自己当成了一个地道的成都人。

在2020新冠肺炎疫情防护期间，成都市民都按要求被隔离在家，为了解除市民们的恐惧与孤独，莫拉雷斯却与妻子朗金以及成都文艺界的一些朋友，去慰问演出：他们在社区楼下唱歌、跳舞，市民们则在楼上观看。

而且，自从注册了属于自己的公司之后，莫拉雷斯便在成都交起了社保，目前已经交了两年了。自己没开公司之前，他是没有买社保的，虽然那时候他交了很多税。因为在中国工作的外国人的税是必须要交的，但是否交社保，却未有硬性要求。

为了活得跟一个普通中国人一样，莫拉雷斯申请交了社保。想到自己老了之后，能领到养老金，他很开心："这是一件充满期待且幸福的事"。

莫拉雷斯现在最大的愿望就是能够拿到中国国籍，成为一个永远的中国人。

"虽然这很难，不过，我相信这一天不远了。"

因为一个外国人与中国人结婚五年之后，拥有中国国籍这件事就会成为可能。

再次来到成都以后，莫拉雷斯便没停止过工作，也没有时间学汉语，现在，他有了学习汉语的计划，在接下来的两年中，他会每天学习汉语。朗金也希望莫拉雷斯能为此专门投入时间，甚至觉得去大学请老师来教他都可以。

莫拉雷斯说，之前，自己留在成都的原因是工作。认识朗金且与之结为夫妻之后，妻子又成为自己留下来的重要原因之一。非常幸福的他，感叹人生仿佛随着湍急的水流前行，而自己绕不过和中国情感上的联系。

虽然作为一个建筑师，在其它城市、其它国家，也有发展的空间，但是莫拉雷斯喜欢成都，他深爱朗金，更珍惜在成都的发展机遇："在成都目前的公园城市发展中，我认为自己还能做一些贡献。在成都即将成为一座伟大城市的进程中，我不愿只做观众，我想积极地参与其中。当然，成都也能成就我自己的事业，成都具有这样得天独厚的土壤。"

在参加第二届世界公园城市论坛时，莫拉雷斯对成都公园城市的未来，发表了自己的看法。他认为，成都有令人羡慕的气候、水文、人口、区位优势，具有成为一个规模超大的公园城市的条件，也会在公园城市建设方面，成为中国乃至世界其它城市的范本。

身为天府新区城市规划专家顾问的他，在公园景观等类似项目的设计中，也会提出自己的建议，以帮政府作出最终决策。

莫拉雷斯及他的公司目前正在进行玛吉阿米 2.0 版本的设计；莫拉雷斯觉得成都的彭州，与自己家乡瓦伦西亚有很多相似之处，这也给他正在进行的一个万亩公园的创新规划提供了很多灵感。

而自己公司的奋斗目标，则是力争在和政府倡导的方向保持一致的情况下，积极参与一些项目设计，为成都打造出新的城市地标来，为成都成为其它城市甚至其它国家的城市学习的范本尽力。"作为一个高速发展的大都市，成都可以开拓一些属于自己的东西，让别人来学习，这包括且不限于新型酒店、新型学校、邻里中心等城市生态的设计。"

如今，美国人江喃在成都已经生活了快 30 年，这个时间比他在美国生活的时间还长。

因为热爱成都，他时常将自己生活在成都的时间作为自己的年龄，并多次在电视节目中这样自我介绍。

江喃也希望自己能够拿到一张中国绿卡，这样的话，自己就能拥有跟每个中国公民一样的完整幸福感，不仅出行方便，办事方便，生活方便，购物方便……而且也不用每年都去办一次工作签证了。

然而，要获得一张中国绿卡，非常难，比获得美国绿卡难太多了。

有朋友问江喃："中国有那么多城市，那你为什么选择在成都生活呢？"

江喃的回答挺有意思："我虽然去过中国的很多城市，但因为成都是一座非常有魅力的公园城市，生活在成都的快乐是五星级的，所以我最爱成都，所以我二十多年来一直生活在成都。"

对成都的公园城市魅力，江喃感受很深："成都的公园不仅仅是公园，还是学习文化的大课堂。我留在成都，就因为我喜欢成都公园一般的生活环境。可以说，我最大的幸福，来自成都的公园。"

江喃解释说，自己当初如果不是在成都的一些公园里，茶馆里学会地道的四川话，怎么可能成为一位在中国的外国名人？怎么可能成就自己中美文化交流的民间大使？

既适合创业者踏实稳定地进行产品开发，又能让创业者在创业氛围中享受生活，唯成都可以。

成都是一座运动之城，开门便进绿意，随处可以健身。同时每年规划打造1000条社区绿道，植入书店、花店、商店、咖啡馆、茶馆等基本设施，构建完善"15分钟绿色生活圈"。

天府绿道打通了生产区与生活区的明显界限，串联起了工作与生活的快慢节奏，连接起了旅游风景和消费场景，串联起了城市美好生活。

有了天府绿道，这对江喃来说，也是一件很开心的事，因为他很小的时候,就经常和朋友们一起去郊外骑行。来成都后,他又找回了这样的生活方式——周末的时候,经常约上自己的四川朋友去骑行。现在有绿道了,骑行更是一种享受,如同在天然氧吧里穿行。

第八章

大地熙熙

时代桃源图景,人城境业融会
既是逐梦之地,也是圆梦之地

时代桃源

钟情美好是人类毕生之欲。

美既是一种意识形态，又是客观存在的事物。

人类对美的追求，虽是美的事物，但真正追求的却是内心感受美的愉悦状态。

人们追求的美好城市是什么样的？公园城市的最高境界是什么？

匡晓明的理念是，一座城市的真正成长不在于建多少房子，而是市民的认同感和归属感，并因此产生内在的凝聚力，并表现为GDP的增长、大量创新产品的涌现、大量企业的聚集。

公园城市建设的不断推进，使得成都生态不断美丽，成都魅力不断加分，成都速度不断刷新，成都经济不断攀升……

城市的需求是在不断迭代的，亦如人们追求时尚。然而，只有空气和水土才能创造永恒的风景，空气和水土也是人类永不更改的生存和需求根本，公园城市的建设便是缔造以空气和水土为基本元素的风景。

成都，正朝着越来越好的公园城市方向阔步前进。

2020年2月7日，成都首个以TOD模式建成的社区陆肖社区正式亮相。自此，成都开启以TOD重塑城市未来格局的崭新画卷。

TOD 即"公共交通为导向",是 Transit Oriented Development 的简称,是成都公园城市建设的重要载体。因为一个 TOD 项目就是一个公园城市社区。

说到社区,大家都明白,这就是市民的生活中心。但 TOD 社区里却不仅仅是生活中心,或者不是简单的生活中心,这里既有公园架构与实质的绿道、绿地,也有商业中心、文化中心,还是一个综合交通枢纽和国际开放合作平台。

地铁,无疑是最给力的城市公共交通,以陆肖社区为起始,未来,成都将在地铁站点全面推行 TOD 模式,以此实现城市空间布局调整,重整商圈和公共服务体系,推动社区商业服务提档升级,为市民群众提供更多高品质服务。

2021 年元旦前,位于天府新区兴隆湖畔的独角兽岛,完成了启动区项目的建设。这一区域从规划图纸开始就备受关注,原因不仅仅是这里将汇聚新经济的巨头,更是源自"未来感"和"公园"气息。

由曾设计北京大兴机场的扎哈·哈迪德建筑事务所负责的独角兽岛的规划方案,遵循了几个前瞻性的原则:绿色能源结合海绵城市理念实现可持续性发展;人车分流实现生态公园般的创业环境;进行智能化布局管理,实现智慧城市魅力……

城市所在,既是市民的生活环境,也是工作环境,因而绿意盎然姹紫嫣红的生态,加上生活舒适化、管理科学化、配套细致化、设施智能化,便是城市理想的高层次境界。

独角兽岛其生态理念与城市发展紧密结合的设计,令人耳目一新。

独角兽岛也是一个小的公园城市,大成都就是由若干个小的公园城市组合而成的大的公园城市,成都就是一座修建在公园里的城市。

兴隆湖被誉为成都城南的"生态之肾"。从雪山流下的水,滋养了兴隆湖的美丽与宁静。

波光潋滟、鱼虾腾跃、水天一色的兴隆湖景色中，最吸引人视线的是2021年10月30日开业的湖畔书店。这家书店的建筑外形就像一本从天而降的书，曲面的坡屋顶造型取材于川西传统民居的建筑风格。屋顶鱼鳞形的设计则与轻起涟漪的湖水相映成趣。

除了室外的美景，湖畔书店还有室内的美景。

湖畔书店设计了水下读书的场景，滨水的墙体采用的是玻璃幕墙，并延伸至水下一米，临墙而坐，既可感受盈盈脉脉半透明的蓝绿水体的灵动，看书累了，还可以观湖水之下自由游弋的鱼虾，看湖水之上水鸟的欢乐嬉戏。

你不会想到，市中心的兴隆湖有这么多水鸟。据成都观鸟会对兴隆湖野鸟所做的观察统计数据得知，这里有野生鸟类52种，包括全球仅存500只的青头潜鸭。

湖畔书店的创意，来自2018年7月成都天府新区所举办的兴隆湖书店建筑创意设计竞赛。最终，以"一本从天上掉落的书"为故事起点的创意方案，从249份设计方案中脱颖而出，成为最终方案。

湖畔书店的创意设计，顺应了兴隆湖山水相融、城境共生的自然生态肌理，也是公园城市理想的一个写照。

什么样的城市才是最受欢迎的城市？什么样的城市才能给人更好的生活？

类似问题，如今有了答案。

人气榜排名全国第二、年轻游客最关注的旅游目的地城市排名全国第一、夜游热度排名全国第一……

这是2020年中秋国庆假期里，网友给成都的赞誉。

对如何把成都建设成世界级"美丽宜居公园城市"，贺克斌认为，应系统性规划、调整产业结构和空间布局，加强绿色生态建设，突出人、城、境、业相互协调统一的和谐关系，不断提升居于城中之"人"的地位。

"公园城市的核心价值，在于更加体现以人为本和不忘初心，建设城市的目的当然不只是为了去实现一个经济指标，更是要为了让大家生活得更好。"

在这片古老的土地上发生的时代故事，以及因之积累下的丰富经验，足以让世界聆听：2019年、2020年连续两年，公园城市论坛在成都成功举办，吸引了国内外知名的专家学者前来论道，也吸引了新加坡、维也纳等全球知名宜居城市的管理者，前来参观学习交流经验。

太阳给天地阳光，创新给城市活力。

成都越来越好，成都受欢迎的程度便越来越强，回报成都的也越来越多。

2019年12月，在联合国开发计划署、清华大学中国发展规划研究院、国家信息中心等机构共同发布的《中国人类发展报告》（特别版）中，成都公园城市建设案例，被选为最具代表性的中国城市发展典型成功经验。

在有关部门公布的2020年经济发展成绩单中，全国十大经济城市的排名依次是上海、北京、深圳、广州、重庆、苏州、成都、杭州、武汉和南京，成都排名第七，生产总值17717亿元。而中国综合开发研究院发布的2020中国金融中心指数综合竞争力排名依次是：上海、北京、深圳、广州、杭州、成都、天津、重庆、南京、武汉、郑州……成都排名全国第6……

在全球著名城市评级机构GaWC（全球化与世界级城市研究小组）公布的2018年世界城市排名中，成都排名第71位。

2020年GaWC《世界城市名册》榜单中，成都排名强劲拉升12位，位列全球第59名。

公园城市建设这种全新的发展模式，使得城市综合能级得到全面提升。更高端的要素资源，更大的城市影响力，令成都能更好地参与全球性竞争。

第31届世界大学生夏季运动会在成都举行，这对成都市民来说是一种莫大的荣幸和由衷的自豪。

国际奥委会副主席、成都大运会专家咨询委员会主任于再清，解读了成都在世界众多参与竞争的城市中赢得这次机会的原因：成都建设践行新发展理念公园城市示范区，这是鲜明特色，也是国际赛事青睐成都的关键点。

成都赢得的还不仅有第31届世界大学生夏季运动会。

2020年9月30日，成都申办2024年世园会，也获一次性全票通过。

青睐成都的还有世警会、世乒赛、世运会，超380家全球首店……

不能一概而论，这么多国内国外顶级资源选择成都，都因为成都的公园城市特色，但不得不说，成都公园城市特色是其中重要原因。

联合国人居署全球解决方案司司长拉夫·塔兹表示，公园城市的理论和实践探索必将使成都承载更多的绿色价值和全球目光。

可喜的是，这个特色在进一步地得到国家的支持。

2020年1月，中央财经委员会第六次会议提出，推动成渝地区双城经济圈建设，使成渝地区成为具有全国影响力的重要经济中心、科技创新中心、改革开放新高地、高品质生活宜居地，明确指出支持成都建设践行新发展理念的公园城市示范区。

中国已有京津冀"协同发展"、长三角"区域一体化发展"、珠三角"粤港澳大湾区建设"三大城市群，与之相比，成渝地区双城经济圈，是首个将"宜居"纳入定位的城市群。而成都，公园城市的示范建设，是国家赋予的崇高使命，也是中国城市和世界城市未来发展的奋斗方向和最终目标。

公园城市除了宜居、宜养、宜业、宜商外，当然还包括宜游。

在成都文旅方面，成都出台了相关扶持政策13个，成都住宿业已形成国际品牌酒店、星级酒店、商务、精品民宿等多元化、多维度发展格局。未来成都将围绕15个文旅产业功能区，结合景区和以乡村体验、度假养生等为主题的旅游度假区、生态旅游示范区、天府绿道、中医药健康旅游示范区、都市休闲区建设，着力在西控、中优、东进、南拓和北改区域，引进、培育和发展个性化、品质化、创意化、特色化休闲度假酒店和精品民宿。

以位于锦城公园北湖片区核心的熊猫国际旅游度假区为例，该片区在以"熊猫"为吸睛点的国际旅游度假场景中，将以山、水、林、田、湖为自然基底，结合区域周边主题商业园区等资源优势，串联成都大熊猫繁育研究基地、主题酒店聚集区、农业农庄景观区、文创演艺博览小镇等，构建"人·熊猫·自然"和谐共存的世界级熊猫科研基地、世界级熊猫文化策源地、世界级熊猫科普研学地、国际旅游目的地和成都公园城市生态示范地。

在熊猫国际旅游度假区中，占地约3.62平方公里的主题酒店聚集区，以"竹文化艺术体验+东方生活体验"为主线，打造总面积104000平方米的东方主题、田园主题、亲子主题酒店度假区，囊括吃、住、行、游、购、娱全产业链，呈现多种旅游度假业态。

人们进入熊猫国际旅游度假区，不仅能游览成都大熊猫繁育研究基地，还能在熊猫剧场欣赏到与熊猫有关的故事、电影，参与熊猫文创，享受演艺、牧场、免税购物体验。

在成都"一山连两翼"的城市发展新格局中，与天府新区以及成都老城区齐头并进的成都东部新区，在进行公园城市的全面建设的过程中，也将建成蓝溪湾国际旅游度假区、丹景半山民宿度假群落等公园城市的宜游生态。

蓝溪湾国际旅游度假区计划在成都东部新区三岔湖滨湖区打造航空航天科技乐园、湖景观光黄金岸线、运动主题公园等业态。

而丹景半山民宿度假群落计划依托龙泉山城市森林公园自然资源和丹景山深厚的历史文化，在成都东部新区新天府奥体公园山地运动区，打造以半山隐居、森林康养为特色的高端隐奢半山民宿群落。

……

时日更替，成都坚定地把公园城市作为全面体现新发展理念城市发展的高级形态，坚持以人民为中心的发展思想，持续推进城市营城理念、发展方式、建管模式变革，坚定推动生态价值创造性转化，人城境业高度和谐统一的大美公园城市形态初步呈现。

这几年里，成都66个产业功能区开始成型，产城融合、职住平衡的营城理想渐变现实；独角兽岛也落地生根，且引来或诞生了独角兽企业；4000多公里的三级绿道体系逐渐成网，覆盖城区河湖相伴、红披绿偃的生态加速呈现；近600公里轨道交通投入运营，成为中国地铁第四城；绿色出行的低碳生活方式蔚然成风……

经济与人居齐飞，环境共幸福一色。每一个成都市民，都是这些变化的见证者、收获者、自豪者。

而对热爱成都的人，自从到了成都，人生的春天也就到了自己的面前。

胜境福地

远方,有高大雄伟、千秋不化的雪山作背景;眼前,森林茂密,鲜花满地,绿草如茵;地上,江河纵横,青山耸翠;水上,动有涟漪,静如镜面;市区,繁华而不喧闹,宁静却不冷清,细腻而不庸俗,大气却不粗犷;气候宜人、风光旖旎、古迹遍布……

成都,有着世界上众多城市无与伦比的天赋。

公园城市是芳林福地,也是人居胜境。

公园城市的基础,当然要求城市是一个大公园。

一座城市要成为一个大公园,那么城市空间就得见缝插绿,居住、产业、商业与绿地要无缝衔接。

中国城市规划设计研究院院长王凯认为,公园城市的重要特点是城市和公园融为一体,居民出门就能看到绿色的园区,居住的社区或商业街区和绿色环境融合在一起,工业园区也是绿色的。

关于如何才能提高公园、绿地的问题,王凯建议,应该将居住区、住宅区、工业区、CBD……固有的概念打破,并融合起来。因为传统形态中的城市,公园和生活空间是隔离的,居民要赏绿,必须从一个生活空间或工作空间走到公园里去才行。但各区功能融合后,公园里面就有了内容。

确实，以前的城市风景是单纯的风景。城市的风景理所当然该赋予其全新内涵。

众所周知，有风景的地方便有财富，越有特点的风景越是财富。

自然风景如此，城市风景也如此。

公园城市的最大特点，就是有不少这样的城市风景。

或者说，公园城市本身就是一个风格独特、宜人宜心的大风景。

山水交融的自然生态，是天府之国的历史德泽，也是公园城市的筑城之本。

公园城市的风景，并非等同于自然界的风景。公园城市的风景是在山水优胜的基础上，植入了产业和生活。

宏观的公园城市格局，是由微观的城市之景所构成。公园城市之景的基本单元，是一个又一个公园社区。

《成都市未来公园社区规划导则》，是全国首个公园社区规划导则，为成都建设公园社区提供了详细的规划指引。

依据社区分布区域，以及主导功能、规模分类和差异化特征人群需求，公园社区分为城镇社区、产业社区、乡村社区三大类。

城镇社区的空间规模，为1—3平方公里，人口规模为1—3万人，定位于城镇开发边界，以居住功能为主，商业商务、创新研发功能为辅，同时倡导功能混合和土地复合利用，提供适度就近就业空间，促进居住就业平衡，充分满足各类人群的合理住房需求。推行街区制，构建以人为本的社区生态。

城镇社区注重文化品位，突出地域特色和历史内涵，精准配置多样化多层次的生活服务设施，使市民充分享受"舒适生活，功能多元""全龄友好、全时服务""多彩感知、人文渗透""闲适安逸、独立慢行"的幸福生活。

产业社区的空间规模是 1—5 平方公里，人口规模为 1—5 万人。社区以生产制造、创新研发、商业商务功能为主，居住功能为辅，结合产业功能区的资源禀赋、比较优势，精准确定细分领域重点产业方向；通过高新技术应用、跨界融合发展等方式，加快产业转型升级，培育新兴产业；招引平台性机构、赋能性企业，强研发功能、补产业短板延长产业链条。

产业社区的特点是"产城融合、职住平衡"，使生产、生活、生态等多种功能和谐统一，相得益彰。

而根据基底特征和用地类型，乡村社区分为平坝型社区和山地丘陵型社区。平坝型社区的空间规模为 3—5 平方公里、山地丘陵型社区的空间规模为 10 平方公里。乡村社区的人口规模为 0.5—1 万人。

> 方宅十余亩，草屋八九间。
> 榆柳荫后檐，桃李罗堂前。
> 暧暧远人村，依依墟里烟。
> 狗吠深巷中，鸡鸣桑树颠。

虽然陶渊明的境界无尘，但躬耕田园，回归自然也是一种清静无为的自然生态。乡村社区的建设的最高理想，便是体现"生态融合、聚散相宜"的功能。

乡村社区的特点，是保持乡村良好的生态肌理，统筹资源，打造"山水田林湖生命共同体"，构建"小规模聚居，组团式布局，微田园风光，生态化建设"的格局。

乡村社区建设的基础是以农为本，充分尊重乡村的生态环境、地域特色、自然景观，同时保护民风民俗、乡贤文化，使之呈现诗意栖居、恬静适宜的风貌。

同时乡村社区以城乡融合发展单元为整体，推动多元业态融合发展，以生态资源本底，植入文化、科技、体育、旅游功能，构建"农业+科创""农业+文创""农业+体育""农业+旅游"的生态产业，推动农商文旅体融合发展。

2018年，成都启动100个川西林盘保护修复工程，到2022年底前，已保护修复1000个川西林盘，打造100个精品林盘，以"整田、护林、理水、改院"为主要内容，依循"田、林、水、院"空间格局，构建岷江水润、茂林修竹、美田弥望、蜀风雅韵的锦绣画卷。

2020年11月，成都认定了首批重要湿地，包括新津白鹤滩湿地、都江堰天府源湿地、邛崃小南河石河堰湿地以及蒲江长滩湖湿地，总面积为876.49公顷，为夯实公园城市示范区建设生态本底，迈出了重要一步。

公园城市并非公园的占比有多大，也非给城市贴上一个公园标签，而是以公园城市的环境价值为实质，增强市民的幸福指数，走出一条以生态为本，以高质量、人本化为载体的可持续发展新路。

2020年12月30日，四川省委、省政府印发《关于支持成都建设践行新发展理念的公园城市示范区的意见》，支持成都筑牢全域公园绿色本底，以绿道为脉络、山川为景胜、农田为景观、城镇为景区，构建绿色空间系统，并在高起点建设创新引领的活力城市、高质量建设协调共融的和谐城市、高标准建设生态宜居的美丽城市、高水平建设内外联动的包容城市、高品质建设共建共享的幸福城市五个方面给予了支持政策，使成都充分发挥中心城市带动作用，更好服务于国家战略大局。

成都市"十四五"规划提出，成都将着力构建产城融合、职住平衡的城市新空间，创新片区综合开发方式，构建生态优先、绿色发展的城市新范式，推进生态价值创造性转化，完善公园城市规划导则、指标评价、价值转化等体系。构建崇尚自然、节约集约的生活新风尚，依托网络化绿色空间体系，集聚公共服务功能和消费新业态等。加快建设美丽宜居公园城市，提高城市可持续发展的综合承载力，推动城市空间结构、整体形态、发展方式、营城路径全方位深层次转变。

这期间，成都还将开展以生态环境为导向的城市发展模式示范建设，建立生态系统生产总值核算指标体系，完善自然资源资产产权制度和环境权益交易制度，加快建设以创新、协调、绿色、开放、共享的新发展理念为引领，通过推动形成绿色发展方式和生活方式，持续推进固体废物源头减量和资源化利用，最大限度减少填埋量，将固体废物环境影响降至最低的"无废城市"发展模式，让公园城市成为新业态新模式策源之地，为市民群众提供更多消费场景和创新体验。

还将构建以大熊猫国家公园为主体的自然保护地体系；实施龙门山生态修复和龙泉山增绿增景，建成东部森林；建成1万公里天府绿道和1000公里"天府蓝网"；空气质量优良天数比例达到80%以上……

人类城市从诞生到发展，经历过生存、生产、生活三个阶段。生存是聚居的基础，生产是建立在生存之上的，而生活则是由生存和生产所决定的状态。生活的内涵包括物质和精神，幸福感则是生活的最高境界。

成都公园城市的发展，也将会经历三个阶段。城市公园是第一个阶段，这个阶段也是在城市范围之内建公园；第二个阶段是建立自然保护地和国家公园体系；第三阶段是在城市公园和自然保护地之间，建设乡村公园或郊野公园。

成都不仅是全球唯一一座能远眺海拔7000米以上雪山的千万人口大城市，还有全世界独一无二的绿色城市名片大熊猫国家公园；有世界上最大的城市森林公园龙泉山森林公园；有世界上最长的城市绿道成都天府绿道；有世界著名的道教名山、世界文化遗产、国家5A级旅游景区青城山等等。

成都的公园城市建设十分重视乡村记忆和历史文化传承，是在耕地保护的基本红线之外，以地理风格为单位，塑造大地景观，构建城乡融合的自然生态系统。

被赋予发展的新战略定位、承担新的历史使命、幸运且自然而然的成都，既有形而上的公园城市理念，又有脚踏实地的实践，所追求的正是以市民之幸福为福祉和最高要求的境界。

形成全域公园体系，得天独厚的自然条件和独树一帜的生态理念，秀林于世界，高调地展示了特色鲜明的空间结构、独特的空间品质，以及和谐的山水田林湖草生命共同体。

未来的成都，将会融休闲、服务、创造、消费为一体，并依此成为城市品牌，跻身世界级城市。到2025年，将融城于景，实现城市绿地率不低于40%，公园绿地服务半径覆盖率不低于90%的水平；践行新发展理念的公园城市示范区基本建成；城市布局形态持续优化，绿色空间系统更加完善，开放门户能级大幅提升，宜居生活魅力充分彰显；初步建成支撑高质量发展的现代产业体系、创新体系、城市治理体系……

同时，四川省委、省政府也给成都绘出了2035年的"蓝图"：践行新发展理念的公园城市示范区成为全国样板，建成全国重要的经济中心、科技中心和世界文化名城、国际门户枢纽，全方位迈入现代化国际都市行列。

如斯，成都市民将在蔚蓝的天空下绿道漫行、在清澈的碧水旁濯烦静心，在清新的空气中去尘洗肺，在灿烂的阳光里拼搏奋进，在由衷的快乐中与城共荣。

春在成都

公园城市与城市公园的区别，就在于以前是在城市之中建几座公园，现在是把城市建在公园之中，整座城市就是一个公园。

也即城为园，园亦城。

以公园城市形态呈现的成都，将成为世界最大的城市公园，成为世界公园之都。

世界上一些发达国家的城市研究专家，希望了解及借鉴中国在城市化进程中如何应对经济、社会、环境和谐共生挑战的方法。因为中国高度重视现代城市基于自然生态环境保护的可持续发展理念，强调科学合理规划城市的生产空间、生活空间、生态空间，强调既提高经济发展的质量，又提高人民生活的品质。

成都的公园城市建设，恰如这些城市研究专家幽暗探索中洞见的一道亮光。

贺克斌从专家的角度，对成都践行公园城市理念所取得的成果予以了评价："在时下生态文明建设正处于压力叠加、负重前行的关键时期，成都公园城市建设的理念，取得了非常明显的成果，为解决城市发展过程中的问题，公园城市建设，是最好的方法。"

中央党校督学乔清举教授对成都城市的生态、文化、环境，以及市容市貌等方面印象很好："在成都街头行走，能看到公园和城市的布局真正融为一体，路旁边就是公园。而别的城市，公园还有大门，有围墙。"

乔清举认为："山水是城市的生态之美，乡愁是城市的人文之美，成都有丰富的文化底蕴、名人古迹、历史街区建筑，因此成都这座公园城市，不仅是一座很大的自然公园，也是一个很著名的人文公园。成都市建设公园城市的发展规划理念，会对全国甚至全球各地有同样发展方向的城市起到引领作用。"

中国城市规划设计研究院院长王凯也高度肯定成都公园城市建设所取得的成就。他说，中国的传统城市是园在城里，成都则是城在园里。成都是把海绵城市、韧性城市，以及绿色发展这些理念结合在一起的城市典范。

从公园城市首提地，到建设践行新发展理念的公园城市示范区，是成都公园城市建设从自主探索到国家使命、从生态建设治理到生态价值创造、从城市功能品质提升到全面示范引领带动的理念之变、路径之变、使命之变。

拥有高端资源要素的吸附能力，代表国家参与全球城市竞争，肩负创建理想城市的时代使命，还有成渝地区双城经济圈的东风……这些年，新时代、新机遇、新经济，使成都从中国西部中心城市，一跃成为中国国家中心城市，并绽放出令人向往的无穷魅力。

宝墩文化开启了成都作为中国有史以来最古老的城市建城历史，建城的4500多年来，成都的城市文明一直都是伴随着生态价值而书写的，都江堰为成都创造了富庶的生命水系，城墙遍植芙蓉成就了成都芬芳的城市美誉……

有晴朗天色里看到闪耀着圣光的皑皑雪山，有闲逸时间坐在众声喧哗的茶馆里的人间烟火，有月上柳梢荡漾在锦江里的乌篷船的情致，有渴望视觉盛宴时行走在宽窄巷子春熙路欣赏柳绿桃红流动的风景，有诗意栖居推窗见绿清风明月的雅静生活……

建设践行公园城市理念之后，又叠加了绿道、林盘、湖泊、河流、森林……从而使成都近看有品、远观有质，推门见绿，山水交融。

成都虽非不可替代，但成都的公园城市建设在中国，在世界有着显著的特点，甚至于某种程度上来看，还有着示范作用。

成都，更在很多人心中有着极为重要的位置。

作为成都公园城市建设的一个深度参与者、一个见多识广的世界著名城市景观设计师，马清南对成都公园城市建设的进程，天天都看到惊喜。

在成都高新区最为繁华之处，锦城湖公园、桂溪公园、江滩公园连缀而成的一个长达5公里的公园群落，被誉为成都的"中央公园"。"中央公园"这个词，是相对于美国纽约市中央公园而言的，纽约市的中央公园是世界著名的旅游目的地。

身为纽约人的马清南对纽约市曼哈顿中心中央公园再熟悉不过，他却在对成都的"中央公园"与纽约的中央公园进行比较之后，给出了这样的结论："纽约的中央公园只是城市中的公园，而成都的中央公园则是生长在城市的公园。"

马清南是一个喜欢运动的人，曾经参加过多项公路自行车国际性赛事，到成都之后，他也参加过一年一度在龙泉山举办的相关自行车比赛。

曾经是成都城市向东发展阻障的龙泉山脉，而今不仅是世界级品质的城市绿心和国际化城市会客厅，还是全球最大的城市森林公园。未来，它还将成为生态龙泉山、海绵龙泉山、智慧龙泉山、无界龙泉山……这让马清南十分期待。

在马清南看来,成都之所以会成为中国第一个公园城市,固然与成都令人羡慕的天赋自然分不开,但更重要的原因却是成都具有独特的城市性格。而这,则能给其它城市的发展提供行之有效的借鉴。

具备卓越的科研能力、丰富的行业经验的沃飞长空科技有限公司,已成功研发出 XC-25 双头龙无人机、X-Swift 候鸟无人机等多款先进的工业级无人机,运用于农林业、物流运输、公共安防等领域。

其中 10 公斤、25 公斤两个无人机系列,能达到全球"飞得最远、飞得最久"的先进性能。XC-25 双头龙无人机入列了"嫦娥五号"返回舱搜救等国家级工程任务,并已出口到海外,为"一带一路"国家提供最先进的无人机服务。X-Swift 候鸟无人机参与了全球在建最大水电站金沙江白鹤滩水电站的建设。

成都的物流领域和无人机产业链处于国内领先水平,发展前景十分乐观。物流领域的领先源于区位优势,作为辐射西南片区的中心城市,成都无论在物流需求还是物流辐射方面都极具优势。而成都的无人机产业在整机制造、运营服务及运用领域,又有着雄厚的工业基础和设计底蕴。

沃飞长空科技有限公司的奋斗目标是成为全球新一代技术体系下的通用航空头部企业。企业以"地理信息、安防巡检、特殊应用、物流出行、消费生活"为业务支撑,以"自动驾驶、垂直起降、新能源"为核心技术,以"硬件、软件、服务"为产业支柱,打造"新一代"通用航空整体解决方案、交付能力和运行能力,让智慧通航成为现实。

2021 年 4 月 28 日,第 24 届"四川青年五四奖章"名单公布,沃飞长空科技有限公司总裁兼首席科学家郭亮,荣获了本次四川青年五四奖章。

因成果丰硕，郭亮已获多项荣誉：电子科技大学航空航天学院研究员、四川省青年联合会委员、连续两年进入《财富》杂志"中国40位40岁以下的商界精英"榜、成都市"蓉漂计划"特聘专家、共青团中央"创青春"大赛创业实践挑战赛金奖、成都市优秀创业者、科技部创新创业人才、国家"万人计划"高层次人才、成都市新经济百名优秀人才，及四川十大新经济领军人物。

对成都正在进行着的公园城市建设，郭亮深有感触："成都作为中国新一线城市的代表，无论是人才架构还是营商环境架构，都处国内领先水平，除此还有超前的创新性产业发展布局，因而是高精尖企业未来深根发展的沃土。"

郭亮认为，成都实施的"稳定公平可及营商环境建设工程"和"青年创新创业就业筑梦工程"，对企业的发展和人才的聚集极为有利。"办事不求人，办成事不找人"的营商环境，为高精尖产业构建了发展的快车道，能让企业财产、知识产权等权益得到充分保障。而审批和监管执法规则的全面及标准化，则能催生出全国甚至全球的领头羊企业。

对于沃飞长空科技有限公司在成都的未来，深爱成都的郭亮信心满满。

全域生态，花重锦实，温润而泽，创新创造，优雅时尚，乐观包容，友善公益……

"生态造就了成都，成都创造了安逸，我们创造了人生。"

美国人江喃因为太爱成都，在成都一待快三十年了。

采访江喃时，我被他与成都的故事深深打动，禁不住问："你对成都的爱这么深，那么你是否会一直待在成都？或者说你还打算在成都待多久？"

问话里充满期待。这应该也是热爱成都,并因为自己生活在成都而自豪的人心中的期待。

在问这句话时,我也相信江喃的回答会与自己的内心发生共鸣。

是的,江喃的回答给成都打了高分:"我第一次来成都,待了半年。第二次来成都,准备待三年,后来一直待在成都。到现在,我在成都待了快三十年了,你问我今后还要在成都待多久?我只能说真的不知道。因为我太爱成都了,找不到丝毫不爱成都的理由。"

江喃说,他刚到成都时,成都二环路之外基本上还是郊区,但现在二十多年过去了,成都已经发展成了国际化大都市。

当然,成都的巨大变化,也是中国的巨大变化。

江喃在成都生活的二十多年,相比已有几千年历史,且曾经有无数流寓于此并定居者的成都来说,是那么短暂。但对江喃,却足以酿出浓厚的乡情。

时间,因深爱而绵延。

这份割舍不了的感情,正是因为对成都的热爱,正是因为成都的无穷魅力。

成都,天祚环境是悠久的城市文明,也是无限美好未来的起点。

岁月如水流走,时光从不近情。但一代又一代人对成都生态环境的呵护与热爱,已经成为令人向往且备受推崇的经典美学传统。公园城市理念的首次提出,更使这一美学传统得到了极致的升华,且健步行进在新发展的大道之上。

工作之余,匡晓明偶尔会到成都的街头走走,他快慰于成都市民脸上书写的盈盈幸福。

公园城市的鲜明特点,使成都具备了更强的资源吸附能力和先锋性的示范性作用。

成都，是逐梦之地，也是圆梦之地。

天府，太阳神鸟翱翔；成都，城市理想腾飞。

建设公园城市，并非与新加坡争锋，也非与纽约论剑，而是以成都模式，以引领性为目标，为世界城市治理提供中国解决方案，向未来城市提供可持续发展的中国范例。

虽然，世界级、示范性公园城市的建设不是一蹴而就、一劳永逸的。因为惯常的城市设计是过去完成时，而公园城市的设计则永远在路上。但是，成都、公园城市，如此美好的图景，一定能成为神州大地的城市典范。

第九章

丽宇芳林

公园城市理念,星星之火燎原
如火如荼建设,妍姿美质竞秀

第二章

科技革命

妍姿美质

美好的城市应该具备什么样的存在形态？

中国航天事业奠基人、国家杰出贡献科学家、两弹一星功勋奖章获得者钱学森，曾于百忙之中论及未来城市的理想形态，认为未来美好的城市不仅应是宜居宜业的"山水城市"，还该具有中外文化有机结合、园林和森林有机结合等特点。

1958年3月1日，他在《人民日报》发表了《不到园林，怎知春色如许——介绍园林学》的文章，高瞻远瞩地从园林学的角度，提出了城市建设应该向传统园林学习的建议。此后，虽然他忙于科研，无暇分心城市建设的细节，但未来城市的宜居理想一直萦心未弃。

转眼30多年过去，1993年，从中国科研事业战场退居的他，又再次关注起未来理想城市的建设，于是在他的号召与建议下，有关人士在北京召开了关于"山水城市"的第一次座谈会。这次会议，为"山水城市"理论的形成奠定了坚实的基础。此后，在城市建设领域举办的一系列关于"山水城市"及其相关理论的座谈会、讨论会，则进一步推动了"山水城市"理论的发展。

钱学森"山水城市"的核心思想，是将现代科学技术与中国传统文化相结合、中外文化相结合、城市园林与城市森林相结合，通过"尊重生态环境，追求山环水绕的境界""把整个城市建成一座大型园林"，以"有山有水、依山傍水、显山露水和有足够森林绿地、足够江河湖面、足够自然生态"的"21世纪的社会主义中国城市构筑的模型"来推动和提升中国城市的未来建设。

公园城市的建设理念，跟"山水城市"的核心思想有着相同的基础，但是却更进一步地强化了百姓幸福指数建立在山水、绿植、物质、精神、文化、经济、商贸、科技、健康等元素上的融合功能。

公园城市建设的程度，是一座城市生态竞争能力的重要指标。公园城市是城市可持续发展的环境基础，是社会经济发展和文明程度提高的象征。作为新的城市发展范式，它能实现城市生态平衡，促进人与自然和谐发展、提高居民生活质量、塑造城市形象和提升居民素质。

2020年两会期间，全国人大代表、北京市欧美同学会副会长、北京市建筑设计研究院股份有限公司总建筑师吴晨提出，北京也应像成都一样进行公园城市建设，并用公园城市建设理念推动首都城市的复兴。

打造公园城市，让公园从城市的点缀变为城市的骨架，使城市与自然完整地融为一体，为市民提供良好的生活环境品质和生态关怀，充分体现了生态城市追求人与自然和谐共生的思想，也在根本上坚持了可持续发展的原则。

那么，如何将北京打造成一座公园城市呢？吴晨提出了八条建议，分别是：建设森林生态屏障，让城市拥抱森林；提升环境景观品质，提高城市公园绿化水平；组织花景建设规划，凸显四季园艺魅力；以水穿绿，彰显花园城市活力；突出以人为本，实施市民健康计划；保持生物多样性，提升生态系统服务功能；培养公众环境意识，引导全民参与环保；制定花园城市建设计划，推动项目实施建设进程。

吴晨认为，公园城市建设集中地体现了生态城市的深刻内涵，即追求人与自然、人与人、人与社会的和谐相处。未来应以绿色低碳理念来规划建设城市，构建公园城市发展新格局，不断践行新发展理念，打造安全高效的生产空间、舒适宜居的生活空间、碧水蓝天的生态空间，向往绿色自然的公益性城市基础设施，打造生态人居新典范。

在建设公园城市的进程中，北京使用了因地制宜的重要举措，使公园成为服务市民绿色休闲需求的高品质城市元素。

北京的公园不少，但是之前的北京公园跟全国大多数城市公园一样，四周或修筑有围墙，或安装有围栏，公园纵然风光绮丽，然而美丽的景色却囿于幽隅，市民想要雅赏秀媚，或于景中游玩漫步，都多有不便。因为只能从统一的入口买门票入园，而不能越围墙或围栏半步，不仅费时费事费钱，还让市民心里对之有深深的疏离感："公园""公园"，有"园"不假，"公"之何在？而且，公园如此格局，还会影响城市空间空气的通透性，以及妨碍市民的出行便利。

公园城市的特色不是将一座座公园像花朵一样盆栽在城市里面，而是将城市建筑、商场、市民居所像珍珠一样铺设在森林或花海之中。这样的城市不仅仅是一座城市，更是一座大公园。这样的城市不仅风景妍姿美质，而且市民的幸福指数也都闲舒仙逸。

为了让绿色环境真正融入市民生活，北京市在探索城市公园开放管理新模式的过程中，拿出了一些公园进行试点，拆除其传统门户、入口，而改成花箱式、景观艺术挡墙式、植物组团式等入口。

北京网红打卡地之一的元大都城垣遗址公园，就是这种首批拆除围栏的公园之一。

元大都城垣遗址公园颇有来头。

1215年，成吉思汗率蒙古军攻占金中都，1234年灭金。1266年，元世祖忽必烈决定在原中都城东北三里重建都城，于是1267年以琼华岛（今北海公园太液池南部）为中心，开始兴建宫城、皇城、坛庙等设施。1271年，忽必烈将国号称为"元"，1272年，这座新城被命名为"大都"，即元朝国都、"大都"。1284年大都全部建成时，周长达到28.6公里。

　　元大都为长方形，城垣为黄土夯筑，基部宽24米，顶宽8米，高16米。1368年8月，明初名将徐达率明军攻克大都后，将北城墙向南移动了近六里地，于是元代城墙便成了遗址遗迹，俗称"土城"。

　　岁月流逝，风雨剥蚀，转眼几百年过去了，元大都土城墙最后只留下城北一段7公里左右的残墙以及今西土城路一段长约2公里的残墙。

　　为了留住史迹，1957年"土城"被北京市人民政府列为市级重点文物保护单位。1974年9月25日，朝阳区成立了元大都城垣遗址绿化队。1988年3月10日，北京市人民政府又批准建造公园，并命名为"元大都城垣遗址公园"。

　　元大都城垣遗址公园呈狭长带状，沿小月河绵延10余公里，总共有19个门区，跨朝阳、海淀两区。公园中"蓟门烟树""大都建典""古垣新韵""大都盛典"和"龙泽鱼跃"五大节点把朝阳段和海淀段连接起来，从西到东展示了元大都至今北京城市700多年的发展脉络。

　　元大都城垣遗址公园建成之后，每年均有超百万游客流连游赏，尤其是春日海棠盛开之时更众。"猩红鹦绿极天巧，叠萼重跗眩朝日"，灿若云裳的海棠花葳蕤华姿，绚丽似锦。人在花下行，香风习习吹，花瓣风中轻摇，如蛱似蝶，翩翩肃肃，迎人依依。海棠花又若婉容淑态的妙龄少女，集梅之风韵与柳之轻盈于一身，美及灵魂，令人轻怜疼惜。何况朵朵娇花尚能解语,实在妙不可言。

为保护元大都城垣遗址,配合北京奥运会的整体景观建设,朝阳区绿化局在2003年对该公园进行了整体改造,并因此创下4个北京之最和1项全国第一:最大的城市带状公园、最大的室外组雕、最大的人工湿地、最先完成北京市应急避难场所建设的试点公园,为北京市创造了"以人为本、以绿为体、以水为线、以史为魂、平灾结合"的园林典范。

2006年5月25日,"元大都城墙遗址"被公布为第六批全国重点文物保护单位。

元大都城垣遗址公园在其"园"之特色方面,已经足够优秀,但其"公"之特色却差之甚远。因而北京市在践行公园城市建设理念的进程中,在探索城市公园开放管理新模式的试点时,2022年,这座拥有几十年历史的公园原有的黑色铁栅栏被拆除了,变成了"无界公园"。公园门区修筑了一条被鲜花簇拥的小径,与市政道路无缝相连。原来建护栏的地方,则安放了一些座椅、花窗,供人游赏累了之后休憩……

除了元大都城垣遗址公园外,北京一些传统的公园也效而行之,仅朝阳区就有庆丰公园、大望京公园、望和公园北园等43个公园,逐渐拆除了围栏、护栏、围墙,打破公园与相邻绿地的阻隔,实现开放融合,嘉卉亭树,蕙华兰麋,旖旎风光,供人尽享。

按规划,朝阳区还将陆续开放25个公园,所占该区公园的比例超80%,总面积达2100公顷,届时市民只需步行10分钟,便能进入无界公园休闲、赏景、健身。

拆除城市公园的围栏、围墙,重构公园形态,是让市民真正拥有公园,也让公园真正拥抱市民。这不仅能更好地发挥城市公园的公共服务功能,让市民入园览景或锻炼时方便许多,加大出行便利,也是还绿于民，使市民真正拥有优美环境的享受感和主人翁感。将公园开放的举措，既准确地阐释了公园之"公"的本意，也贴合了中国园林"虽由人作，宛自天开"的理念，同时还优化了城市空间，提升了城市品质，增加了城市魅力，提高了市民幸福。

河流是人类文明起源不可或缺的条件，也是人类文明进步至关重要的因素。因而北京要建成公园城市，哪少得了沿河环境的提升？

横跨北京市三区，总面积30平方公里的温榆河流域，曾经的环境没有树，更没有花，河床千疮百孔，河边的村庄建有垃圾分拣场、砂石厂，从早到晚洗砂机、碎石机轰鸣，空气质量很差，晴天一身土、雨天一身泥。

为了彻底改变此地脏乱差的环境，构建一个全新的公园生态，有关部门清退了该流域的砂石厂，拆除了违建大院，迁出了垃圾分拣场，并将腾出的土地用于留白增绿，建成温榆河公园。于是，曾经的"脏乱差"地带，蝶变成了北京最大的"绿肺"，以及绿色生态的一张亮丽名片。

不仅如此，2020年秋，温榆河公园朝阳示范区开园之后，还很快便成为节假日市民出游的去处优选。

亮马河是流经朝阳区的一条很重要的河。

亮马河源出东北护城河，一路向东流淌，穿越使馆区、北京燕莎中心、蓝色港湾、朝阳公园等重要地标，最终汇入坝河，总长度约10公里。

针对河流的滨水空间存在景观衰败、空间破碎等问题，在践行公园城市建设理念的过程中，朝阳区探索"以河道复兴引领城市更新"的新模式，开展政企合作，在亮马河沿线打造80万平方米的滨河公园，以使所在区域形成"水—绿化—建筑"无缝衔接的生态环境。

滨河公园建成后，绿道实现了"横向串联，纵向通达"的格局，形成"休闲生活、活力商业、文旅消费、艺术生活"四个相互关联又各具特色的水岸商业片区，以朝阳公园、郡王府为核心区域，带动蓝色港湾、北京燕莎中心、红领巾公园等重点区域的商业品质全面升级。

跟亮马河一样，通惠河、萧太后河、坝河、清河等横穿朝阳区的河流，也已经进行、正在进行、即将进行河流沿线的绿化升级，以水绿相融的景观廊道、蓝绿交织、无界融合的全新形态呈现在广大市民面前。

大尺度绿化，是北京市委市政府进行公园城市建设的主攻方向之一，也是把"城市建在公园中"的先决条件。

林草是公园城市建设的绿色基础。随着公园城市理念践行力度的加大，北京市的森林面积也在增大。

在四环路与五环路之间，一座座城市公园被主要由树林组成的绿色植物点缀得如同连在项链上的翡翠。而六环路附近的二道绿色隔离带，也在平原地区构建起大尺度的森林板块。

同时，街道和乡镇形成合力，以前所未有的力度拆除违建，北至来广营、崔各庄，东到黑庄户，南至十八里店，在腾退的土地上均建了万亩森林公园。

而通往城市副中心的廊道，也莳花种木，使之变得绿树成荫，花香满地。

推进南苑森林湿地公园、奥北森林公园一期、温榆河公园等重点项目建设，在大兴机场、永定河等地填空造林，恢复或建设生态湿地，完成宜林荒山、台地造林等项目。

据悉，2012 年至 2015 年，北京市开展了平原地区百万亩造林工程，结束了"有城无林"的生态状况。2018 年，北京市又启动了新的一轮百万亩造林绿化工程。2021年，北京市高质量完成15万亩造林任务。

不只城郊有森林，在寸土寸金的繁华都市街区，也有森林。CBD城市森林、华贸绿线城市森林，就是这样的森林。

CBD城市森林公园是北京CBD区域首个以城市森林理念打造的城市绿地。公园西临恒惠路、东至恒惠东路、南至通惠河北路，占地面积2.25公顷，旨在打造CBD中的森林静谷和居民的共享花园。整个公园突出国际、森林、生态的特色，打造钢筋水泥中一片可以让人亲近自然的生态乐园。

华贸绿线城市森林公园位于朝阳区来广营乡，总规划面积301亩。公园以带状园路串联起路口广场、现状林地、浅层种植区、生态漫步道、街边广场、城市森林等主要功能空间，新植乔、灌木1.5万余株，覆盖地被及花卉12.7万平方米。

建设公园城市的实质，是创造优良的人居环境、宜居环境。所谓宜居环境，便是能与人形成良性互动的环境。

仰望的高度

有人说，一座经济发达商贸繁荣的城市递增的绿化环保指数，便是这座城市百姓美且生动的幸福指数。

诚然！优越的生态环境是一座城市最公平的公共产品、最普惠的民生福祉。

生态环境是城市发展的根基，绿色是城市最具有生命律动的颜色。

在核心区、中心城和城镇地区，北京市还充分利用拆迁腾退地新增城市绿地，进行公园环境建设。

2022年，一座名叫阜园的开放式公园在北京最繁华的区域之一，写字楼、商场林立的朝阳望京地区落成。

这座公园不大，有1万平方米左右，却设计精美。公园门口有一座白色的现代风格喷泉，水幕淋漓而下，一会儿组成"阜园""望京"等字样，一会儿拼成几何图案。

园内还有几处小景：喷泉"山阜水丰"、竹林"青竹傲雪"、水塘"望舒孤影"……也都别具风情。

公园周边分布着望京小街、新世界百货两大商圈，还有国际竹藤大厦、宝能中心、嘉美风尚中心等。

阜园并非凭空产生，之前，这里是国际竹藤大厦的代征绿地，虽也曾有树有草,但因有围栏与砖墙,市民不能近赏。在公园城市建设理念的指导下,望京街道与国际竹藤大厦协商后,拆掉了围栏和围墙,并栽花种树,安台筑榭,不仅将其打造成了望京的城市景观新地标,还将景色之美分享给周边的居民、白领和路人,给居民增添了休憩的场所,更提升了此片街区时尚、高雅以及赏心悦目的气息。

2022年底,北京市新一轮百万亩造林绿化工程实现完美收官。在此轮造林绿化工程中,累计增加绿地102万亩,使全市森林覆盖率提升至44.8%。5年来,北京建成城市休闲公园180处,建成口袋公园和小微绿地323处,使公园绿地500米服务半径覆盖率达到88%。

同是2022年,总建设面积约280公顷,涉及朝阳、海淀、丰台、通州、昌平、大兴6区的11个城市公园项目,相继开工建设:

南苑森林湿地公园先行启动区城市森林片区,位于丰台区南苑街道,总建设面积约53.5公顷。

奥北森林公园一期,位于昌平区东小口镇和天通苑北街道,北至太平庄北街,南至原奥北市场南侧,总占地面积约32.7公顷。

南苑森林湿地公园和奥北森林公园这两颗绿色明珠,在北京中轴线上南北呼应。

位于海淀区四季青镇的海淀区园外园生态环境提升四期工程包含东红门、中坞新村片区2个地块,总面积约32.2公顷。

通州区文化旅游区公共绿地,包括万盛南街与曹园西路交叉口西南角绿地、南大沟南侧绿地、萧太后河分洪渠北侧绿地,总建设面积约4.4公顷。

城市副中心代征绿地,总建设面积约16.3公顷,包括召里小区绿地-1、召里小区绿地-2、后北营家园绿地-1、后北营家园绿地-2、京铁潞园绿地在内的绿地,位于北京城市副中心155平方公里范围内,这个项目为周边区域约 10 万人提供了便捷可达的绿色休闲空间，填补了公园绿地 500 米半径服务盲区。

康湖城市森林公园，位于丰台区王佐镇，新建面积约 9.2 公顷，改造面积约 4.8 公顷，总建设面积约 14 公顷。建成后，能为周边约 1 万人提供便捷可达的绿色休闲空间，提升河西地区生态环境品质。

康景城市休闲公园，位于丰台区卢沟桥乡小瓦窑村，新建面积约 4.3 公顷，改造面积约 2.4 公顷，总建设面积约 6.7 公顷。项目将为周边约 3 万人提供便捷可达的绿色休闲空间，填补公园绿地 500 米服务半径盲区。

北焦家园城市公园，位于朝阳区垡头街道，北至焦化厂二街，南至燕保祁东家园、燕保北焦家园，西至焦化厂西路，东至焦化厂东七路，总建设面积约 5.1 公顷。

东风迎宾公园，位于朝阳区北部，南至姚家园路，西至东四环北路防护林带，东、北至现状林地，总建设面积约 6.8 公顷。这是北京朝阳站区域景观规划的重要节点，能进一步增强四环至五环间绿地系统连通性。

11 个公园中面积最大的是位于大兴黄村镇、总占地面积约 103.6 公顷的新城城市休闲公园，这将进一步改善平原新城的生态环境品质，拓展市民运动休闲空间。

据了解，北京还将建设 20 条林荫路和 30 处全龄友好型公园，继续增加郊野公园服务、休闲、体育等设施，提升市民的体验感和公园综合功能；新增绿道 80 公里、试点建设森林步道 100 公里；因地制宜地拆除公园绿地间围栏，促进公园绿地、水网和城市慢行系统的联通连接。

北京还在建如下主题风景公园：

昌平区未来科学城生态休闲公园沙河片区（一期）。未来科学城构建"两区一心"的空间格局。"两区"是指东西两区，这是未来科学城研发创新的主体功能承载区，宜居宜业；"一心"则是共同构建蓝绿交织、水城共融生态发展格局、连接东西功能区的生态环境。

休闲公园沙河片区项目位于昌平区沙河镇，东临七小路，南临规划中的定泗路，西至规划中的七燕路，北至小沙河村南土路，总实施面积795亩。

公园种植特色包括五大主题：生态彩林、绿色森林、山林叠翠、湿地生态和自然荒野。移植乔木约9000株，新植常绿乔木1700株、落叶乔木2000余株，并种植竹类2000株、灌木2万株、藤本植物3600株、草坪19万平方米、水生植物7万平方米。此外，还将同步建设体育设施、智慧公园系统及庭院工程、给排水工程、电气工程等。

项目整合平原森林、湿地，形成完整的森林体系，优化城市绿地格局，创造出衔接贯通、可持续发展的生态基底，为居民创造环境优美，集生活、工作、休闲、运动、娱乐为一体的宽松、和谐、充满活力的场所。

朝南森林公园二期位于朝阳区十八里店，2022年5月开工，该园占地面积约59.5公顷，东部组团分布在东南五环外首创·繁星项目周边，北至萧太后河，南至嘉创路南，西至东南五环，东至十八里店界。西部组团位于京沪高速东北侧，大羊坊沟西南，北至复垦耕地、南至京沪高速、西至双丰铁路、东至现状林地。

相较于很多大尺度公园，朝南森林公园二期具有填空造林的特色，与朝南森林公园一期、海棠公园、老君堂公园衔接，完善朝南地区城市森林景观。

朝南森林公园还建设有足球场、羽毛球场、健身跑道等运动场地，是集休闲、游玩、体育锻炼于一体的公园。

净德寺遗址公园位于西山永定河文化带，石景山五里坨地区，总面积8.09公顷，链接京西古商道和香山古香道。

北京在建的公园里，还有前已提及、占地面积16000亩的南苑森林湿地公园。

南苑位于北京城南十公里外，"城南二十里有囿"，"方一百六十里"。

南苑有着非同小可的历史背景——自辽金时起，封建帝王就在此筑苑渔猎，元、明、清时，更是皇家苑囿。

在元代，元世祖忽必烈打到燕京，在南苑圈建了一个"广40顷"的小型猎场，取名"下马飞放泊"，意指离城不远，骑上马，一会儿下马就到了。"飞放"是指飞鹰放狗；"泊"是指"湖泊"。

明成祖朱棣迁都北京后，赶走了生活在这里的居民，并恢复皇家苑囿，扩建殿堂宫室，修砌围墙120里，并谓之"南海子"。此地因有两大水源、三条河流、117处泉源，从而形成大片湖泊沼泽，草木繁茂，禽兽聚集。

南海子猎场面积相比于元朝的"下马飞放泊"，不仅扩大了数十倍，而且周辟四门，内建衙署，设总提督一人、提督四人负责管理。苑内还设立二十四园，养育禽兽，种植果蔬，供皇帝和官僚贵族打猎享乐。

世间之事，盛极必衰，南海子也一样，至明隆庆年间，这里便开始衰败，日渐荒芜。

清太宗爱新觉罗·皇太极进攻北京，遭到明末名将袁崇焕抵抗时，曾到南海子放马休整，并将看守南海子的明朝太监故意放走，让太监进城去诬告袁崇焕私通皇太极谋反。

　　清朝入主中原、定都北京后，南海子改称南苑，皇家在这里修建了旧衙门行宫、南红门行宫、新衙门行宫、团河行宫 4 处行宫，以及若干庙宇，并辟出一部分面积作为操兵练武之所，筑检阅台，以供皇帝在此校阅八旗军队。同治年间又于此设立神机营。苑内多獐子、野兔、麋鹿，并圈养老虎，为狩猎之用。"四达为门，庶类蕃殖，鹿、獐、雉、兔，禁民无取，设海户千人守视。"

　　后来，又建起了西苑、北苑等皇家苑囿，南苑便受冷落。即使如此，这里仍是当时北京地区最大的猎场。

　　1900 年，八国联军入侵北京时，日军闯入园中焚毁建筑、射杀动物，这座皇家苑囿自此荒废。

　　1901 年，被认为是中国近代史上失权最严重的不平等条约——《辛丑条约》签订后，为了弥补空虚的国库，光绪二十八年六月设立了"南苑督办垦务局"，出卖土地，将"南苑内闲旷地亩招佃垦荒"。从此，封闭了六百多年的南苑得以开发，不少人在此购地筑庄，比如大太监李莲英的广德庄、富源庄，北洋军阀段祺瑞的振亚庄等。

　　辛亥革命后，冯玉祥在此建"思罗堂"，又称"中华基督教卫理公会南苑镇福音堂"。

　　民国时期，南苑长期作为兵营，中国陆军第 29 军的军部就曾设在这里。1937 年 7 月 28 日，大批日军进攻南苑，时任第 29 军副军长的佟麟阁、132 师师长赵登禹还因此牺牲。

　　1938 年 8 月，北平陷落。日伪统治期间，日军在"南苑猎场"北部修建了一座机场，这就是今天的南苑机场。

　　南苑分属大兴区和丰台区，覆盖了从南四环到南六环，从京开高速到京津塘高速之间的范围。南苑森林湿地公园建成后，不仅将成为首都南部的生态"绿肺",也能恢复历史水系,再现陂塘风貌。

天府新区是成都践行公园城市建设理念的示范区,近年来,生态文明在朝阳区受到前所未有的重视,并率先探索建设首都北京的"公园城市示范区",推动公园从单一功能向复合功能转变。这,值得浓墨重彩地渲染。

朝阳区是北京中心城区面积最大、人口最多,同时也是国际交往重要窗口的行政区域,朝阳区在践行公园城市建设理念之后,城市面貌已焕然一新。倘是晴天,当你从高空俯瞰,尽收眼底形如扇面的朝阳区,是一幅有着浓厚文化底蕴而又层次丰富的美丽画卷。"扇面"上除了高楼林立的CBD,星罗棋布的大使馆,繁华殊异的商业地标之外,更有见缝插针深深浅浅的鲜花绿植,而高高低低的所有建筑,均仿佛栽种于扇面花盆绿之底色中的景观。

据统计,至2022年底,朝阳区城市绿地面积已达1.6万公顷,公园绿地面积6400公顷,两项指标均位列北京第一,不仅形成了"一半森林一半城"的景象,而且"两环六楔、五河十园、多廊交织"的绿色空间格局初步形成。

在相应规划中,朝阳区北部绿道总长约130.8公里,规划范围北起温榆河公园一期,南至红领巾公园,西至奥森公园,东至郎园Station,整体呈"一线串六环"结构,可将沿线26个大中小微公园绿地串联起来,辐射周边12个街乡,62个社区。

2021年,9.5公里长的朝阳绿道示范段建成,每隔三四百米,还设有一处市民健身园。

2022年,全长25.5公里、总占地面积54.2公顷、从望京到朝阳公园的绿道也初步建成。这条绿道,如一根绿色的绸缎,连接起了珍珠般的望和公园北园、望承公园、桐城公园、望和公园南园、太阳宫体育休闲公园、太阳宫公园、南湖公园、四得公园、牛王庙公园、朝阳公园、红领巾公园……

公园，为绿道增添了生态面积。

绿道，使公园提升了生态功能。

公园与绿道二者结合，不仅拓展了野生动物的生存和迁徙空间，也形成了衔接区域、串联城乡、覆盖社区的绿色网络。

城市绿道的主题无非"康养健身"，但是朝阳区黄草湾郊野公园的主题除了"康养健身"之外，还有"自然野趣"。这里有一片树龄超20年的笔直高大的毛白杨树林。虽是森林公园，却又有城市的人文色彩，因为考虑市民的出游安全，公园里地形多变、坡度较大的路段都安装了护栏。

按规划，朝阳区绿道总长度将达到415公里，目前已建成270公里。当全部绿道建成之后，扇面形状的朝阳区将会行有花香、驻有小景、闲有泛舟、品有文化。

2023年，朝阳区的任务是依托减量发展和拆迁腾退，完成3000亩造林绿化任务的收尾建设，进一步拓展生态绿量，改善绿隔地区环境质量；完成管庄兴会公园、高碑店小郊亭公园、十八里店朝南森林公园二期3个城市公园，启动平房乡朝平公园、温榆河公园朝阳段二期建设工作。

过去几年，一场又一场"疏解整治促提升"的战役，在北京城乡结合部打响，政府利用拆迁腾退地块，陆续开展造林绿化及绿隔公园建设，仅朝阳区就新建改造大中小微公园绿地148处，构建了"大、中、小、微"四层级公园体系。

除了疏解腾退，朝阳区还持续推动百万亩造林绿化建设，充分利用零散地块、道路两旁、第五立面等绿化空间，宜绿则绿、见缝插绿、垂直增绿。

……

北京，有令我们仰望造型庄重气势恢宏的天安门，有中轴线上密布记录中华风韵的亭台楼榭，有胡同小巷里生生不息的京味风韵，有京剧舞台上令人沉醉喝彩的唱念做打，有三千年岁月星罗棋布层层叠叠的文化遗产。

历史留下的痕迹，文明留下的脉搏，这是令每一个北京市民为之自豪之所在，令每一个外地游客为之仰视之所在。而今，为了提升城市的幸福指数，建设践行公园城市建设理念的北京，历史悠久、金碧辉煌、时尚摩登、商贸繁荣、人文荟萃、生机勃勃、繁荣昌盛、庄严威武的北京，因为满城皆是递增的郁郁葱葱的森林和绿地，递增的为民情怀和暖意春晖，而更添魅力，令北京市民自豪、令外地游客仰视的程度也更胜一筹。

千园竞秀

　　城市公园不是城市的形象和面子，或者说不应该仅仅是城市的形象和面子，而是市民幸福健康的生活不可或缺的要素。

　　从拆墙透绿，到见缝插绿，再到大街小巷目之所及皆是繁花绿草林木蓊郁，公园城市的建设，也在上海市呈现出开窗见绿、漫步进园、四季闻香的特色，且正朝着全域公园的美好形态转变。

　　上海，是一座经济、人口、空间高密度发展的超大型城市。但上海在高密度发展的过程中，也面临着发展转型、人居环境、社会治理等多方面的挑战。

　　上海曾经的生态空间规划建设跟其它国际大都市一样，也存在着生态空间缺乏、体系有待完善、尚未满足需求、实施管控困难等相似问题。作为高密度人居环境下的超大城市，人多地少、自然资源紧缺、对经济密度的要求高，生态空间增量挖潜难度大；生态空间缺乏系统性、层级性的体系构建，亟待整合全域生态要素、融合多元功能，构建空间体系、能级体系、保护体系等；面向市民对美好生活的向往，生态空间供应不充分、地区不平衡的矛盾日益凸显，郊野地区生态资源优势未得到充分发挥，生态功能综合利用有待提升；生态空间实施管理过程中，涉及各系统协调与区域管理协同难题较多，导致生态网络空间蚕食严重，亟待加强顶层设计，明确规划政策传导，完善协同管控机制。

在推动建设体现中国特色、时代特征、上海特点的繁华都市，助力建设生活幸福、令人向往的理想之城，进一步提升城市能级和核心竞争力，谱写"城市，让生活更美好"的新篇章的进程中，上海对厚植生态底色，推动绿色发展一直非常重视。

回望时光，上海于2018年1月对外发布了《上海市城市总体规划（2017—2035年）》，其重要内容是努力把上海建设成为"创新之城""人文之城""生态之城"，可见生态发展是其重要内容之一。

为确保《上海市城市总体规划（2017—2035年）》中"建设更具活力的繁荣创新之城、更富魅力的幸福人文之城、更可持续的韧性生态之城"重大战略目标任务的落地实施，2021年5月28日，上海又出台了《上海市生态空间专项规划（2021—2035年）》，明确了实施千座公园计划、建设环城生态公园带、完善城乡公园体系，建成具有中国特色、时代特征、上海特点的公园城市等内容。

看到了没？"公园城市"这几个字在"规划"中出现了。

实际上，上海人口密度高，土地金贵，想建公园城市难度很大。但正因如此，才更有必要建设公园城市，把城市放在公园里。

上海践行公园城市建设，是对标国际大都市的最高标准和最新理念，是成为创新之城、人文之城、生态之城的重要基础，是面向世界、面向未来的美好愿景，是海纳百川、兼收并蓄的文化传承，更是全民共建、全民共享的创新实践，是体现安全韧性城市建设的发展要求，是维护城市生物多样性生态，助力城市文化软实力提升的必由之路。

自然与人文结合，绿色基底与多彩文化辉映。让绿色成为城市发展最动人的底色、人民城市最温暖的亮色，把最好的城市资源留给人民，使城市更加包容开放、富有活力、充满温度，更好地满足人民日益增长的优美生态环境需要，推动建设体现中国特色、时代特征、上海特点，这是上海建设公园城市的理想，也是这座现代化国际化大都市应有的魅力。

《上海市生态空间专项规划（2021—2035年）》有目标愿景、发展理念、规划策略和总体格局四部分内容。

目标愿景是建设与具有世界影响力的社会主义现代化国际大都市相匹配的"城在园中、林廊环绕、蓝绿交织"的生态空间，打造一座令人向往的生态之城。满足人民日益增长的对优美生态空间的需求，建设天更蓝、水更清、地更绿，人与自然和谐共生的美丽上海，探索高密度人居环境下可持续发展的生态之城典范。

发展理念是践行"人民城市""公园城市""韧性城市"发展理念，坚持山水林田湖草沙生命共同体，坚守城市安全底线，加强城市安全与防护，让城市更有韧性。为市民提供更多优质生态空间，满足人民对美好生活的向往。

规划策略包含保护与融合的要素：严守生态底线，修复生态空间，保障城市生态安全。维护市域生态空间基底，对市域重要的生态空间要素进行保护，对市域重要的生态敏感地区予以保护和控制。加强田、水、绿、林等要素空间复合、功能融合，兼顾生态利用，保障超大城市生态效益最大化。体系建设与完善：通过"公园体系、森林体系、湿地体系"三大体系和"廊道网络、绿道网络"两大网络建设，保障城市生态安全、提升城市环境品质、满足居民休闲需求：公园体系满足市民对美好生活的向往；森林体系塑造特大城市韧性生态基底；湿地体系促进人与自然和谐共生。品质优化与提升：拓展生态空间的功能内涵，加强生态功能与其它功能融合，立足动植物安稳栖息、市民幸福生活的目标，基于多样化、精细化供给等角度满足市民日常与节假日休闲需求。机制保障与衔接：顶层设计、明确规划，突破传统管理机制壁垒，促进部门衔接、区域衔接，创新法规、土地、资金等政策，强化生态空间规划一张蓝图干到底。

规划的总体格局由以下几个方面组成：

实现区域层面，构建"江海交汇、水绿交融、文韵相承"的生态格局，共同维护区域生态基底，共建区域生态走廊，完善长江口、东海海域、环太湖及环淀山湖、环杭州湾等生态区域保护。

市域层面，构建"双环、九廊、十区"（双环包括环城绿带和近郊绿环，九廊包括嘉宝、嘉青、青松、黄浦江、大治河、金奉、金汇港、浦奉、崇明等9条生态走廊，十区为宝山、嘉定、青浦、黄浦江上游、金山、奉贤西、奉贤东、奉贤－临港、浦东、崇明等处的10片生态保育区）多层次、成网络、功能复合的生态网络，"双环"锚固城市组团间隔，防止城市蔓延，"九廊"构建市域生态骨架，形成通风廊道与动物迁徙通道，"十区"保障市域生态基底空间。

主城区层面，优化"一江、一河、一带"蓝绿生态空间。以黄浦江、苏州河为骨架，统筹优化沿岸生态资源，依水复绿，构建贯穿主城区的生态绿廊，串联多尺度、多特色的绿色开放空间。以环城生态公园带构建主城区结构性生态空间，促进"三生"空间融合，打造创新引领、生态宜居的人居环境品质。

……

2021年6月，上海市绿化和市容管理局又印发了《关于推进上海市公园城市建设的指导意见》，明确上海市公园城市建设的基本原则是坚持"公园"姓"公"，服务人民的属性，按照既有绿色又有彩色，既有绿化又有文化，既有森林又有园林，既可视又可达的要求，全力增加绿色开放空间，全面提升生态环境品质；通过体制机制创新，推动公园形态与城市空间有机融合，促进生态、生产、生活空间相宜，创造高质量发展与高品质生活；发挥政府在建设、管理、保护、监督和投入等方面的主体作用，引导企业和市民参与公园城市建设，形成共建共享的良好氛围和多元模式；在城市发展重点功能区域开展试点工作，探索实施路径，突破政策难点，带动公园城市的全面建设。

上海市公园城市建设的总体目标是生态、生产、生活协调发展，生态空间系统更加完善，宜居宜业魅力充分彰显，基本建成贯彻新发展理念、创造高品质生活的超大型美丽城市。

具体目标是至2025年，公园与城市更加开放融合，生态价值转换效益明显。公园数量从438座增加到1000座以上，森林覆盖率从18.49%提升到19.5%，市域绿道总长度达2000公里左右，除动物园、植物园等专类园及古典园林外的公园，原则上全部免费开放，新建公共服务设施附属绿地开放度明显提升，创建一批公园城市示范区域。

至2035年，公园城市基本建成，优美环境人人享有，生态价值高效转换，生态效益充分彰显。生态空间占比达到60%以上，森林覆盖率达到23%左右，力争建成2000座公园，市域骨干绿道长度达2000公里左右，有条件的新建公共服务设施附属绿地全面开放共享，公园绿地全时段开放率达到50%，市民对城市绿色开放空间的满意度显著提升。

公园城市建设的主要任务是推动"公园+"与"+公园"建设，以公园为基底注入多元功能，强化公园与城市的全面开放、融合、提质。具体内容为：

开展全域公园建设。

打造生态网络基底。通过大型公园、集中片林、滨河沿路林带建设，不断提升外环绿带与近郊绿环生态品质，并通过生态间隔带进行串联；推进实施环城生态公园带建设，加快外环绿带品质提升、楔形绿地和环新城森林生态公园建设；推进黄浦江、大治河等九条市域生态走廊建设，集聚林地、农田、水系等生态要素，增加郊野公园、绿道等休闲空间，构建市域生态骨架。

建设城乡公园体系。全面开展城乡公园体系建设，提升全域公园品质。完善城市公园的服务品质、生态与休闲品质，强化城市公园与各类高能级公共服务设施的融合；提升社区公园的覆盖水平，以15分钟社区生活圈为标准，强化社区公园的可达性、服务设施的适用性，满足居民日常休闲需求；在土地资源有限的中心城区，见缝插绿建设口袋公园；彰显郊野公园的生态魅力，建设提升一批特色鲜明的郊野公园的品质及配套设施，逐步形成与城市发展相适应的大都市游憩空间，和长江口物种庇护所、种质资源库；营造乡村公园的本土特色，结合田、水、林生态资源，推进兼具优质生态本底、乡土文化特色与休闲服务功能的"一村一园"建设；提升开放林地的休闲功能，改造现有林地资源，强化生态涵养和休闲功能的复合。

串联全域公园网络。全面开展蓝网绿道体系建设，强化全域公园的有机串联。推进滨水沿路两侧绿道建设，提升公共空间品质，促进生态、生活功能的有效融合，承载市民健身、休闲功能，形成连续畅通、功能复合的公共活动空间；中心城区依托商业中心步行街道、景观道路绿地以及历史风貌街区等空间，创建宜人的林荫道网络。

推动全面开放融合。以"+公园"引导全面品质提升。以"+公园"建设全面推动城区、园区、街区、校区、社区、乡村的品质提升。"+公园"是完善绿色开放的城市空间，建设多元活力的公园街区、舒适温馨的公园社区、人文智慧的公园校区、开放融合的创新园区、多元复合的公园乡村。城区以高品质公园为引领，强化功能复合，打造宜居宜业环境；园区以公园绿地为基础，融合企业与人才的服务功能、生活配套，形成室内户外一体的办公、休闲、交流环境；街区全要素优化道路绿化、建筑立面、街景小品、景观灯光等，增设公共空间休憩座椅，深化社会共建共享；校区提倡绿色建设，提升生态品质，推进高校绿化空间的开放共享及与社区的有机融合；社区则完善居住、就业、出行、服务、休闲等功能，强化服务设施与绿化环境的有机融合，全面提升空间品质和居民的绿化感受度；乡村以郊野公园建设为龙头，以"一村一园"建设为补充，通过点状供地完善配套设施，推进农田林网建设，吸引新兴产业，促进振兴。

以"公园+"推动全面功能融合。以"公园+"推动和加强公园与体育、文化、旅游等各类功能的有机融合，整体提升城市品质。"+体育"是在公园里布局各具特色的休闲健身与运动场地、场馆，为市民提供环境优美的健身之所。"+文旅"是在公园、滨江水岸等绿色开放空间布局博物馆、美术馆、影剧院、图书馆等设施，营造文化氛围，聚集文化活动。"+服务配套"是因地制宜推动社区服务、商业场馆、停车设施等与公园绿地结合，综合提升环境品质和生活美感。"+安全"是因地制宜地利用公园空间推进城乡应急避难场所、雨水调蓄、人防等设施的建设。

推进公园绿地全面开放共享。加强科学化、精细化、智能化管理，逐步推动公园绿地全面免费开放；加强绿色开放空间与全天候活动的结合，根据公园绿地、休闲林地等绿色空间的区位特征，完善适合多元人群的配套设施，逐步形成全时段的开放空间；突出公园的特色化营造，结合户外体验、自然教育、疗愈身心等功能，营造具有特色亮点的公园绿地。探索既有附属绿地的品质提升、开放共享，引导商业、文化、体育、旅游等各类设施附属绿地分时段合理开放与利用。引导规划附属绿地开展统一设计，推进产业园区绿化专项规划编制，在绿地率统筹平衡的基础上，优化绿化布局，提升绿化效益，将零散的附属绿地相对集中，推动开放共享，提升园区的环境品质；在产业区、商务区、居住区等不同区域范围内，针对不同类型附属绿地的开放需求，倡导一体化城市设计工作，涉及出让的土地，作为规划设计条件纳入土地出让合同，并开展全生命周期管理。开展高架、围墙、公共服务设施等空间的立体绿化建设，推进商业、文化、体育等公共服务设施的屋顶绿化建设。

"十四五"规划中，上海公园城市建设的重点安排分重点发展区域、重大建设项目和重要提升举措三部分。

重点发展区域。

以"一江一河一带"推动主城区生态空间开放融合。中心城区以"一江一河"（"一江"指黄浦江，"一河"指苏州河）滨水空间贯通开放为带动，以城市更新推动绿化建设，加强社区公园、口袋公园建设，促进附属绿地的开放共享与功能融合；以外环绿带向内连接楔形绿地、向外连接生态间隔带，形成环城生态公园基底，带动主城片区的转型升级与城市功能提升。

以"绿心"公园引领"五个新城"（嘉定、松江、青浦、奉贤、南汇）环境品质全面提升。凸显"一城一园一湖"独特景观，推进环新城森林生态公园建设，加强绿地空间与公共活动的融合，通过蓝网绿道进行串联，持续构筑蓝绿交织、开放贯通的"大生态"格局。

以公园绿地建设促进产业转型区域功能完善和融合创新。围绕张江、紫竹等创新集聚区域以及桃浦、南大、吴淞等产业转型区域，统筹产业用地附属绿地布局，促进中心公园的建设提升、融合创新及生产生活服务功能，整体提升园区品质，增强对企业和人才的吸引力。

重大建设项目。

积极推进环城生态公园带建设。全面提升"环上"外环绿带生态景观和服务能级，新增35处"环上"公园、100公里以上外环绿道，按照绿化、彩化、珍贵化、效益化要求改造提升500公顷绿带；积极推进"环内"楔形绿地建设，三林、森兰、碧云、桃浦等4块楔形绿地建成开放，北蔡、吴淞、大场、吴淞江、吴中路等5块楔形绿地启动建设，三岔港楔形绿地启动规划建设研究；有序探索"环外"生态间隔带建设，有意愿、有条件的相关区启动专项规划编制和建设方案研究；联动打造"五个新城"环新城森林生态公园带，建设一批环新城森林生态公园，逐步形成"一大环+五小环"环城生态公园带体系。

这个"环"是始建于1995年、长约98公里的上海外环线。绿道建设完善后，如翡翠项链般绕城，能一定程度地发挥着调节温湿度、净化大气环境、涵养水源、固碳释氧、生物多样性保护和固持土壤的作用。

着力实施千座公园计划。推进建设世博文化公园、北外滩中央公园、前湾公园、上达河公园、南汇嘴生态公园、奉贤中央森林公园、马桥人工智能体育公园等大型标志性公园；建成10座以上特色公园和郊野公园；新城新建约50座社区公园；依托现有生态资源，促进林地、田地、水系、湿地等生态空间组合，改建50座左右休闲林地公园；在中心城区改建或新建300座左右口袋公园；结合美丽乡村建设200座左右小微公园，基本实现出门5—10分钟有绿、骑车15分钟有景、车行30分钟有大型公园。

强化实施全域绿道网络。新建市域绿道1000公里，其中骨干绿道500公里；郊区依托绕城森林、生态廊道初步建成"一区一环"；城区沿骨干河道两侧 20 米构筑连续开放的公共空间，持续推进川杨河、淀浦河、蕴藻浜、张家浜等滨水廊道及两岸绿道建设。

重要提升举措。

彰显江南园林特色风貌。保护和提升豫园、秋霞圃、古猗园、曲水园、醉白池等体现江南特色的历史名园；聚焦历史文化名镇、名村及传统村落，打造江南园林，构建多元活力、独特魅力的公共文化空间。

结合公园绿地建设提升和"一街一景"布局，建设 100 个"绿化、彩化、珍贵化、效益化"市级示范点，建成外环"彩带"；建成"绿化、彩化、珍贵化、效益化"示范森林 10 万亩，引进、繁育和推广 20 种林木树种，建成 5 个苗木基地。

引导单位绿化开放共享。通过新建规划设计和既有拆墙透绿，积极推进单位绿化社会共享工程 200 个以上；建成 20 处以上"特色功能+公园"示范点。

有序开展公园城市相关创建工作。制定创建标准，围绕北外滩地区、杨浦滨江地区、四大主城片区以及"五个新城"全面开展"公园城区"创建工作；将公园城市建设有关要求和关键指标纳入绿色园区标准，在重点产业创新集聚区域及产业发展转型区域，创建 10 个以上公园型示范园区；将公园城市建设有关要求和关键指标纳入美丽街区创建标准，提升建成 100 个公园型美丽街区；将公园城市建设有关要求和关键指标纳入 15 分钟社区生活圈示范创建工作，提升建成 30 个公园型社区生活圈；将公园城市建设有关要求和关键指标纳入乡村振兴示范镇、村的创建工作，建成 10 个以上公园型乡村振兴示范片区以及 50 个以上公园型乡村振兴示范村。

芳林翠幕

高楼林立，寸土寸金，却又绮帐绣户，烟柳画桥，红披绿偃，花卉勃郁……上海有如此气魄与远见，令人击节。

滨江地段，绝版地块，市场价值至少 1000 亿元，却不用来搞商业开发，而是用来建公园。这就是上海践行公园城市建设理念的大手笔。

这个公园，便是在上海黄金地段、2010 年世博会举办地建起的上海世博文化公园。

上海世博文化公园位于浦东滨江核心地区，西北部毗邻黄浦江，东至卢浦大桥—长清北路，南至通耀路—龙滨路，占地面积约 2 平方公里。

2010 年，持续了 183 天的上海世博会完美落幕。如何开发这一黄金地块，遂成为广大市民热切关注的焦点。因为世博会举办地被视为上海第二个"陆家嘴"，如果开发成商业地产的话，会带来超过 1000 亿元的直接财富，以及源源不断、持续增量的间接财富。

然而，为了提升上海市民的幸福指数，践行公园城市理念建设，上海市委市政府组织相关专家在经过多轮研究、讨论之后，最后在众多方案中选择了公园建设方案，并决定对标美国纽约中央公园和英国伦敦海德公园，将这一黄金地块建设成一座生态自然永续、文化融合创新、市民欢聚共享、没有围栏与围墙的开放型的世界一流城市中心公园。

　　因为上海需要高楼大厦和万商云集，也需要公园绿地和蓝天白云。因而这是上海优化生态系统、提升空间品质、延续世博理念、建设生态之城的重要举措。

　　2017年9月，上海世博文化公园开始建设。结合已建成的后滩湿地公园，上海世博文化公园对上海世博会的法国馆、意大利馆、卢森堡馆和俄罗斯馆等4个保留场馆进行了改造，同时新建世博花园、申园、双子山、上海温室、世界花艺园、大歌剧院、国际马术中心等主题园区。2024年全面建成，全园开放。上海世博文化公园是上海市中心城区最大的沿江公园绿地。

　　2021年12月31日，上海世博文化公园北区开园，迎着灿烂的阳光，人们蜂拥而至，望江、赏湖、爬"山"，让风光给心情添彩。

　　上海世博公园北区占地约85公顷，由舞动广场、静谧森林、时光印记大道、世博花园、音乐之林、中心湖、后滩滨江、申园等多个片区和景点组成。

　　舞动广场位于公园东入口，此景借鉴中国古典园林月洞门设计，用"框景"手法珠联璧合地集聚桥、水、洞、门……"观心同水月，解领得明珠"，中国传统文化的婉约风韵与潇洒凤仪，让人亲切而又喜悦，人未起舞，心已翩跹。舞动广场也是繁华街区与绿色自然的无缝连接之地，因为广场的东侧高楼林立、车水马龙，西侧则草木葱茏、繁花似锦。

　　静谧森林位于公园东北部，约16公顷土地上植满生态涵养林。进入森林犹如进入桃源，茂叶繁枝织成了属于自己的清幽世界，而将城市的喧阗隔绝于外，游人置身其中，不仅能荡涤肺中的污垢，去却虚妄，扫除贪嗔痴，享受大自然的宁静与质朴，还能停下随波逐流的浮躁，与自己的灵魂对望。

时光印记大道也别具特色，在从东至西400多米的长度上，记录着这一地块在上钢三厂所在的钢铁工业时期、世博会时期、世博文化公园时期等"前世今生"内容。当年上钢三厂自制的28根钢铁树干、活泼可爱的中国2010年上海世界博览会吉祥物海宝、世博场馆的主题标语、"圆梦"雕塑……都是这条大道上的风景。

世博花园是核心景区，依托已完成上海世博会使命并保留下来的俄罗斯馆、法国馆四个保留场馆，以长约1000米的樱花环道串起精致花园、海棠花甸等观景特色，集中呈现各类春花植物。

上海虽然是一座很年轻的城市，但是上海有一座园林却比较古典，这座园林就是豫园。

豫园位于上海市老城厢东北部，北靠福佑路，东临安仁街，西南与上海老城隍庙毗邻。

豫园本是明朝四川布政使潘允端的私人园林，他从明嘉靖己未年（1559年）起，在潘家住宅世春堂西面的几畦菜田上建造园林，历二十余年建成。

豫园当时占地七十余亩，由明代造园名家张南阳设计，并参与施工。古人称赞豫园"奇秀甲于东南"。

园内有江南"三大名石"之称的玉玲珑、1853年小刀会起义的指挥所点春堂，园侧有城隍庙及商店街等游客景点。

自1956年始，有关部门历时五年对豫园进行了大规模修缮。1961年，修缮工程完成后的豫园开始对公众开放；1982年2月，豫园由国务院公布为全国重点文物保护单位，也成为上海的历史文化地标。

而今，在高楼大厦、车水马龙的浦东也有一家传播中华古典园林文化、独具江南园林特色的景观，这便是上海世博文化公园中的申园。

古色古香的申园采用传统工艺营造，占地5公顷，园内叠石磊山、掘池理水、筑榭搭桥，形成了北山、南水、东园、西苑的空间布局，山环水抱之中的建筑群落呈现明清时期江南传统园林风格。在申园里，有"醉红映霞""古柯晚渡""玉堂春满""松石泉流""曲韵天香""秋江落照""烟雨蓬莱""荷风鱼乐"八景，每一景都韵味悠长。"荷风鱼乐"近申园西门，此处景观有湖有桥，有榭有亭，有荷有鱼，伫立景中，赏鱼游碧水，脑海中顿然会联想到"江南可采莲，莲叶何田田。鱼戏莲叶间。鱼戏莲叶东，鱼戏莲叶西，鱼戏莲叶南，鱼戏莲叶北"的意境。

而"醉红映霞"近申园南门，游人因"红"而"醉"，是因为景点既广种松树也遍植杜鹃，且品类多至40种，时至春天，漫山红遍，游人漫步春意盎然的鲜花丛中，菁英芝芝如蜂似蝶，怎不沉醉？

"松石泉流"景观则在杜鹃坡后的莲池之中，假山以太湖石堆叠而成，小而凛然。山顶上有亭翼然，峰回路转。山间巉岩飞瀑，石脉流泉。山下云雾洞天，玄默柳烟……似有道家风骨。

徒步申园北山最高点"一览亭"，立于亭内，不仅申园景致尽收眼底，北望还能见黄浦江滚滚流淌，南望园内湖水如镜，倘是落日时分，夕阳共湖水一色，落霞与水鸟齐飞，这就是"秋江落照"景观名字的由来。

申园，犹如世博文化公园内的一颗璀璨明珠。

"主题+"是上海世博文化公园的一大特点，园内除了风景，还有马术、文化、歌剧、温室等。

在公园西北部，有一片面积约8公顷的音乐之林，这里是户外文化演出场地，有可容纳约8000人的露天剧场，剧场依山面湖，舞台悬于湖面之上，由南向北呈扇形延伸，剧场有近百棵银杏包围，演出场景犹如童话。

公园里，除了给广大市民打造的游玩风景之外，还在城市滨江绿地中营造出了一块人、动物和自然和谐共存、趣味盎然的活动空间"狗GO乐园"。该乐园位于后滩滨江L6码头和芦荻台间滨江区域，面积约10000平方米，是宠物运动、社交和宠主休闲活动的场地。乐园里设置有人宠互动区、宠物运动区和休闲漫步区，同时设有宠物便桶、冲洗区、饮水点等配套设施。

作为公园一大标志性景观，建设用地面积为30万平方米的双子山项目，由两座高度不等的山体组成，山体南北向长207米，东西向长830米，最高峰48米，次峰37米。山体的坡度在14度到45度不等。这是国内第一座高度超过40米的空腔人工仿自然山林。双子山山体部分种植有白玉兰、朴树、元宝枫、三角枫、银杏、北美红枫等乔木5000多棵，乔灌木总计约1.1万多棵，这片森林春天芬芳扑鼻，夏天郁郁葱葱，秋天漫山红遍，冬天幽黛如画。

……

在世博会址上建一座生态公园，放弃至少1000亿元的商业价值，可惜吗？

实际上，上海世博文化公园既是一个民生项目，也是一个生态项目，更是一个发展项目。因为它不仅给广大市民提供了一个休闲的优美场所，也能更好地演绎2010年世博会的主题——城市，让生活更美好。

在浦东新区，2021年以来，通过新增城市公园、改造口袋公园、打造乡村公园等方式推动"+公园"建设，新增公园16座，公园总数达到69座。2022年，又新增公园45座。不仅如此，还规划到"十四五"

末，拥有公园 200 座以上。

同时，浦东新区还结合环城生态公园带建设、金色中环、张江科学城等重点项目，使城市公园相应地体现出文化、地域、植物等特色鲜明的主题；在口袋公园方面，聚焦中心城公园布局盲点问题，提升社会绿地街面化、路口街角功能、增强水环建设，形成高品质生态空间；乡村公园方面，结合郊野环境特色生态资源，推进兼具优质生态本底、乡土文化特色与休闲服务功能的"一镇一园"建设，以生态廊道项目和乡村振兴示范村为重点，打造富有野趣的乡村公园。

浦东在"+公园"的同时，也注重"公园+"，努力推动公园与体育、文化、旅游等功能的有机融合，使其兼具休闲健身、观光旅游、社区服务等功能。

位于张江镇中环边的华夏公园，在改建时不仅保留了良好的生态基底，还利用既有水系串联樱花岛、荷香满堂、心湖、秋水园、獐园、雨水花园等景点，使其展现出四季不同的美景。园内绿道宽 3.2 米，沿着绿道建有篮球场、网球场等公众运动空间，并探索沿路、沿街、沿河单位附属绿地的品质提升共享，引导商业、文化、体育、旅游等各类设施附属绿地的合理开放与利用。

新公园的规划设计与优秀品质令人惊艳，老公园也没忘提质增鲜。

中山公园，原名兆丰公园，位于上海市长宁区长宁路 780 号，系 1914 年英国人兆丰在沪时修建，是当时上海最负盛名的公园。公园以英式自然造园风格为主，融中国园林艺术之精华，中西合璧，风格独特，是上海原有景观风格保持最为完整的老公园。

中山公园占地面积约 20 万平方米，有大小不等、各具特色的景点 120 余处，最具代表性的景点有银门叠翠、花墅凝香、水榭絮雨、绿茵晨晖、芳圃吟红、双湖环碧、荷池清月、林苑耸秀、独木傲霜、石亭夕照、虹桥蒸雪、旧园遗韵等。除此以外，公园内还有树龄150年左右的悬铃木。

以前，这些醉人的风景都被关在"深闺""绣闺"之中，在践行建设公园城市理念之后，2022年9月，中山公园向市民打开了围墙，美丽的风景面向开阔的城市空间，与居民们有了零距离的亲近。

总面积约60万平方米的大宁公园，跟世纪公园、黄兴公园一样，是上海城市总体规划最早确定的三大绿地之一，对其进行品质提升后，而今的大宁公园更受市民欢迎，因为这里春天郁金香怒放，夏天荷花争艳，秋天层林尽染，冬天腊梅飘香。

自践行公园城市理念之后，上海的变化是显著的，美誉度和幸福指数在节节攀升。

在印发了《关于推进上海市公园城市建设的指导意见》后，2023年1月，上海市绿化和市容管理局又发布了《上海市公园城市规划建设导则》，再次强调了跟"指导意见"一致的目标愿景，即至2025年及2035年，公园城市建设应达到的技术指标。特别是到2035年时，公园城市基本建成，城市有机更新，公园最宜休憩，优美环境人人享有，生态价值高效转换，生态效益充分彰显，市民对城市绿色开放空间的满意度显著提升。

《导则》指出，上海市将深入践行"人民城市人民建，人民城市为人民"重要理念，以全域绿色开放空间建设为基础，以全面推动生态价值转化为目标，在规划、设计、建设、管理、运维等城市规划建设的各个阶段，以"公园+"和"+公园"为主要抓手，促进城市各类空间的开放、共享、提质，强化"公园"与"城市"的无界融合。

坚持公园的公共属性，坚持以人民为中心，强化各类公共空间的全面开放，发挥政府在公园城市规划、建设、管理、保护、监督和投入等方面的主体作用，引导企业和市民参与公园城市建设，形成共建共享的良好氛围，探索政府、市场、社会参与建设运营的多元模式。

坚持全域公园，全面提质。以建设"公园中的城市"为理念，按照有绿色有彩色，有绿化有文化，有森林和园林，既可视又可达的要求，全力增加绿开放空间，全面提升生态环境品质。

贯彻"城市是一个有机生命体"的系统思想，通过政策协同与创新，推动一体化规划设计，促进公园形态与全域城市空间有机融合，强化各类城市功能的空间复合，使生产、生活、生态空间相宜，体现高质量发展与高品质生活。

2023年1月，上海市有关部门又出台了《上海市"十四五"期间公园城市建设实施方案》，这个方案是根据《关于推进上海市公园城市建设的指导意见》和《上海市公园城市规划建设导则》制定的，是将公园城市的具体规划中"十四五"期间部分内容落到实处、予以实施。

方案的主要任务包含以下几部分：

实施"千园工程"。建设东西南北中布局均衡、大中小级配合理、特色鲜明的城乡公园体系，年增城乡公园120座以上；到2025年公园总数达到1000座以上，其中结合城市更新、存量绿地改造等工作，完成口袋公园300座；依托现有生态资源，促进林地、田地等生态空间组合，改建50座左右开放休闲林地公园；结合清洁小流域改造、生物栖息地保护、土地整治、美丽乡村建设等建设200座左右乡村小微公园。以外环绿带功能提升、楔形绿地建设、新城绿环打造为重点，系统推进环城生态公园带规划建设，优先建设环城公园示范项目，建成10座以上特色公园和郊野公园。

增加绿化空间。多途径增加绿化空间，把适宜绿化的地方都绿起来，每年增加立体绿化40万平方米以上。

贯通绿道网络。建设连通区域、城市、社区的城乡绿道网络，完善绿道服务设施，提高绿道服务居民能力。到 2025 年，完成市域绿道 1000 公里，其中骨干绿道 500 公里。中心城结合"一江一河一带"公共空间贯通，建成高品质绿道，外环绿道除重大市政节点外全线基本贯通。主城区持续推进以川杨河、淀浦河、蕴藻浜、张家浜等为骨架的滨水廊道及两岸绿道建设。五个新城依托新城绿环实施环城绿道，崇明生态岛依托环岛运河和生态大道同步实施环岛绿道。启动实施上海大都市圈绿道，重点实现长三角一体化示范区绿道贯通。

推动绿色共享。加大公园免费开放和延长开放力度，与周边各类设施空间融合连通，形成视线通透、便捷可达、功能交融的绿色开放空间。积极推进单位附属空间开放共享，聚焦中心城、主城片区、五个新城范围，选取基础条件好、市民需求度高的区域，积极创造条件，鼓励通过退界、围墙打开等多种方式开放单位附属空间，并进行相应改造提升，优化绿化环境景观，有条件的改建成口袋公园。至"十四五"期末，推进 100 个以上的机关、企事业单位附属空间对社会开放，开放空间约 100 万平方米，改造成 35 个以上口袋公园。

拓展公园主题功能。在"十四五"期间新建改建的公园中，增加体育、文化、音乐、艺术、戏曲、红色资源等元素。促成公园与院校在公园主题创意设计、公园功能活动拓展、美丽校园等方面加强合作，发挥高校学科人才资源优势，提升公园功能品质。

加强区域整体设计。开展并推动区域内公园绿地、道路绿地、河道绿化及附属绿地空间的整体设计和统筹布局，形成无界融合、渗透贯通、优美宜人、舒适便捷、设施完善的绿色开放空间。推动城市绿线、道路红线、河道蓝线、开发地块内绿色开放空间的一体化规划设计和建设实施。

"实施方案"还明确了示范创建内容：

建设公园城市示范点。基于"美丽街区"创建标准和办法，加入公园城市评价元素和指标，在"美丽街区"基础上创建 50 个"公园城市示范点"；基于"绿色学校"创建标准和办法，加入公园城市评价元素和指标，在"绿色学校"基础上创建 10—20 个"公园城市示范点"；结合各类园区的转型升级，加入公园城市评价元素和指标，创建 10 个"公园城市示范点"；基于乡村振兴示范镇、村创建标准和办法，加入公园城市评价元素和指标，在"乡村振兴示范片区、示范村"基础上分别创建 8 个和 30 个"公园城市示范点"。

建设公园城市示范区。聚焦五个新城、南北转型区域以及长三角一体化示范区等战略新空间，各区选择 5—10 平方公里左右范围，编制实施方案，推动创建工作，建成 1 处以上"公园城市示范区"。"公园城市示范区"需具有一定的综合性特征，且包含至少两种不同类型的"公园城市示范点"。其中绿化覆盖率、开发边界内 3000 平方米以上公园 500 米半径覆盖水平、绿道建设密度作为基础性指标，绿视率、可实施立体绿化建设实施率、公园绿地全时段开放共享率、对城市绿色开放空间的满意度、新建公共服务设施附属空间开放共享率等作为提升性指标。

在 2035 浦东规划中，金桥功能区升级为城市副中心，规划建设金桥中央公园。公园内包括金桥艺术中心等，以该公园为金桥城市副中心核心区的正中心，西半环布局科技商务功能，东半环布局科技研发功能，形成科创、商务环抱公园的格局，同时聚集文化休闲、会议展示、生态游憩等功能。未来将实现从产业园区向综合性城区的转变，成为具有全球影响力、创新智造云集、综合服务完善、富有国际魅力的高品质副中心承载区。

有意思的是，出任成都天府新区总规划的匡晓明，也为上海的公园城市建设奉献着自己的智慧。上海浦东新区金桥城市副中心的总规划师也是他。

为学习城市规划建设先进理念，深刻领会"公园城市"概念及其实施策略，2023年2月8日上午，金桥管理局特地邀请他，做了"基于公园城市理念的金桥城市副中心城市设计"讲座。

在讲座中，匡晓明介绍了"公园城市"概念的缘起和理论探索。"公园城市"象征着城市演进步入了新阶段，新理念擘画的蓝图蕴含了以生态文明引领的发展观、以人民为中心的价值观，突出了人城境业高度和谐统一的大美城市形态。

对金桥副中心的规划历程和设计理念，匡晓明进行了详细解读：金桥功能区由原来的出口加工区发展为经济技术开发区，到现在的城市副中心，承担了未来城市的新概念，是城市活力有机共同体。新的城市概念突出生活与工作的时空融合，强调商务和研发的协同效应，体现人文与体验的中心特色。

金桥城市副中心以"创智+活力、生态+人文、轨交+步行"为设计特色，通过CAD（中央活力区）与CBD（中央商业区）和CTD（中央科创区）三区叠加，打破生产、生活与生态的界限；以以人为本、引人入胜为规划设计目标，提倡以人为本，以国际型与创新型年轻人群的需求与向往为导向，塑造引人入胜的实体空间与虚拟空间泛在共享的网红打卡地，通过采用"公园城市"理念中园城共生、高效复合、场景营城、精细管理的特征策略，着力将金桥城市副中心打造成为既有人文场景又有烟火温度的魅力空间。

这些年里，上海市围绕"令人向往的生态之城"的目标愿景，在公园城市建设方面已取得显著成果：

规划及政策形成体系。颁布《上海市生态空间建设和市容环境优化"十四五"规划》《上海市生态空间专项规划（2021—2035年）》《关于加快推进环城生态公园带规划建设的实施意见》《关于推进上海市公园城市建设的指导意见》《上海市公园绿地"四化"规划纲要》《上海市公园城市规划建设导则》等一系列规划、政策及标准。

公园建设成果丰硕。截至2023年1月，上海各类公园数量已增至670座，是2011年（153座）的4.37倍；"公园+"方面注重融合红色资源、音乐、体育等功能，首批19座公园与8所院校签署合作项目；"+公园"方面有序推进，10余处机关、事业单位、国有企业的附属绿地改造后向市民开放。

环城生态公园带初具雏形。上海将用15年时间推进环城生态公园带的规划建设。至2022年底，环城生态公园带上已建成徐汇区华泾公园、宝山区丰翔智秀公园、普陀区春光公园、嘉定区绥德公园、闵行区梅陇生态公园、浦东新区沔青公园和金海湿地公园等7座公园。其中，部分公园是在尊重原始自然基底的基础上，经改造提升后重回公众视野的。华泾公园内，刻有黄道婆生平的石碑静卧岸边，还有邹容纪念馆、宁国禅寺、宾贤桥等特色景观，让人漫步在时光隧道里，沉醉于充满文化积淀的氛围中。

环城生态公园带上，另有10座公园也开工建设；环城生态公园带内的桃浦、碧云、森兰等楔形绿地建设持续推进，三林楔形绿地中央森林公园初具规模。

植树造林成绩显著。截至2022年底，全市森林面积持续增长，以绿色为底色在上海大地不断蔓延，森林面积达189.8万亩，森林覆盖率提升至18.51%（按土地总面积6833平方公里计算）。建成重点生态廊道17条（片），面积达到10.4万亩；建设了一批特色鲜明的开放休闲林地。

骨干绿道网络基本形成。每年新建绿道200公里以上，市级绿道形成了"三环一带、三纵三横"体系。

为进一步满足人民群众日益增长的优美生态环境需要，按规划，上海市2023年着力新建各类城乡公园120座，黄浦江45公里、苏州河42公里岸线贯通开放，完成了801.6公里架空线入地和杆箱整治；持续推进"一江一河一带"建设，推进新城绿环建设，推动黄浦江共青森林公园段等滨水公共空间贯通开放；加快建设世博文化公园南区、三林楔形绿地；新建绿地1000公顷、绿道200公里、立体绿化40万平方米、新增森林面积4万亩。

从城市公园到公园城市，是发展理念的深刻转变。

全力做好公园城市建设这篇大文章，加快建设开放共享、多彩可及的高品质生态空间的目的，是让城市处处有公园、公园处处是美景，让人民群众有更多获得感、幸福感、安全感。

一座伟大的城市，一座让人幸福的城市，一定是人与自然和谐共生、市民生活美好的城市。

践行"公园城市"理念的上海，不仅有美好的绿色，也有人文与生态的内涵，公共空间与城市功能相互支撑，彼此融合的一流人居环境渐渐形成。

如今的上海，摩天大楼依然如森林般存在，不同的是，这些摩天大楼是建在公园中的。

可见，上海成为公园城市的远大理想，正在跑步接近。

第十章

城市春晖

岭树高楼共生，人与自然和谐
暖意春晖为民，如春登台幸福

第一章

到達市鎮

海天城园

除了北京、上海这两个超大城市跟成都比拼建设公园城市之外，深圳市也同样高瞻远瞩，誓要打造山海丽景。

40多年前，深圳还曾是一个并无特色的大农村，而今却已然成为国际大都市。深圳的发展离不开"特"字。腾讯董事会主席马化腾说，深圳之'特'，关键在于创新、开放、务实。这在城市建设方面，其特点也是显而易见的。

福田区是深圳的中心城区，已建成各类公园125个，每个公园都各具特色，这些公园共同构成了"城在林中、路在绿中、人在景中"的美好生态环境。

从城市中的公园到公园中的城市，让公园与城市互为肌理，真正融为一体，福田区的这个变化，是通过消除公共绿地边界，模糊公园空间和城市空间的界限得以实现的。从植被到绿道，从建筑到景观带，人文气息和自然风貌和合依存，每一处都展现着公园建设的智慧和用心。

2017年，在全球人才持续涌入深圳的大背景下，南山区落成了我国首个以褒奖和激励人才为主题的公园——深圳人才公园。因为地处海滨，人才公园不仅具有湿地公园和城市绿肺的生态功能，还建有人才功勋墙、人才雕塑园、人才体验馆等文化设施，以记录深圳改革开放取得的巨大成就以及深圳人才的奋斗史。另外，有公园会务中心功能的求贤阁，设有院士讲堂、多功能厅、人才咖啡、人才书吧等。有活动中心功能的群英荟，设有创客空间、健身中心、人才体验馆等……人才元素与自然景观深度融合，与15公里深圳湾滨海长廊一起，构建了内涵丰富、景观多元的滨海图卷。

大梅沙海滨公园是深圳最知名的景区之一，公园分为观海漫步区、核心区、遗址文化区和生态保育区。观海漫步区集游客中心、淋浴、简餐服务等功能于一体。风信长廊是最佳海景观赏点，目光所及，棕榈乔木与大草坪相结合的滨海风景美不胜收。核心区的下沉广场连接着地铁出入口，设有沙滩浴场服务区，相应建筑屋顶建有观海平台。遗址文化区保留了大梅沙原始植物风貌。生态保育区则保育滨海红树植物与原生植被，使之成为具有固沙防潮、生态保育功能的植物涵养区。

在盐田区，一条69公里长的生态"翡翠项链"，将城区风景区、森林公园、绿道、登山环道与半山健步道串联起来。位于梧桐山国家森林公园内沙头角林场恩上村旧址的恩上古村生态公园，是这条"项链"上最璀璨的明珠。

有45公里海岸线、位于宝安中心区南部的欢乐港湾，集滨海休闲、文化旅游、艺术体验、生态办公为一体，这座地处粤港澳大湾区核心区域的国际化滨海城市新坐标，包含宝安滨海文化公园、"湾区之光"摩天轮、滨海体验式商业街区与"湾区之声"深圳滨海艺术中心等内容。其中，滨海文化公园凭借陡峭的海岸线、连绵的草地、海角、蜿蜒的小溪和倒影的池塘等典型、多样化的地形地貌，以及复合型功能的城市生态公园设计，高度体现了山海城市人与水的关系、完美展示独特壮美的海湾美景，2017年度曾获美国景观设计师协会ASLA颁发的景观规划设计类大奖以及2022中国年度建筑大奖冠军等。

位于深圳市光明区的虹桥公园，规划面积约403万平方米，由荷兰一家建筑景观事务所设计，于2020年对外开放。该公园的设计理念是"绿野光明，生态之巅"。

之所以叫虹桥公园，是因为公园里有一条打通繁华都市与森林生态、全长4公里、宽5米、平均高度8米、像彩虹一样的红色休闲廊道景观桥，这是全国第二大钢结构单柱多曲景观桥，桥体施工中对周边树木均采用枝叶修剪方式，以使山林保持原状，让项目回归自然，让虹桥与生态共生。

这条将森林公园、光明中心城区的绿地和更远的山区紧密相连的空中之桥，全程平均坡度仅在5%，让各个年龄段的人都能轻松地在观赏沿途风景的过程中到达山顶。

虹桥公园依山就势的设计，最终获得世界建筑节中国2020年度最佳景观设计大奖与世界建筑节中国2020年度优秀作品奖。

河流，通常情况下，不仅与人类文明相伴，而且有河流穿过的城市，往往会多上许多柔美与灵动。深圳南山区，大沙河便是这样一条美丽的河。为提升河流景观，深圳市政府于2018年打造了大沙河生态长廊，沿河岸建设了大沙河公园、九祥岭湿地公园。

深圳不缺公园，也不缺文化多元性，让高标准的绿地配置和活跃的文化佳偶绝配，是深圳公园城市的追求。

福田区的香蜜公园，原名农科公园，是深圳市中心的公园，于2017年7月19日开始营业，东接香蜜湖，南邻红荔路，由西至东被农园路、泽田路、侨香路和香蜜湖路环围，总占地42.4万平方米，其中绿化用地面积高达33万平方米。该园不仅景色宜人，还在传承旧址文化的基础上，包容多元文化，并以"编织城市文化"为理念，建设成为可以自组织、具有高度文化包容性和充满生机的城市空间，布局有自然展览厅、活动中心、资源循环中心、管理服务中心、花卉博览园、图书馆、婚礼堂、艺术展廊等公共建筑，园里还设置了运动休闲区、果树园区、生态水系区和花卉生活区。

自建设公园城市理念在成都天府新区被国家领导人首提之后，公园城市建设逐渐成为中国城市建设的方向，深圳正从"千园之城"到"公园城市"，稳健地书写着宜居宜业的美丽华章。

2022年8月3日，深圳市审议通过了《深圳市公园城市建设总体规划暨三年行动计划（2022—2024年）》，并于2023年1月16日印发。"总体规划"提出了建设公园城市的目标愿景、策略路径、保障措施等内容。

"总体规划"按照深圳市人民政府的工作部署，由深圳市规划和自然资源局、深圳市城市管理和综合执法局联合编制。

此规划既是践行公园城市建设新理念、探索公园城市建设新范式的实际行动，也是建设粤港澳大湾区和中国特色社会主义先行示范区、率先打造人与自然和谐共生的美丽中国典范的重大举措。

这是在深圳市国土空间总体规划指导下的专项规划及行动计划，规划范围涵盖全市（不含深汕特别合作区）陆域1947平方公里和海域2030平方公里的空间范围。规划目标和建设策略面向2035年，三年行动计划实施时限为2022—2024年。本规划经深圳市人民政府批准后，作为统筹指导深圳公园城市规划建设、优化城市空间治理和促进城市高质量发展的纲领性文件。

出台前，先于2022年5月发布了草案，向社会公开征询意见。

深圳为什么也要像成都一样建设公园城市？其意义和特色何在？

深圳市建设公园城市有其必要的形势与具备的天然条件。

深圳独特的区位和自然条件造就了山海城相依、半城半绿的山水格局；海洋资源禀赋优越，海岸地质地貌景观极具价值；拥有丰富的历史人文积淀，集海防文化、客家文化、广府文化、红色文化等历史传统文化和改革开放、开拓创新等当代文化于一体，拥有历史人文遗迹、科技时尚文化以及创意文化等。

在规划引领城市空间与自然生态环境有机融合方面，深圳有一定经验且取得了相应成就，形成了深圳独具特色的"多中心、网络化、组团式"的生态空间格局。

深圳公园城市建设基础良好。2005年在全国率先划定基本生态控制线，将全市约50%的陆域面积划入生态空间进行严格管控。之后又将24%的重要生境划为自然保护地，初步实现生态网络连通山海生境和都市家园，有效保障了城市生态安全，保护了生物多样性。构建了自然保护地体系和三级公园体系，先后建成各类公园1238个，是"千园之城"；建成各类步道2843公里，花景道路60条，花漾街区222个。市民健康休闲活动广泛开展，公园文化季、百公里步行等活动形成品牌，各类生态产品供应水平与市民福祉稳步提升。

在宜居环境建设方面，深圳先后获得"国家园林城市""国际花园城市""中国人居环境奖"等荣誉，成功创建了"国家森林城市"和"生态文明建设示范市"，已成为具有国际影响力的现代化滨海城市。

当然，深圳在发展的过程中，也同其它国际化大都市一样，面临着诸多风险挑战和问题。

深圳经济特区成立40多年来，建成区范围从建市之初的3平方公里拓展到962平方公里，常住人口从33万人增长到1768万人，人口密度高达8800人/平方公里，是一座典型的小地盘、高密度、超大型的现代化都市。

面临多重生态风险挑战。深圳整体生态景观破碎指数不断升高，结构性绿地之间的生态连通不足，生态空间呈现孤岛化和破碎化趋势，生态廊道连通功能亟待提升，生物多样性保护面临较大挑战。河流水体质量整体处于轻度污染等级，河道生态基流不足，淡水生态系统脆弱。海岸带地区面临海平面上升、海水入侵和地面沉降、极端气象灾害增加等风险，海洋生态系统突出问题集中于西部近岸海域，深圳湾和珠江口海水水质较差且呈富营养化。

城市公园建设存在问题。城市自然环境特色和山海资源价值未充分彰显，景观风貌资源可达性有待提升；生态游憩空间布局不均衡，设施可达性连通性有待提升；游憩服务设施供给与市民的多样化需求存在差距；部分绿化美化建设项目统筹存在不足，建设运维理念模式有待改进和优化。

深圳进行公园城市建设，是新时代的新要求。

城市高质量发展亟须进行公园城市建设。深圳作为国家寄予厚望的中国特色社会主义先行示范区、社会主义现代化强国的城市范例和粤港澳大湾区核心引擎城市，进行公园城市建设，是坚持生态优先、绿色发展理念，是坚持以人民为中心的发展思想，统筹生态保护修复和经济社会发展，为高质量发展奠定生态基础。通过空间结构与布局优化调整，能有效促进生态空间资源保护与合理利用，努力提供更多优质生态产品以满足人民日益增长的优美生态环境需要，提升市民的获得感和幸福感。

打造全球标杆城市亟须进行公园城市建设。新加坡、伦敦、波士顿、纽约和香港、上海、成都、杭州等国内外城市的先进经验表明，亲近自然已成为城市建设的共同目标和特色。伦敦提出建设更绿、更健康、更具野性的国家城市；新加坡提出建设"大自然中的城市"；成都提出建设"人、城、境、业"的公园城市；美国阿帕拉契小径成为全民共建的世界步道……深圳建设公园城市，是全面体现新发展理念的城市发展高级形态，是打造全球标杆城市的重要内容，是作为一座充满魅力、动力、活力、创新力的国际化创新型城市的竞争软实力，是落实"双区""双碳"目标的重要举措。

"规划"强调深圳建设公园城市的原则是：生态优先，绿色发展。遵循生态发展规律，坚持绿色低碳理念，在保护中发展，在发展中保护。保护与修复公园城市的生态绿色本底，促进蓝绿生态空间与生活空间、生产空间的高效融合。以人为本，全民共享。综合统筹，多方参与。创新引领，节俭高效。

"规划"显示，相较于生态城市、森林城市、花园城市、山水城市等发展理念，深圳的公园城市建设更加体现公共资源的共享共惠、公共空间的共美共建、公共服务的共商共管；将实现山海连城、生态筑城、公园融城和人文趣城四大目标。其规划愿景是营造更安全韧性、自然野趣的山海生境；建设更公平共享、便捷可达的全域公园；打造更丰富多彩、多维立体的全景城区；趣享更健康友好、充满活力的绿色生活。

"山海连城"是指连山、通海、贯城、串趣，让山海自然本底形成更加完整连续的生态网络，让山海林田湖草城成为和谐共生的生命共同体。

"生态筑城"，是指保护维育自然生态环境、提升安全韧性水平，包括建设修复生物通道、划定暗夜保护区、推进海绵城市建设等。

"公园融城"则是结合市政设施、学校、商业、办公等空间进行公园化建设，打造兼具公园功能的复合型绿色空间。同时，利用一定宽度的廊道空间建设线性公园，提升公园服务覆盖率；依托现有山海资源，将生态保护更好地落到实处，让生物多样性、生态资源的价值得到进一步提升，做到人与自然、人和动物和谐共处；增强公园的公共性，使市民的生活能真正融入公园，以激发城市新活力，使城市焕发出勃勃生机。

本规划的目标分为总体目标与近期建设目标。

总体目标是到 2035 年，全面建成"山、海、城、园"有机融合、全民共享共惠、充满活力的全域公园城市。生态环境质量明显改善，蓝绿生态网络与城市公共空间互联互通，自然野趣与人文特色交相辉映。建成各类公园 1500 个以上、步道网络 5000 公里以上，并建成一批具有国际影响力、知名度的特色品牌公园和高品质公园社区，让深圳成为人与自然和谐共生的和美宜居幸福家园。

近期建设目标是到 2025 年，形成公园城市的基本框架，明显提升各类生态空间功能与品质；初步建成全域公园城市体系和全境步道骨干网络，建成各类公园 1350 个以上、步道网络 4000 公里以上，为市民提供可及可达的普惠民生福祉。

"规划"充分衔接国土空间总体规划确定的"四带八片多廊"生态空间格局、"三区三线"和"一核多心网络化"城市开发格局，制定了统领公园城市建设的四个方面的空间建设策略。即营造山海生境、建设全域公园、打造全景城区、丰盈绿色生活。

其中，"四带"指以山脉为主体的陆域生态保育带和以海湾为主体的滨海生态景观带，发挥生态脊梁作用，维护区域生态系统的连续性；"八片"是以山地森林生态系统为主体的区域绿地，发挥生态筑底作用，维护城市生态、物种、景观的多样性；"多廊"是指 29 条山水生态廊道网络，包括 15 条以山林绿地为主体的山廊和 14 条以河湖水系为主体的水廊。

"三区"是指城镇空间、农业空间、生态空间三种类型的国土空间。"三线"分别对应在城镇空间、农业空间、生态空间划定的城镇开发边界、永久基本农田保护红线、生态保护红线三条控制线。

"一核"即都市核心区，以福田、罗湖、南山和前海深港现代服务业合作区为基础，将宝安区的新安、西乡街道，龙华区的民治、龙华街道，龙岗区的坂田、布吉、吉华和南湾街道等区域纳入都市核心区范围，促进都市核心区扩容提质，承担大湾区核心引擎功能，成为集中体现深圳高质量发展和国际化功能的中央智力区、中央活力区。"多心"是指打造12个城市功能中心和培育12个城市功能节点，"网络化"则促进全市各城市功能中心和城市功能节点之间各类资源要素高效便捷流动。

以"公园+活力场景"促进城市绿色转型与创新发展。高品质营建绿色空间及周边区域，促进创新科技、休闲旅游、康体医疗、体育健身、科普教育、文化创意等相关绿色产业发展。推动公园+商业服务、公园+创新创意、公园+生态旅游等城市活力场景建设，实现生态价值高效转换。引导创新产业集聚区与国家高新区公园化建设。在城市功能中心与节点，一体化打造公园与商业中心，形成多样化活力中心，丰富市民多样化公园场景体验。

"规划"的总体布局是，打造"一脊一带二十廊"（横贯东西的城市生态游憩绿脊、滨水活力蓝带、20余条山水生态廊道）的全市魅力生态骨架，形成蓝绿廊道织网的公园城市总体布局结构。

全域营建分区指引。以六大类分区（自然保育区、生态改善区、修复整治区、挖潜增绿区、优化提升区、宜居示范区）指引全域营建，强化生态保护修复，全面提升城区的生态宜居环境，夯实全域公园城市的生态景观基础；城镇开发边界外的生态空间，结合生态重要性以及现状保护与建设条件，划分为自然保育区、生态改善区、修复整治区；城镇开发边界内的空间，结合现状人均公园绿地、公园服务覆盖率评估，充分衔接城市开发格局、城市重点开发区域，划分为挖潜增绿区、优化提升区、宜居示范区。

促进公园融城格局。以城市公园群、自然郊野公园、特色主干步道建设为抓手，促进形成公园融城空间格局，实现城市、自然与人的和谐共生。重点打造20个城市公园群，建设提升12个自然郊野公园，结合"一脊一带"打造横贯东西的主干游憩步道和滨海骑行道。

结合资源分布及城市重点片区，高标准规划、高品质建设功能糅合互补、满足多元需求、有机融合的公园群，包括海洋新城公园群、前海公园群等8个滨海公园群，以及光明科学城公园群、南山公园群等12个都市公园群。

结合深圳自然本底条件，加强自然郊野公园建设部署，促进绿水青山转化为市民可获得的绿色福祉，明确新建或改造提升光明森林公园、观澜森林公园、铁岗—石岩湿地、阳台山森林公园、银湖山郊野公园、南湾郊野公园、梧桐山风景名胜区、三洲田森林公园、马峦山郊野公园、大鹏半岛国家地质公园、松子坑森林公园、低碳城郊野公园等12个自然郊野公园。

沿"一脊一带"打造横贯东西的主干游憩步道和滨海骑行道，西起茅洲河口的海上田园湿地公园，东至大鹏半岛东端的鹿咀海岸，二者可形成主干步道大环线。横贯东西的主干游憩步道主要沿山脊翠脉，以山林步道为主，西段为茅洲河碧道，中部和东部以郊野径为主，全长约300公里；滨海骑行道主要沿滨水活力蓝带，连通珠江口、深圳湾、深圳河、大鹏湾和大亚湾（龙岐湾）滨水海岸空间，以绿道和海滨栈道为主，全长约 200 公里。

自然郊野公园、城市综合公园、特色专类公园、社区公园、口袋公园、廊道公园……如今，在面积不足 2000 平方公里的深圳，拥有大小不同、形式不一、功能互补的公园 1200 多个，各类步道近 3000 公里，成了名副其实半城半绿、山海相依的"千园之城"，已初具公园城市雏形。

这些公园、绿道，构成了深圳城园融合宜人的自然生态系统，使得市民既能"推窗见绿、开门进园"，又能漫步郊野、亲近自然，听鸟叫虫鸣、赏荟萃芬芳。

2022 年 11 月 13 日，瑞士日内瓦国际会议中心，《湿地公约》第十四届缔约方大会（COP14）正式通过关于"国际红树林中心"决议草案，全球首个"国际红树林中心"落地深圳。这是深圳公园城市建设的一个缩影。

据统计，2022 年，深圳新建、改造提升公园 26 个，全市公园总数达 1260 个，人均公园绿地面积达到 12.58 平方米。2022 年新建改造 368 公里绿道，其中 248 公里远足径郊野径，绿道、碧道、远足径郊野径、自行车道等持续实现"多道融合"。

中国城市规划设计研究院发布的《2022 年中国主要城市公园评估报告》显示，在公园分布均好度评价中，深圳位列超大城市第一名。

2023 年深圳政府工作报告明确提出，将加快推进"山海连城 绿美深圳"和"公园城市"建设，贯通"一脊一带二十廊"，打造"鹏城万里"多层次户外步道体系、100 条特色步道，新建改造公园 30 个、绿道 330 公里，新增碧道 100 公里。

2023 年深圳市政府工作报告中，还蕴藏着令人眼前一亮的深圳公园城市建设创新思路"五园连通"新提法。"五园"即莲花山公园、笔架山公园、中心公园、梅林山公园、银湖山公园。"五园连通"之后,人们逛公园的体验将是全新的。

一步一个脚印,到2035年,全面建成"山""海""城""园"有机融合、全民共享共惠、充满活力的全域公园城市。深圳的幸福愿景,一定能实现。

国家生态城市

重庆是著名的山城，被"两江"（长江、嘉陵江）、"三谷"（中心城区西部槽谷、中部宽谷、东部槽谷）、"四山"（缙云山、中梁山、铜锣山、明月山）环绕，城市建设用地紧张，多崖壁、江滩、滨江小道，要建设公园城市，难度极大，但这是重庆的理想。

实际上，重庆建设公园城市，也是对长江上游生态环境的保护，因为重庆是长江上游生态屏障的最后一道关口。习近平总书记多次强调，要把修复长江生态环境摆在压倒性位置，共抓大保护，不搞大开发。要把实施重大生态修复工程作为推动长江经济带发展项目的优先选项。保护好三峡库区和长江母亲河，事关重庆长远发展，事关国家发展全局。

2018年10月，重庆山水林田湖草生态保护修复国家工程试点获批，试点区域包括"一岛""两江""三谷""四山"。

选择这些区域试点，是因为其对整个长江流域生态保护修复具有很强的带动性、示范性。但试点任务艰巨，因为试点区域承载着全市约25%的人口，贡献超过50%的GDP，城市建成区面积达18%，因而，这要求在修复受损生态的同时，还要处理好人与自然共生共融的关系。

试点内容包括7大项目、58个具体工程、289个子项目，总投资达82亿元。重庆市政府各部门、各区县建立了整体联动系统，市规划和自然资源局、市财政局、市生态环境局牵头印发了项目监督管理制度，包括项目管理暂行办法、资金和绩效管理暂行办法、试点工作联席会议制度、试点项目巡查制度等，并督促试点各区建立区级项目监管制度。

为了保护好这"四山"，2019年7月，重庆出台中心城区"四山"保护方案，开展本底调查，推动违法建设整治，实施基础设施、生态保护修复工程。

缙云山位于重庆市北碚区嘉陵江温塘峡畔，古名巴山，是7000万年前"燕山运动"造就的山岭，最早记录此山的古籍是《黄帝内经》。缙云山因山间常年云雾缭绕，如绢似帛，赤如心色，而更此名。因为《说文》解，"缙，帛赤色也"。

缙云山幅员面积76平方千米，海拔350—951米，因景色宜人，植物丰富而与嘉陵江小三峡、合川钓鱼城一并被评为国家级风景名胜区。

还绿于山后，缙云山不少断流的泉眼重新流淌起了活水，巴茅草、狼尾草、黄金菊等本土原生植物盎然生长，有关部门在山上修建了步道，市民可以漫步山中，游山赏水。

中梁山位于重庆市主城西部，为华蓥山余脉，北起北碚区柳荫镇附近，南至江津区西湖镇附近，南北长约100公里，宽约2—7公里。跨重庆市渝北、北碚、沙坪坝、九龙坡、大渡口、江津六个城区，海拔400—1000米，总体北高南低。嘉陵江在山脉北部切割山体形成观音峡，长江在山脉南部切割山体形成猫儿峡，山脉中部的歌乐山因大禹治水，召众宾歌乐于此而得名，以抗战时期的陪都遗迹和白公馆、渣滓洞监狱而闻名。

中梁山因有煤矿和石灰石矿而留下连片的废弃矿坑，部分矿坑经过生态修复后，成了总面积 700 余亩的樱花园、三角梅园、杜鹃梅花园、茶花茶梅园等六大主题花园。

铜锣山是川东平行褶皱岭谷区的第二条山脉。北起达川区雷音铺山北端，呈东北至西南走向，跨达州、大竹、邻水和重庆市长寿、渝北、南岸、巴南、綦江等县区，止于綦江北岸天台山。

渝北区石船镇和玉峰山镇境内铜锣山段，曾是石灰岩采矿区，在对停止采矿后遗留的若干积水矿坑和裸露岩壁实施生态修复后，这里变成了鸟语花香的铜锣山矿山公园和网红打卡景区。铜锣山矿山生态修复因此入选自然资源部发布的《中国生态修复典型案例集》。

明月山为川东平行褶皱岭谷区的第三条山脉，北起开江县，呈东北至西南走向，跨达州、梁平、大竹、邻水、垫江、长寿、渝北区等县区，止于巴南区永兴场。

明月山是野生动物繁衍、迁徙的重要栖息地、重要的亚热带生物资源基因库，是重庆市民亲近自然、认识自然，以及进行生物学、地理学、环境科学研究的天然博物馆。

曾经，由于开山毁林、违法建设屡禁不止，明月山的生态受到过一定程度的破坏。后经对明月山中复盛、鱼嘴、五宝、二圣等镇的农房进行改造，通过管网铺设、生态湿地消纳处理垃圾和污水后，环境大为改善，令休闲度假、旅游采风的旅客纷至沓来。

为方便市民游玩，重庆还根据地形特征和功能点分布，结合耕地及生态环境保护，规划了"四山"结构性通道，构建 120 多个出入口，设置 73 处停车场，区域途经常规公交线路 30 余条，车辆 240 余台。

"四山"保护修复，只是重庆山水林田湖草生态修复工程试点的一个缩影。

如今，重庆在山水林田湖草生态保护修复方面共建成 216 个地下水监测站点，完成 650 亩污染土壤治理修复、8070 公顷土地整治、994 公顷矿山修复、46 公顷湿地保护修复，造林 55 万亩，建设改造雨污管网 334 公里，建成生态护岸 73 公里。2021 重庆市生态环境状况公报显示，长江干流重庆段水质为优，20 个监测断面水质均为 II 类；2021 年空气质量优良天数为 326 天。

2021 年，重庆山水林田湖草生态修复工程入选自然资源部和世界自然保护联盟联合发布的 10 个中国特色的生态修复典型案例。广阳岛和铜锣山生态修复项目入选联合国《生物多样性公约》第十五次缔约方大会发布的 18 个生态修复典型案例，在推进长江经济带绿色发展中发挥了示范作用。

重庆山水林田湖草生态保护修复国家工程试点区域包括"一岛""两江""三谷""四山"，"一岛"指的就是广阳岛。那么广阳岛的生态修复怎么典型呢？

广阳岛位于重庆市南岸区明月山、铜锣山之间，原称广阳坝、广阳洲，距离市中心 11 公里，面积 6.44 平方公里，枯水期面积约 10 平方公里，是长江上游最大的江心岛，是重庆主城区面积最大的江心绿岛。

广阳岛历史悠久，在新石器时期就有人类活动，公元 4 世纪中期便留名于历史中。东晋史书《华阳国志》记载，广阳岛原名广德屿，后因三国时期在其上游铜锣峡设阳关，分别取"广""阳"二字，称其为广阳岛。广阳岛内动物种类丰富，有鸟类 124 种、鱼类 82 种、两栖类 8 种、爬行类 10 种、兽类 11 种、昆虫 75 种。其中，国家一级保护鸟类 1 种、二级保护鸟类 10 种，国家二级保护鱼类 1 种、中国特有鱼类 44 种、长江上游特有鱼类 15 种。

重庆市通过"护山、理水、营林、疏田、清湖、丰草"六大措施进行广阳岛自然恢复、生态修复，从而实现了山清水秀、林美田良、湖净草绿的生态，2020年10月，广阳岛被生态环境部表彰授牌为"绿水青山就是金山银山"实践创新基地。

山城的特点就是山多，一座座摩天大楼沿山而建，要把整座山城打造成山地公园，除了宏观的生态建设之外，微观的生态建设同样在推进。崖壁步道、山林步道、滨江步道、体育公园、口袋公园……一块块边角地，经过改造之后，与景观、文化、健身休闲等融合，很好地彰显了山水城市的魅力。

2018年以来，重庆重点推进长滨路珊瑚公园、江北嘴江滩公园、雅巴洞湿地公园、瓷器口滨江段、盘溪河入江口段、花溪河湿地公园、相国寺码头片区、李子坝片区、二塘段、九龙滩等"两江四岸"十大公共空间项目建设，取得了很好的成效。

与此同时，重庆还于2019年启动了坡坎崖绿化美化工程，将杂草丛生的荒坡变身美景。又在城市角落和背街小巷处种花植绿，使惯常的环境变成宜人怡心的环境。

2021年10月9日，《重庆市城市公园更新提质技术导则（试行）》开始实施，要求公园更新提质应根据城市功能及自身特点，优化整体布局与功能分区；改造则遵循保护为主、修旧如旧的原则，充分体现公园的原有风貌、历史文化特色，在此基础上整合山水景观和现代城市资源。

因而，北碚区缙悦公园增加了活动空间和儿童游乐设施；江津区河滨公园重建了市民记忆中的望江亭，增设了互动娱乐设施和休闲座椅；永川区的花间社区体育文化公园设置了活力运动、邻里交流、儿童活动三大功能区；大足区海棠湖公园通过手绘、窗花、篆刻图画和诗词等方式为公园植入了海棠文化；渝北区益寿园通过改造徽式建筑的青砖门罩、石雕漏窗、木雕楹柱等突出"寿"文化主题，以彰显公园的文化特色……

值得一提的是，在成渝双城经济圈建设背景下，重庆中央公园版图正在以公园城市为建设理念，持续推进建设高品质生活宜居地。

数据显示，近年来，重庆新增建成区绿地面积12544.11公顷，建成区绿地率达39.24%，基本形成山青、水绿、城美的自然生态格局。截至2022年9月，重庆有城市公园逾2000个（含社区公园和游园），初步实现了"城在园中，园在城里"。

党的二十大报告指出，"推动绿色发展，促进人与自然和谐共生""站在人与自然和谐共生的高度谋划发展"。重庆市委市政府主要领导在调研中心城市建设时也明确，要深化城市设计，加强整体规划，努力打造人民幸福美好家园。

为贯彻这一理念，首届山地城市公园专家市民论坛于2023年2月7日在重庆两江新区管委会举行。来自重庆市风景园林规划研究院、同济大学重庆研究院等高校和研究机构的专家，以及市民代表共聚一堂，为重庆公园的规划建设、文化铸魂、品位提升建言献策。

两江新区是重庆打造公园城市的"样板间"。

在《两江新区国际中心区规划设计方案》中，中央公园被定位为"以高端创新服务业为支柱、文化交往和活力消费为拓展、生态智能的宜居建设为基础的、面向国际面向未来的国家中心城市聚集区"，规划了"三纵四横"轨道交通网络、"七纵七横"城市快速路网。

重庆市政府对两江新区规划的美景是"一半山水一半城"，是充满获得感、幸福感、安全感的高品质生活宜居地。

以两江新区翠云多功城为例。这座新建的城占地7800亩，经营性用地仅为3400亩，建筑体量340万方，平均容积率只有1.5，规划居住人口6.5万人。多功城不仅有城央公园，还有社区服务、教育、文旅、娱乐等配套设施。

为推进公园城市建设，两江新区还参照"河长制""林长制"，建立党政同责、部门协同、源头治理的"公园长制"，以建好、管好、用好辖区内的100多座公园。

重庆还依托本地特有的山水人文资源和地形地貌，建设山城步道。

戴家巷崖壁以前杂草丛生，垃圾满布。为了美化市貌，重庆在这里的崖壁陡坡上建筑了一条呈Z字形的步道，这条长约700多米、一边是悬崖一边是居民区的步道于2021年完工后，成了一个很有特色的山地公园。上方是戴家巷，下端连着滨江路，高差近60米，紧邻赫赫有名的洪崖洞。走在不同高度的步道上，城市风光和嘉陵江景显示出优美隽秀的层次感。

戴家巷步道算是比较短的步道了，重庆还有很长的步道，跟成都的绿道一样，串珠般连接一处一处公园，一个一个景点：

位于渝中区和沙坪坝区之间的半山崖线步道，就串联起了李子坝抗战遗址公园、鹅岭公园、佛图关公园、虎头岩公园、平顶山文化公园等5个公园，约30个文化资源点，人们沿步道行走，除了能揽胜山城美景，还能探幽访古，感受厚重的山城历史；沙磁步道，则以追忆红岩精神及传承传统巴渝文化为主题，串联了白公馆、渣滓洞、磁器口三大景区和清水溪、凤凰溪两大溪流……

截至2021年底，在重庆中心城区，17条重点山城步道不仅绿色便民，而且串联文保单位和历史建筑350余处，平均每一条步道都串有20处文保单位和历史建筑；共完成坡坎崖绿化美化项目1348个，面积2990万平方米；建设了109座社区体育文化公园；城市公园总量已有2000余座。

2022年2月15日，重庆市住房城乡建委发布了《重庆市城乡人居环境建设"十四五"规划（2021—2025年）》。重庆在公园城市建设方面将实现以下目标：

到2025年，完成100个以上公园建设，绿化美化300处坡坎崖，形成功能内容配套齐全、景观形式与艺术风格多姿多彩的山城公园体系；发挥山城江城特色，打通临江临山城市风廊，引江风、山风入城；构建城市级通风廊道系统，确保长江、嘉陵江主通风廊道畅通；在中心城区打造出都市微农业经济圈，环同城化发展先行区、重要战略支点城市、桥头堡城市打造出都市精致乡村休闲旅游圈；渝东北三峡库区城镇群布局"丰都—忠县—万州—开州—云阳—奉节—巫山"长江柑橘与人文三峡走廊、"垫江—梁平"低山丘陵区现代"粮柚"观光带、"城口—巫溪—开州"大巴山区乡野田园旅居带；渝东南武陵山区城镇群布局"武隆—彭水—酉阳"乌江画廊、"石柱—彭水—黔江—酉阳—秀山"武陵山区民俗风情带、"南川—武隆—涪陵—丰都"大武陵山乡村休闲旅游度假带，以及渝东南"民族风情"乡村休闲旅游发展区。

因地制宜控制城市中心建筑密度，新建住宅高度控制在80米以下；到2025年，完成城市老旧功能片区更新改造试点项目30个；完成管线下地、雨污水管网混错接改造、海绵设施改造、老旧管网改造和二次供水设施改造等工作，使供水普及率达到100%，新增年供水能力5亿立方米以上；新建、改建、扩建56个生活垃圾焚烧发电项目、9个厨余垃圾处理项目，建设一批建筑垃圾等固体废物处置利用项目，城市生活垃圾分类收运系统覆盖率100%，初步建成"无废城市"；初步建成儿童友好型、老人友好型城市，城市公共空间无障碍设施覆盖率达到80%，中心城区开展适老化专项设计或改造的居住社区占比达到80%；以渝中—南滨—江北嘴为主体，建成13.35平方公里的重庆历史人文核心展示区；推动53处历史文化名镇、46个历史文化名村和48个传统村落试点项目、11个历史文化街区、20个传统风貌区和众多历史建筑的有效保护与活化利用，突出"国际化、年轻化、文艺化、混合化、强交流、烟火气"的重庆人文特色，彰显"山水、人文、城市"三位一体的国家历史文化名城特色。

总之，在"十四五"期间，重庆将着力塑造"城人景"一体的城市风貌；构建山城特色体系，打造山城公园、山城崖壁、山城洞天、山城步道、山城阳台、山城交通、山城夜景、山城故里、山城记忆等特色品牌；营造江城特色，培育江城绿岛、江城峡泉、江城绿岸、江城半岛、江城湾区、江城桥都、江城夜趣、江城人家、江城印象等品牌。

而在2022年3月初，重庆市印发的《重庆市创建国家生态园林城市工作方案》中，也明确到2025年，重庆市中心城区建成区绿地总量、绿地质量、生态安全显著提升，园林绿地布局更加合理，城市基础设施更加完善，城市环境更加宜居，达到国家生态园林城市标准：中心城区城市绿化覆盖率不低于43%、城市绿地率不低于40%；人均公园绿地面积不低于14.8平方米、每10万人拥有综合公园不低于1.5个；城市道路绿化达标率不低于85%，城市林荫路覆盖率不低于85%；园林式居住区（单位）达标率不低于60%。

为推进三峡库区腹心地带生态保护和修复，重庆申报国家"十四五"期间第二批山水林田湖草沙一体化保护和修复工程项目取得成功，获得中央补助资金20亿元。

三峡库区总面积5.4万平方公里，长江长度693公里。其中，三峡库区重庆段面积占比85.6%，长江长度占比85.9%。

该项目包括三峡库区腹地的万州区、涪陵区、丰都县、忠县、云阳县、石柱土家族自治县等6个沿江区县，面积超1.5万平方公里，计划投资 55.38 亿元、用 3 年时间来推进三峡库区腹心地带生态系统的综合治理与系统修复。

项目设了上游、中游、下游 3 个分区，8 个修复单元，9 项重大工程，54 个子项目。上游因长江左岸滨江区域多为低山地貌，主要采用坡耕地农田径流拦截与再利用、农药化肥减量控害、土地平整、低效林改造等措施，防控面源污染，改善石漠化状况；中游由于左岸为宽缓农业区，右岸为山体屏障区，主要采用土地平整、雨污管网改造、林业病虫害防治、生态隔离带建设、库岸整治等措施，防控面源污染，增强岸线缓冲功能，提升消落区生态功能；以中山地貌为主的下游因长江两侧山体高耸，主要采用封禁治理、保土耕作、国土绿化提升、矿山生态修复等措施，巩固山体水源涵养功能，提升水土保持能力。

湖山气色

在公园城市建设中，武汉市将续建、改建一批老公园，其中重点改建武汉动物园，综合改造沙湖公园、园林科普公园、解放公园、中山公园、月湖公园，续建的公园包括光谷生态大走廊、武昌生态文化长廊、北洋桥中央生态公园等。

在改建、提质老公园的同时，还将新建一批公园，到"十四五"末，亦即2025年，所建各类公园总数达到1000个，使武汉成为"千园之城"。

江岸区新建绿地10公顷，改建绿地26.1公顷，植树1万株；建设花田花海10公顷、花漾街区3个；新建岱家山文化公园月季园，改建汉广小森林；新建永红村、新春村、塔子湖村等8个口袋公园，改建田田广场、江大路游园等口袋公园；实施江北快速路、发展大道、京汉大道、景秀街、华岭路等5条道路绿化提升；建设张公堤赏花绿道8公里，林荫路7公里；完成8个老旧小区园林绿化改造提升……

江汉区新建绿地5公顷，改建绿地5公顷，植树0.5万株；建设花田花海5公顷、花漾街区2个；改建后襄河公园、菱角湖公园；新建航空路北侧、三民路与中山大道交汇处、友谊路与双洞正街交汇处、淮海路等口袋公园；实施建设大道、京汉大道、兴业路、江达路、三眼桥路、金墩街、银墩街等7条道路绿化提升；建设绿道3公里、林荫路5公里；完成6个老旧小区园林绿化改造提升……

硚口区新建绿地6公顷，改建绿地10公顷，植树1万株；建设花田花海13公顷、花漾街区1个；实施汉江湾生态谷建设项目一期；新建长丰村、农利村、古田公园、建设大道与宝丰一路东北角、百姓之春南侧、中山大道与民意四路交汇东南侧、利济北路与京汉大道交汇处西北侧、长征小学前、解放大道古田二路10个口袋公园；实施南泥湾大道、汉西一路、丰硕西路、长顺路、古田四路等8条道路和额头湾立交绿化提升；建设绿道6公里，林荫道5公里；实施汉江湾生态信息建设工程，汉江湾生态灌溉系统工程；完成6个老旧小区园林绿化改造提升……

汉阳区新建绿地15公顷，改建绿地1公顷，植树1.5万株；建设花田花海10公顷、花漾街区1个；续建龙阳湖公园；新建汉阳医院、中铁金桥璟园北侧和东侧、福星惠誉汉阳城云顶西侧和东侧等7个口袋公园；建设绿道7公里，林荫路7公里；完成12个老旧小区园林绿化改造提升……

武昌区新建绿地5公顷，改建绿地10公顷，植树0.5万株；建设花田花海15公顷、花漾街区2个；改建洪山公园、楚望台公园等9个公园；新建武金堤游园等3个口袋公园；实施余家头路、新河后街、张之洞路、螃蟹岬、星海路等8条道路绿化提升；建设绿道5公里，林荫道8公里；完成10个老旧小区园林绿化改造提升……

青山区新建绿地31公顷，改建绿地24公顷，植树3万株；实施1处小微湿地修复；建设花田花海20公顷、花漾街区1个；改建和平公园、戴家湖公园等4个公园；实施和平公园、南干渠公园、青山公园水环境整治提升；续建贾岭村控规绿地；新建武汉船用机械厂西北侧、陆鹞路等7个口袋公园；实施化工二路、化工三路、化工五路、化工六路等5条道路绿化提升；建设绿道5公里、林荫路5公里；人工造林130亩，建设"村增万树"标准村2个；实施武钢、石化等企业园区内部绿化改造；完成5个老旧小区园林绿化改造提升……

洪山区新建绿地30公顷，植树5万株；实施1处小微湿地修复；建设花田花海10公顷、花漾街区1个；新建光霞公园、长江智谷公园；续建张家湾人民公园、毛坦公园、新武金堤路规划绿地等公园；新建晓月园、烽胜路、复地悦城、南湖花漾公园等12个口袋公园；实施沙湖港大道道路绿化提升；建设绿道10公里、林荫路10公里；人工造林800亩；实施门户地段和高架桥下绿化提升；完成20个老旧小区园林绿化改造提升……

东湖高新区新建绿地200公顷，植树20万株；实施1处小微湿地修复；建设花田花海21公顷、花漾街区2处；新建黄龙山公园、光谷绿道公园、特种飞行公园、九峰溪公园（北区）、台山溪公园、佛祖岭地铁站社区公园、九龙文科生态郊野公园等7个公园；续建光谷生态大走廊二期、豹子溪生态廊道、星河公园；新建纺织路与熊庄路交叉口、关山街湖电社区、南湖社区南侧、水蓝郡内沿湖社区公园、清江山水内环湖公园、长岛别墅周边绿地等12个口袋公园；新建高新大道（外环线至短咀里湖桥）、高新五路、科技一路、杨家咀路、花城大道东段等5条道路绿化；建设绿道15公里、林荫路10公里；人工造林300亩，建设"村增万树"标准村4个；续建八叠山东路山体滑坡治理工程等项目；实施武九铁路边坡修复项目；完成1个老旧小区园林绿化改造提升……

汉南区新建绿地200公顷，改建绿地10公顷，植树30万株；实施1处小微湿地修复；建设花田花海30公顷、花漾街区1个；新建叫驴湖公园、马影河公园三期、船头山滨水公园、周家河片区地铁小镇社区公园、官士墩社区公园等7个公园，新建4个口袋公园；复合利用公园绿地建设体育设施10处；实施车谷大道、神龙大道、硃山湖大道、枫树新路等道路绿化提升；建设柏子山滨水绿道、马影河绿道等15公里，林荫路10公里；人工造林600亩，建设"村增万树"示范村1个、标准村4个；完成2个老旧小区园林绿化改造提升……

东湖风景区植树2.5万株；实施东湖绿心生态保护与综合提升，新建磨山景区生态保护与综合提升工程、湿地生境半岛建构筑物工程；续建落雁景区生态保护与综合提升工程、听涛景区生态保护与综合提升工程；建设花田花海16公顷，布置立体花坛2组、时令花卉120万盆，栽植月季2万株；新建磨山社区等2个口袋公园；建设林荫路3公里；完成2个老旧小区园林绿化改造提升……

东西湖区新建绿地253公顷，改建绿地101公顷，植树25万株；续建杜公湖湿地公园二期；实施1处小微湿地修复；建设花田花海20公顷、花漾街区1个，布置立体花坛1组、时令花卉200万盆，栽植月季3万株；新建樱花溪公园、碧水大道北侧带状公园、径西九路至径西十路运动公园、网谷核心区郊野公园；新建吴中路中铁阅湖郡、惠泽园、金海路、幸福苑2期、幸福小学、沿海社区、融创观澜府、碧海花园、园林大队、海口环岛、青创城、摩卡小镇等15个口袋公园；新建创智路、金北二路等2条道路隙地绿化；建设绿道15公里、林荫路10公里；人工造林1200亩，建设"村增万树"示范村1个、标准村5个；完成17个老旧小区园林绿化改造提升……

蔡甸区新建绿地30公顷，改建绿地47公顷，植树30万株；森林抚育0.4万亩；续建沉湖国际重要湿地节点环境综合改造提升、什浩溪建设工程；实施2处小微湿地修复；建设花田花海15公顷；改建参山广场，新建三和剑桥城、中建锦绣文城、荣盛华庭、同心等4个口袋公园；新建运铎公园路、西环路东侧隙地绿化；续建常北大道、常福南区等20条道路绿化提升；建设绿道10公里、林荫路5公里；人工造林1000亩，退化林分修复1000亩，建设"村增万树"示范村4个、标准村20个，创建省级森林乡村2个；建设林业科技产业园保障性苗圃、森林防火系统提升项目；完成2个老旧小区园林绿化改造提升……

江夏区新建绿地28公顷，植树40万株；森林抚育2万亩；实现上涉湖湿地自然保护区水质提升；实施2处小微湿地修复；建设花田花海10公顷；新建科普教育植物园，续建纸坊森林公园，新建阳光大道与四环线交汇处、文化大道与金樱街交汇处、北华街与兴苑街交汇处、鸿发晓景、创业农庄等14个口袋公园；实施界兴路、界南路、五里路等道路绿化提升；建设绿道10公里、林荫路5公里；人工造林2000亩，封山育林1000亩；建设"村增万树"示范村4个、标准村15个，创建省级森林城镇1个、森林乡村2个；升级改造森林防火通道18公里；治理复垦灵山、将军山工矿废弃地；建设山坡街乡村振兴示范带、灵山生态文化旅游示范区；完成3个老旧小区园林绿化改造提升……

黄陂区新建绿地41公顷，改建绿地11公顷，植树160万株；森林抚育5万亩；实施2处小微湿地修复；建设花田花海37公顷；改造提升二龙潭公园；新建5个口袋公园；实施川龙大道、横天公路、李家集循环路、前川工业园北路、汉口北大道、中环线等道路绿化提升；新建绿道10公里、林荫路5公里；人工造林12000亩，封山育林5000亩，建设"村增万树"示范村5个、标准村50个，创建省级森林城镇1个、森林乡村2个；实施龙王尖古寨生态修复、甘露山文旅城水渠生态保护、刘家山水土保持复绿项目；建设平战结合医院，天汇龙城龙枫苑、龙欣苑、龙桂苑景观绿化；完成5个老旧小区园林绿化改造提升……

新洲区新建绿地46公顷，改建绿地15公顷，植树70万株；森林抚育0.5万亩；实施旧街一河两岸综合整治；实施2处小微湿地修复；建设花田花海10公顷；新建红星钻石绿地公园、阳逻之心山体公园，新建邾城、阳逻等5个口袋公园；实施京东大道、五一大道、余泊大道等道路绿化提升；新建绿道5公里、林荫路5公里；人工造林2000亩，退化林分修复500亩，封山育林4000亩，建设"村增万树"示范村5个、标准村40个；创建省级森林乡村2个；新建星乐湾现代文旅生态园；完成2个老旧小区园林绿化改造提升……

各个区都将实现园林式小区60%的达标率。

公园城市建设理念，星星之火般从成都向全国燎原，值得书写的不仅只有成都、北京、上海、深圳、重庆、武汉，更多的城市也正如火如荼地开展起公园城市建设。

山东省青岛市提出将利用三年时间，实施滨海绿道建设、山头公园建设、口袋公园建设、林荫廊道建设、森林质量精准提升、古树名木复壮等工程，在市民身边见缝插绿，为市民提供更加舒适、便利的生活环境，并公布了《青岛市公园城市建设三年攻坚行动方案（2022—2024年）》。

2022年，共建设山头公园60个、城市绿道163公里、口袋公园79个、林荫廊道59条、立体绿化114处，超额完成年度任务，绿色距离市民更近了，进山入园更方便了。

以改善生态环境、提升城市品质为目标，以"公园+""绿道+"为统领，以绿化为民、绿化惠民为根本宗旨，2023年青岛市公园城市建设指挥部继续聚力攻坚，推进城市绿化品质提升，组织实施101个公园城市建设项目，包括新、改建滨海绿道57.8公里，建设山头公园7个、综合公园7个、口袋公园80个、林荫廊道45条，立体绿化113处、荒山造林5000亩、森林质量精准提升2万亩、复壮古树150株，建设古树公园2处。力争完成三年攻坚任务的90%，把更多绿色带到市民身边。

2021年12月，山东省淄博市发布了《淄博市全域公园城市建设规划》，总体目标的实现共分"三步走"：到2025年，全域公园城市建设取得明显成效，公园城市形态基本成熟，绿色低碳的生产生活方式全面形成，全域公园城市理念深入人心。城乡人居环境明显改善，自然化、原生态底色更加凸显。休闲、体育、文化、科普等各类公园要素进一步丰富，基本完成荒山绿化，实现荒山应绿尽绿。公园城市成为高质量发展和新旧动能转换的重要载体；到2030年，全域公园城市基本建成，城市生态环境和城乡面貌实现根本性优化更新，人与城市、自然和谐共生发展格局基本形成。公园城市标准体系成为全国标杆，组群式全域公园城市成为淄博名片；到2035年，全域公园城市全面建成，淄博成为公园城市建设的典范。

2022年淄博实施全域公园城市建设"十大行动"重点项目292个，完成年度投资121.71亿元，全域公园城市建设全面起势，一大批重点项目效果初显。2022年12月，淄博市被山东省住房和城乡建设厅列为全省公园城市建设试点城市之一。

2023年1月17日，《淄博市全域公园城市建设管理条例》由淄博市人民代表大会常务委员会公布，并于2023年4月1日起施行。

下一步将以解决群众身边需求为首选，突出建设重点，打造项目亮点，因地制宜建设或改造一批功能适用、景观怡人、舒适便捷的口袋公园、拇指公园、街头游园。按照"公园+"要求，在项目中积极融入体育休闲、普法宣传、科普等群众喜闻乐见的多种元素，开展适老化、适儿化改造提升，推动"公园+"不断向纵深发展。

有这样一座城市，它既有北方的雄浑壮美，又有南方的婉约风情。"南山北塬、一水中流"的河谷盆地，使它冬暖夏凉、四季分明、气候宜人，"望得见山""看得见水""记得住乡愁""像花儿一样"……它就是巍巍太子山下，滔滔大夏河畔的甘肃省临夏市。

临夏市，积极践行创新、协调、绿色、开放、共享的新发展理念，不断探索符合市情的可持续发展道路。自2018年"公园城市"理念在成都首次提出后，该市对之产生了浓厚兴趣并保持着持续关注，因而2021年11月提出"打造魅力花都建设公园城市"的目标，明确建设公园城市的核心是变"城市中建公园"为"公园中建城市"，不断丰富和发展城市规划建设、更新改造实践，构筑都市人居的理想栖息地。

临夏被誉为牡丹之城。因为早在800年前，牡丹就已绽放临夏大地，数百年来，临夏人骨子里流淌着牡丹情结，植牡丹、赏牡丹、唱牡丹，持续不断。不仅如此，砖雕、绘画、文学、音乐、戏剧、歌舞、服饰等方面，也都有牡丹文化。每年5月，牡丹盛开，临夏如同一片花海，浓艳的色泽、淡雅的花香，令人沉醉。

临夏市较大的牡丹园有百余处，临夏红园、东郊公园的牡丹更是艳绝一方，大夏河百里牡丹长廊花团锦簇。牡丹既开放在公园之中，也开放在居民家里。因为临夏居民，几乎家家户户种植牡丹。

为了实现"让城市在公园中生长"的美好蓝图，临夏市在先后改造升级东郊公园、人民红园的同时，又开展多尺度、多维度、多专业的涉"水"景观和公园体系建设项目，打通黄河国家文化公园——河州牡丹文化公园和人民公园水系，实现引水入城、引水入园、引水入景，让公园体系活起来。

同时，以打造黄河上游最大的鲜切花生产基地和交易市场为目标，依托紫斑牡丹资源禀赋，推进产业升级，为城市的高质量发展注入不竭动力。

助推花卉产品向高档化、多样化迈进，花卉产业向科技化、集约化、工厂化发展。万亩牡丹画卷、城郊花卉产业园等项目的有序实施，使生态建设、观光农业、民俗文化、康养休闲有机结合，以提升产业附加值。

让品牌节会成为新引擎。依托百里牡丹长廊，以花为媒，举办牡丹文化节会，促进文旅产业与商贸、体育、教育、农业等产业深度融合，串起牡丹文化、丝路风情、人文脉络、乡村振兴和经济社会的传承和发展。

以城市绿化打造新环境。按照"三季有花、出门见花、满城是花、全年有彩"的总体思路，持续推进园林绿化建设增绿、添绿、透绿工作，全力营造"推窗见花、开门见绿"的人居环境。在城市规划建设过程中，坚持绿化带建设与花箱设置相结合，樱花、梓树、金叶复叶槭、太阳李、加拿大红樱等景观树形成层次丰富的绿化空间，打造错落有致、层次分明、四季多彩的魅力花都。

以项目建设构建大蓝图。按照"东西南北中"的公园体系建设，占地178亩、投资1.28亿元新建的黄河国家文化公园——河州牡丹文化公园于2022年5月22日正式开园，公园设计12个景观节点和2个综合服务建筑，配套健身驿站、童梦乐园等文化活动场所，实现多种文化资源和公园环境的有效整合。投资1482.5万元实施了临夏人民红园修缮改造项目，投资1756万元对东郊公园基础设施进行了全方位提升改造，原有公园的环境、软硬件设施实现跨越式升级。同时，人民公园、华谊兄弟星剧场美好生活综合体、马家窑文化公园、凤凰山文旅景区、万亩牡丹画卷等项目有序推进。

以民为本填满小幸福。在实现公园大布局的同时，利用城市零碎地块、闲置地、街角、道路两旁等空间"见缝插绿"，打造既贴近生活又美化城市的"口袋公园""沿街花园"，拓展市民的绿色活动空间。

进行公园城市建设的几年来，临夏人民用勤劳的双手在88.6平方公里的土地上，努力地创造着美好的生态环境：大夏河畔条条街道便捷通畅，城市公园旧貌换新颜，全市绿化面积达到792万平方米，城市绿地率达到30.06%，绿化覆盖率达到33%，人均公园绿地面积达到13.1平方米，开门见绿、推窗见景、出门进园，三季有花、四季常青的城市轮廓越来越清晰……让人民住进"公园"里，园中建城、城中有园、园城相融、人城和谐的公园城市美丽格局正在逐步形成。山水揽翠、城景相映，充满绿色、活力与希冀的生态画卷越来越美，居民的幸福感也是越来越强烈。

一座座城市践行公园城市建设理念的进程，无异于迈步在拥抱幸福生活的康庄大道上，因其美好，而不断有新的城市加入这支队伍。

为了给市民打造一个公园般的城市人居环境，作为中国直辖市之一的天津，正建设一个投入4亿元、占地面积7620亩的冀州河国家湿地公园。

与此同时，天津也在提升改造50个社区公园、游园、口袋公园，在进行市级、区级的大型公园的绿化建设外，将原有绿地、边角地、闲置地打造成环境优美、设施齐全的"口袋公园"，努力打造300米见绿、500米见园的市民生活圈。

岭树高楼千里目

将公园与城市空间、居民生活有机融合，构建完善的生态系统，是一种先进的城市形态。公园城市彰显了城市的人文魅力，呈现了一种城市美学，既优化了自然环境，增强了生态价值，令生活增添诗意，更拉近了人与城市、人与人之间的距离。

2023年2月，广州市林业和园林局发布了《关于推进广州市公园城市建设的指导意见》，提出以"公园城市"为目标，推动老城市新活力发展任务和公园城市建设要求有机融合，推动绿色生态空间健康稳固，公园游憩网络贯通共享，生态服务价值融合多元，绿色低碳发展形成共识，构筑青山可感、碧水可亲、绿道可游、公园可享的大美广州公园城市格局。

现代广州生态空间的建设和发展，早在100年前便已经开始，并延续至今。

1921年，广州首任市长孙科提出建设广州花园城市的理论和设想，并在任期第一年便建成了广州第一公园（现人民公园前身）。之后的广州市市长也大力推进广州花园城市的建设方针，因而到1934年时，广州建成的公园数量居全国城市之首。

新中国成立以后，广州对解放前建设的公园进行了整理、恢复和完善，同时又新建了一批公园，如文化公园、四大人工湖公园、华南植物园等。

改革开放之后，广州城市环境建设主要经历了粗放型、可持续、全面推进三个时期，并在城市环境治理、生态系统建设、经济转型升级与绿化低碳发展都取得了突出成效，其中最值得一提的是以生态廊道为整体蓝图的发展新阶段：从1984年的城市总体规划到2000年战略规划、2005年番禺廊道规划、2009年战略规划……截至2022年，广州人均公园绿地面积排名位居全国主要城市之冠。

目前，广州又规划建设一座世界级的公园，这便是广州花园。

广州花园位于白云山，总占地面积151.8公顷，按功能分为三大区域，分别是核心区、前置区、综合服务区。其中核心区包括锣鼓坑、云台花园、云翠谷、白云山南门入口与部分麓湖公园等；前置区包括麓湖的公共绿地部分；综合服务区将依山造形，打造集岭南花街、花畔酒家、游客服务中心、交通枢纽中心于一体的旅游休闲服务活力街区。

按规划，广州花园里还将建造滨水剧场、未来花穹、滟湖花海、无尽之环、生态花园五个区域公共中心，以及空中花园、盛宴花园、聆听花园、触感花园等景点。建成之后，不仅会进一步改善白云山周边居民的生活环境，为居民提供了一处规模宏大的休闲娱乐场所，同时也为广州增加了一处别具一格的旅游资源。

琶洲西区、珠江新城、国际金融城是广州的"黄金三角区"，在这里，在摩天大楼之间的琶洲西区中心区域，将建造一座城市CBD公园——"182公园"，该公园聚集着电子商务、总部办公、文化娱乐、酒店购物等主导功能的高端企业，是广州市域内高价值的经济核心地区。项目所在地是一块稀有的开敞空间，是琶洲西区各建筑组团连接的枢纽，承载着重要的社交休闲、集散人流、交通组织等功能。按照国际一流城市公园的建设标准建设这个高品质CBD公园，使之成为高端商务区公共景观、城市标志性景观，对于展现总部商贸区的良好风貌，提升琶洲西区整体环境品质、提升琶洲西区国际形象有着非常重要的意义。

《关于推进广州市公园城市建设的指导意见》提出，聚焦山水资源和城乡公园的活力短板，着眼于"山""水""道""园"四大要素，推动青山入城、碧水织城、绿道连城、千园融城四大行动，重点支持黄埔区、南沙区、从化区高标准规划，率先打造广州公园城市建设先行示范区；在白云、黄埔、天河交界地区，试点建设森林公园群，高标准提升帽峰山、天鹿湖、火炉山、凤凰山、龙眼洞等森林公园品质。

谋划新建10个公园，探索多途径营建绿色公共空间，满足居民就近休闲游憩需求。依托存量资源，新增慢行道60公里、改造提升30公里，实现翠环慢行贯通。

推进自然公园整合优化，规划新增白云六片山、黄埔油麻山等7个森林公园和黄埔埔心湿地公园、南沙大虎山地质公园。

依托番禺、黄埔、增城、从化等郊野资源，规划建设2个郊野公园和4个古树公园。大力提升社区公园和口袋公园覆盖能力，新增社区公园不少于55个，新增口袋公园不少于200个。推进10个体育公园新建或改建。推进城市公共空间儿童友好改造，每区建设不少于1所区级儿童活动中心。

结合城市更新，充分利用滨水空间、公共建筑退线空间、街旁空地和高架桥底空间，按照每15分钟社区生活圈至少建设1处社区公园、每5分钟社区生活圈至少建设1处口袋公园的标准，大力推进社区公园和口袋公园建设。

实现园城功能融合，营造丰富的自然体验感受，激发公园活力，为全年龄段人群提供就近活动空间，加强公园与体育、文化、科教、露营、低碳等功能有机融合，实现公园城市可感、可知、可享、可用，引导市民走向大山大水，拉动旅游内需消费。

谋划"百年公园"，强化广府文化和岭南园林特色，加强乡土树种运用，全方位、多领域打造广州公园品牌，创新公园文化活动举办模式。

到2025年初步形成公园城市格局。全市公园数量达到1500处，绿道达到4000公里，碧道达到1506公里，公园绿化活动场地服务半径覆盖率达到90%，公园连通比例达到70%，建成区40%以上面积达到海绵城市建设要求，林业园林碳汇能力年均增长16.5万吨/年。

到2035年基本建成公园城市。全市公园不少于2000处，绿道不少于4500公里，碧道不少于2000公里，公园绿化活动场地服务半径覆盖率不低于92%，公园连通比例不低于80%，市民对绿色生态空间满意度显著提升。

数据显示，2020年我国城市人均公园绿地面积达14.8平方米，杭州为12.27平方米；而从公园数量来看，上海提出到2025年要建成各类公园1000个以上，深圳在2020年就已拥有1206个公园，而杭州2021年的公园总数为376个，不论是公园数量还是人均公园绿地面积，杭州都有紧迫感。

2022年初，《杭州市区加快公园城市建设三年行动计划》下发，实施公园建设三年行动计划，逐步形成类型多样、特色鲜明、普惠性强、网络布局的"郊野公园—城市公园—社区公园—口袋公园"四级公园体系，建设一批具有改善生态、美化环境、体育健身、运动休闲、娱乐休憩、防灾避险等多种功能的生态型公园，重点开展城市公园、郊野公园等建设，计划在 2025 年前建成 200 个公园，基本实现"300 米见绿、500 米见园"的目标。

在这个"三年行动计划"中，每年的任务都书写得十分明确：2022 年的目标是开工建设公园 110 个，建成公园 70 个，谋划并启动一批郊野公园建设；2023 年的目标是建成公园 65 个以上，在 2022 年基础上再开工一批郊野公园；2024 年的目标是建成公园 65 个以上，基本完成郊野公园核心区部分建设。

在杭州市 2023 年的《政府工作报告》中，提到年度重点工作时，"公园"一词出现了 4 次之多：加快大运河国家文化公园、西湖世界爱情文化公园建设；新建改建城市公园 60 个；申报杭州大湾区省级湿地公园。这就是说，从国家公园到社区公园，杭州这座城市的公园密度将越来越高。

在公园城市建设中，"300 米见绿、500 米见园"也正常态化地成为合肥市民的福利。

如今的合肥，环城公园与杏花公园、逍遥津公园、包公园，使老城绿意荟萃；方兴湖公园、塘西河公园、金斗公园、滨湖国家森林公园，让新区四季芬芳。在新老城区过渡带，骆岗公园也在助力构筑生态文明、城市活力。

2021 年，合肥"十大公园"已完工 7 个，宝教寺湖公园、庐州公园二期等正在加快推进；天鹅湖公园、花冲公园、逍遥津公园等也在升级换代。与此同时，环巢湖绿道、匡河北岸绿道、牛角大圩绿道等城市绿道在不断延伸，装点着城市的绿色版图。

同样，合肥也在推行"公园+"理念，倡导文化建园、体绿结合、无墙公园，实现一园一品；也在进行"+公园"建设，逐步提升城区、校区、社区的绿化品质。打造绿色宜居魅力都市区，连接董铺水库、大蜀山森林公园、王咀湖公园、滨湖国家森林公园、环城公园等，构建公园绿环，提升公园绿地服务半径。

合肥还将打造占地15.3平方公里、涵盖林地资源、湖水、生态廊道等元素、比肩纽约中央公园的合肥地标公园——合肥中央公园。此公园所在位置为1977年启动使用、于2013年停用的骆岗国际机场，预计用20至30年的时间打造完成。

"十三五"期间，合肥已实现森林覆盖率28.36%，森林蓄积量1006万立方米；城市建成区绿化覆盖率46%，建成区绿地率40.3%，人均公园绿地面积13平方米；湿地保有量11.82万公顷，湿地保护率74.82%；成功申办第十四届中国国际园林博览会，并顺利通过国家森林城市、国家园林城市复查验收。

到"十四五"末，合肥计划建成区公园绿地500个以上，建设环巢湖、江淮运河、高压走廊绿色廊道，构建"南湖北岭、多片多廊"的城市绿色生态屏障，实现全市森林覆盖率达到28.6%，森林蓄积量达到1350万立方米，湿地保护率达到75%，建成区绿化覆盖率稳定在46%，建成区人均公园绿地面积为13平方米，林业产值达到150亿元。同时紧扣"大湖治理的典型范例、城湖共生的示范工程、江湖连通的重要链接、人湖和谐的壮美画卷"四大定位，实施五大工程，将巢湖打造成为合肥"最好名片"，打造优质优良宜居宜业的生态新高地。

加快推进公园城市建设，是河北省保定市品质生活之城建设"1020"重点工程之一。如何将公园形态与城市空间有机融合，使城市生产生活生态空间相协相宜、相得益彰，一直是保定市不断探索的目标。近年来，保定市在园林绿化建设中，以公园游园建设为重点规模建绿，以小微绿地建设为载体均衡布绿，以边角地复绿为突破见缝插绿，强力推进综合性公园、道路绿化、口袋公园、环城绿道建设，大幅增加城市绿地面积，优化公园绿地布局，构建完善的四级公园体系，全面提升主城区绿美颜值，打造靓丽城市空间，以建设有韧性、可持续发展的生态绿色城市，建成品质生活的现代化新保定，取得了积极的成效。

近年来，山东省东营市始终坚持把"公园城市"理念融入城市建设全过程，着力构建"城市公园—社区公园—口袋公园"的三级公园格局。相继开工多个公园建设项目，努力实现"300米见绿、500米见园"的生态宜居梦想。2020年以来，仅东营区便投资4.2亿元建设改造特色公园5处，新增绿化面积89万平方米，通过统筹水、湿、绿交融共生，构建起通河达海、联城带乡的全域旅游景观带，让生态红利惠及更多人民群众。

2023年3月，山西省太原市人民政府发布了《关于贯彻新发展理念全面提升城镇园林绿化水平的实施方案》。

这个方案的核心内容，是建设践行新发展理念的公园城市，由建设城市公园向建设公园城市理念转变，打造以绿色为底色、以山水为景观、以绿道为脉络、以人文为特质、以街区为基础的人、城、境、业和谐统一的新型城市形态，促进城市风貌与公园形态交织相融，营造宜业宜居优良环境，增进城乡居民福祉。

这个方案的出台背景，是2022年山西省政府办公厅印发的《关于贯彻新发展理念全面提升城镇园林绿化水平的意见》对全省城镇园林绿化水平工作的安排部署中，提出"到2025年，全省城镇（指设区城市、县级市、县政府所在地镇，下同）人均公园绿地面积达到13平方米以上，公园绿地服务半径覆盖率达到80%，城市万人拥有绿道长度达到1公里；太原、长治、晋城争取率先达到国家生态园林城市标准，吕梁、临汾达到国家园林城市标准……"

因而，"实施方案"总体要求明确了到2025年的初级目标，是太原市初步构建以郊野公园（至少建有1—2个郊野公园）、综合公园、专类公园、社区公园、街头游园为主，大中小级配合理、特色鲜明、种类多样、分布均衡的公园体系，初步实现"300米见绿、500米见园"目标；市本级建成区人均公园绿地面积达到13.2平方米以上，公园绿地服务半径覆盖率达到85%，城市万人拥有绿道长度达到1.2公里。

到2030年的远景目标，市本级建成区人均公园绿地面积达到14平方米以上，公园绿地服务半径覆盖率达到90%，城市万人拥有绿道长度达到1.5公里；争取率先达到国家生态园林城市标准，三县一市实现国家园林县城全覆盖。

宏观任务从"科学编制绿化相关规划、提高设计品位、完善城市公园体系、积极拓展绿色空间、构建林荫绿道网络体系、提升庭院绿地品质、统筹'蓝绿'生态网、完善园林绿地综合功能、大力开展公园城市建设、实施精细化管理、严格保护绿化成果、推进园林科技创新、建立共谋共建共治共享共评治理新模式、积极推进园林文化传播"等14个方面入手，统筹城乡区域绿化发展，推进城镇内外绿地连接贯通，实现"城在园中、城绿相融"的城镇格局；注重生态型、节约型、文化型和功能完善型园林绿化方案设计，从源头上杜绝"大树进城"、大型旱喷安装、大规模纹色块修剪等行为；构建级配合理、特色鲜明、种类多样、分布均衡的公园体系；以"微更新""绣花""织补"方式，利用城镇废弃地、空地等见缝插绿、拆违建绿、留白增绿，因地制宜建设居民身边小而美的"口袋公园"、小微绿地、绿色驿站，实现"推窗见绿、步行入园"的目标。

同时强调，严格保护绿化成果，在城镇建设中要妥善保护原有绿地，永久占用公共绿地的，需按照不少于所占面积的原则就近规划补偿绿化用地，实现区域占补平衡；坚持"避让古树名木、大树"原则，严禁擅自砍伐、移植、强修剪园林树木，保护旧城原有规模化、特色化绿地和大树，尊重群众的城市情感。

具体任务是按规划建设老龙头区域生态治理工程、雁丘文化园等一批公园绿地；按"各城区负责落实项目用地、市里负责工程建设资金"政策，建设一批10000平米以上小型公园绿地，逐步实现"百园之城"；推行年年增绿工程。按照"城六区每年各新建5个游园、5个口袋游园、5个街头绿地"的要求，继续加大街头游园和绿地建设力度。结合道路、轨道交通、老城区改造等，原则上旧城改造腾出的小于1公顷的土地，全部建成"口袋公园"；提倡城市道路十字路口"四分之一"法则，至少在一个拐角建设街头绿地；引导社会力量建设一批组团绿地；对于服务设施滞后的老旧公园，在保护历史文化和特色风貌的基础上实施"微改造"；探索开展城市公园绿地开放共享工作，尝试逐步将城市街道与公园边界充分融合，继续开展星级公园创建活动，提升公园品质，完善休闲游憩、体育健身、防灾避险等综合功能，加大儿童游乐设施建设和适老化改造力度，实现"全龄友好"。强化公园活动组织与服务运营，培育更丰富的社会文化活动。突出公园品质提升、人文提升、服务提升，在公园增加图书馆、博物馆、戏台、儿童游乐、体育健身、餐饮、购物、游客配套设施等服务项目，打造新的公园消费业态，激活公园经济新空间。

截至2022年底，太原市园林绿化覆盖面积16228.8公顷，绿化覆盖率达到45.08%；园林绿地面积14378.4公顷，绿地率达到39.94%；

公园绿地面积 5530.91 公顷，人均公园绿地面积达到 12.85 平方米。已建成综合性公园 21 个、社区公园 50 个、专类公园 17 个、街头游园（广场）278 个，500 米内见公园的覆盖率达到 80% 以上。广大市民明显感觉到太原天蓝了、水清了、地绿了，城市美了，更加宜居了。

在此基础上，太原市将进一步统筹串联优化城市生态区、各类公园绿地、绿道、绿廊、水系等城市蓝绿空间，力求在不久的将来，把整座城市建设为一个大公园，实现广大市民居住在公园、出行在公园、工作在公园的幸福梦想。

在践行公园城市理念的城市中，还有昆明。

昆明是享誉世界的"春城"，自然风光、历史人文极富魅力，好山、好水、好空气，建设公园城市有着得天独厚的条件和优势。

2022 年 7 月，云南省要求昆明市抓住机遇，以建设国家公园城市为奋斗目标，让城市更美丽、更大气、更宜居宜游宜业，明确城市开发边界，塑造"人、产、城"高度和谐统一的城市形态，打造大昆明、大都市、大公园。

2022 年 9 月，昆明市明确提出以公园城市建设为引领、以城乡绿化美化三年行动为抓手，推动昆明城市蝶变公园城市的目标。

按照"一年有突破、三年展新貌、五年大变样"的思路，昆明市制订了实施公园城市建设的三年行动计划和中长期规划，着力打造彰显云南特色、春城特点的公园城市。总目标是：到 2025 年，公园形态与城市空间加快融合，公园城市特点初步显现，全市公园数量增加至 1000 座以上，将昆明打造成为"千园之城"；到 2035 年，城市布局形态更优美、绿色空间系统更完善、宜居生活魅力更彰显，基本建成春意盎然、人景相融、城文一体的公园城市。

城市春晖

近几十年来，中国城市发展的现代格局、理想格局、最佳存在形态一直在求索之中，并在求索之中进步：

1992年，建设部在全国发起"园林城市"评选活动，这个评选凝聚着中国传统园林文化的特色，也是对中国传统园林文化的传承。

2004年，全国绿化委员会和国家林业局发起"国家森林城市"评选活动，标志着我国城市绿化从注重视觉效果向视觉与生态功能兼顾的方向转变；从注重绿化建设用地面积的增加向提高土地空间利用效率的方向转变；从集中在建成区的内部绿化美化向建立城乡一体的城市森林生态系统的方向转变。

之后，国家环保部门又启动了"国家生态市"创建活动，提出建设"生态省、生态市、生态县"，建设"生态文明建设示范区"。

2007年，住房和城乡建设部发起创建"国家生态园林城市"的号召，要成为国家生态园林城市，必须获得"国家园林城市""中国人居环境奖"等称号。

对园林城市、森林城市、生态城市、生态园林城市等形态的探索，都没有取得完美的效果，而今公园城市理念的提出，是城市发展理论的重大成果，高屋建瓴地指明了城市建设的未来方向。因为公园城市理念既包含了田园城市、韧性城市、新城市主义等理论精华，体现了自然与人文的结合、经济与生态的协调、规划设计与公众参与的协同，比花园城市更具人文意蕴、比园林城市更具自然风貌，比生态城市更具发展性，又体现了自然生态与城市理想高度的融合，还升华到命运共同体的层面。

城市是智慧聚集地、技术汇聚地，城市的存在，会衍生经济发展、资本分化，也会牵涉到资源配置、生存利益，从而成为利益共同体。

一座美好的城市，不该仅有繁华、时尚，更该是梦想和实现梦想的沃土，是快乐和幸福的价值共同体、生命共同体。

建设公园城市，是中国城市在数千年发展过程中经历一次次探索一次次失败后的经验总结，是我国生态文明进程的历史选择和人们健康生活的必要保障。

公园城市不能仅从词义上来理解为公园与城市概念的简单叠加，也不靠公园数量的单纯堆积结果下定义，而是城市发展的一种新理念、新探索。公园城市从在城市里建公园向在公园里建城市的转变，是"城"与"园"的有机融合，是从曾经追求工业效益回归到以人为本，生活、生产、生态融合发展，是从城市点缀变成城市宜居宜业的保障与支撑。

自习近平总书记到四川视察时，在成都天府新区首提公园城市建设理念之后，中国城市便开始将公园建设视为绿色发展和城市建设的新思路、新定位，几年来的努力，取得了显著成果。

据住房和城乡建设部《2020年城市建设统计年鉴》数据显示，以4个直辖市、5个计划单列市和24个省会城市为样本，截至2020年底，广州以人均公园绿地面积达23.35平方米，在中国主要城市人均公园绿地面积指标排名中，位居第一。紧随广州的样本城市依次是呼和浩特、青岛、贵阳、北京、银川、重庆、南京、福州、深圳。

呼和浩特以打造口袋公园、社区公园为重要途径，致力于建设"草原都市"，到2020年底，人均公园绿地面积为19.29平方米。2022年，该市又新建、改造300个口袋公园、社区游园，不断提高公园、游园绿地服务游憩功能。

上海平均每人拥有的公园绿地面积仅有9.05平方米。原因是上海有很大的人口密度，存在人地矛盾、用地紧张的问题。上海又有不少历史文化街区、老建筑，要对其推进绿化建设，难度较大。而且，上海是经济之都，在推进绿化建设时必须兼顾经济发展等因素。

作为城市中重要的休闲活动场所，公园绿地布局与人口分布的关系也是重要的评估要素。因而在《2021年中国主要城市公园评估报告》中，以人均公园保障度作为评价指标。

人均公园保障度是指建成区内人均公园面积总和超过5平方米的区域占比，是城市建成区内公园人均供给量空间分布的基础保障评价指标。

依据这个指标，评估出中国人均公园保障度排名前十的主要城市依次是大连、银川、西宁、海口、厦门、南京、南宁、杭州、北京、深圳。

截至2020年底，大连人均公园绿地面积为13.38平方米，人均公园面积超过5平方米的区域占比为76.69%。原因是大连人均公园面积较大的北部和东部区域人口较为稀疏，却分布着大黑山、金石滩等公园绿地。

现在几乎所有城市都重视生态，城市开发的理念也在改变，一些滨江的城市不再在江边修建房子，而用来修建公园，很多城市新区也在城市中心修建公园。

公园城市具有公园星罗棋布、开放广阔的公共属性和开门见绿、出门进园的生态属性，以及生产集约高效、生活宜居适度、生态山清水秀、人文丰富多彩的空间属性。

随着我国城市建设发展达到一个新的高度，宜居宜业已成城市规划建设的重要目标，这也是公园城市的基本要求。

我国这么多城市践行公园城市建设理念的原因，是公园城市能体现如下价值：

绿水青山的生态价值。以生态文明理念为引领，深入践行"绿水青山就是金山银山"理念，以生态视野在城市构建山水林田湖草生命共同体、布局高品质绿色空间体系，将"城市中的公园"升级为"公园中的城市"，形成人与自然和谐发展新格局。

诗意栖居的美学价值。坚持用美学观点审视城市发展，通过以形筑城、以绿营城、以水润城，将城市全部景观组成一幅疏密有致、气韵生动的诗意城市新画卷，形成具有独特美学价值的现代城市新意向。

以文化人的人文价值。通过构建多元文化场景和特色文化载体，在城市历史传承与嬗变中留下绿色文化的鲜明烙印，以美育人、以文化人。

绿色低碳的经济价值。把创新作为发展的主引擎，着力构建资源节约、环境友好、循环高效的生产方式，建立生态经济体系和绿色资源体系，发展新经济、培育新动能，推动形成转型发展新路径。

简约健康的生活价值。坚持以让市民生活更美好为方向，着力优化绿色公共服务供给，在城市绿色空间中设置高品质生活消费场所，让市民在公园中享有服务。

美好生活的社会价值。公园城市是具有前瞻性、前沿性的人居环境改善工程，但不可能一蹴而就，相关城市应该根据自身的财政能力水平量力而行。更重要的是不改变城市结构，不大搞公园和绿地建设，而是将现有资源整合盘活，把小的绿地空间开放给公众。公园城市就是大大小小的公园一体化形成的城市。

如今，一座城市的公园化程度，已经成为评判其宜居及幸福指数的重要指标。

视线再次回到成都。

成都已是"千园之城"，目前已拥有各类公园1300多个，累计建成各级绿道5188公里，森林总面积800多万亩，森林覆盖率达40.3%。

长约100公里、全线闭合的成都环城生态绿道，串联起了133平方公里的生态公园、20平方公里的生态水系和24平方公里的城市森林。绿道沿途还建有78个"一桥一景"景观，桂溪生态公园、锦城湖等121个特色生态公园"串珠成链"。

成都环城绿道建成后，在周末及节假日，成都共享单车的骑行量大幅上涨。2022年"五一"节假日期间，骑行总里程达到36.65万公里，环比增长139%，累计减少了17.84吨碳排放。

2023年，在践行公园城市理念建设方面，成都会继续塑造公园城市优美形态。深化林长制，加快推进退化林修复和森林质量精准提升，实施龙泉山城市森林公园增绿增景5万亩，森林覆盖率提升至40.7%。开工建设天府蓝网300公里，加快实施龙泉山天府动植物园、龙门山生物多样性博览园等项目，修复大熊猫栖息地6万亩，推动成都国家植物园落地。启动"百个公园"示范工程2.0版，新建、提升改造各类公园108个，新建天府绿道800公里，"回家的路"1000条。新增绿地面积1800公顷，打造"金角银边"200个、"口袋公园"20个。启动第二批未来公园社区建设，新打造幸福美好公园社区184个。加快建设宜居宜业和美乡村，接续打造美丽宜居乡村、美丽示范庭院，建美乡村振兴示范走廊，创建水美乡村20个，不断丰富公园城市乡村表达。

按规划，至2025年，成都市累计建成各级绿道超1万公里，中心城区公园绿化活动场地服务半径覆盖率将不低于90%。

除了露营和骑行，还可登龙泉山看日出。总面积1275平方公里的龙泉山城市森林公园，是构建"一山连两翼"城市新格局的城市重心。

在公园城市示范区建设的推动下，2021年成都共有299个空气质量优良天，达到近10年来最好水平。

你想不到，天府新区一个社区，因为风景优美，每年都能吸引上百万游客前来观光，这个社区便是麓湖公园社区。一个常住人口近万人的普通社区，何以魅力如此？原因在于麓湖公园社区既是一座生态之城，有绿地公园有滨湖水岸，可玩可乐，而且这里每年还会举办上千场各类活动，能让游客充分感受到什么是幸福生活，什么是诗与情趣。

因为市里有公园、湿地、绿地、森林、湖泊，如今的成都市民们可以在家门口享受青山带来的富氧，享受秀水赐予的慈柔，享受明媚阳光下的活力运动，享受花团锦簇的快乐生活，享受诗与远方的心灵按摩。

从公园城市"首提地"到"示范区"，成都的公园城市建设逐渐形成一份独特的"中国方案"，联合国开发计划署、清华大学中国发展规划研究院、国家发展和改革委员会国家信息中心等机构共同发布《中国人类发展报告》(特别版)，将成都公园城市建设案例作为最具代表性的中国城市发展典型成功经验，予以广泛推广。

2023年4月26日，第三届公园城市论坛和第六届国际城市可持续发展高层论坛在成都召开。论坛上，贺克斌作了题为《双碳推动绿色发展，筑牢公园城市底色》的主旨演讲。

"过去几年，成都的公园城市建设取得新的进展，但是也面临新的挑战。"

在贺克斌看来，生态环境的质量是公园城市的底色，它好与不好直接影响最后公园城市建设的效果。"十三五"以来，成都经济发展和生态环境改善取得"双赢"的局面，在大气污染防治、水质改善、生物多样性提升等领域都取得积极进展。比如，PM2.5 浓度下降 31.6%、遥望雪山天数达到 60—70 天，构建以大熊猫国家公园为主体的自然保护体系，生物多样性取得积极进展。

不过，与此同时，也面临新的挑战。比如，空气质量与其它城市相比仍有差距，在能源结构中化石能源占比较大，高水电优势发挥不充分，在交通结构中公路货运占比超过 95%……成都是工业牵引，特别是轻工业占比较高。在碳达峰和提前达峰情景下，工业部门仍然是成都破题的部门。

贺克斌认为，成都如果进一步提高减污跟降碳之间的协同度，减污效率会有明显提升。

如斯，公园城市将是生命、生态、生产、生活和谐共融的新型城市。公园城市建设，不仅是城市居民的生活福利，也将是中国城市未来，世界城市未来明艳的春晖！

（注：书中李娟、林晓、莱昂纳多、亚历山德罗、安德烈斯、安东尼奥、亚尼娜、何汉、赵江霞为化名。）